当代陕西文学评论文丛

接续中坚

细读与透视

郜科祥 著

陕西师范大学出版总社 西安

图书代号　WX24N2339

图书在版编目（CIP）数据

细读与透视 / 郃科祥著. -- 西安 : 陕西师范大学出版总社有限公司, 2025. 6. -- (当代陕西文学评论文丛 / 贾平凹, 齐雅丽主编). -- ISBN 978-7-5695-4804-4

Ⅰ. I206.7-53

中国国家版本馆CIP数据核字第202436UP02号

细读与透视

XIDU YU TOUSHI

郃科祥　著

出版统筹　刘东风　刘　定
策划编辑　马凤霞
责任编辑　马凤霞
责任校对　王西莹
封面设计　周伟伟
出版发行　陕西师范大学出版总社
（西安市长安南路199号　邮编 710062）
网　　址　http: //www.snupg.com
印　　刷　中煤地西安地图制印有限公司
开　　本　720 mm × 1020 mm　1/16
印　　张　18.75
插　　页　2
字　　数　265千
版　　次　2025年6月第1版
印　　次　2025年6月第1次印刷
书　　号　ISBN 978-7-5695-4804-4
定　　价　69.00元

读者购书、书店添货或发现印装质量问题，请与本公司营销部联系、调换。
电话：（029）85307864　85303629　　传真：（029）85303879

文脉陕西，评论华章（序）

贾平凹

从延安文艺的烽火岁月，到新时代的文学繁荣，陕西文学以其独特的风格和深邃的内涵，赢得了国内外的广泛赞誉。在中国当代文学史上，陕西不仅拥有一支强大的文学创作队伍，同时也拥有一批占领各个历史阶段文学批评潮头的评论骨干。他们以敏锐的洞察力剖析文学现象，参与文学现场，解读作品内涵，为陕西文学的发展注入了源源不断的活力。在新时代文化浪潮中，文学评论作为党领导文学事业的重要途径和方式，作为文学繁荣发展的重要推动力和引导力，正凸显着越来越重要的作用。

为了贯彻落实习近平总书记关于文艺工作和文艺批评的重要论述，以及中宣部等五部门联合印发的《关于加强新时代文艺评论工作的指导意见》，进一步加强和改进陕西文学批评工作，打磨好批评这把利剑，把好文艺的方向盘，同时也为深入总结和发扬陕派文学批评的历史经验，全面呈现陕西当代评论家队伍及其丰硕成果，推动陕西文学批评再创佳绩，助力陕西乃至全国文学发展，陕西省作家协会精心策划并编辑出版了“当代陕西文学评论文丛”。

在选编过程中，丛书编委会始终遵循着精编细选的原则，力求每篇文章都能代表作者个人的最高水平，同时也能反映出陕西文学评论的独特风格和时代特征。所选文章以研究和评论承续延安文艺传统的陕西作家、作品为主，也不乏对中国文坛或域外文学研究的独到见解。丛书汇聚了三代文学批评家中三十位代表批评家的学术成果。他们或生于陕西，或长期在陕工作。他们以笔为剑，以墨为锋，用睿智深刻的见解，共同书写了陕西文学批评的辉煌华章。他们的评论文章，或激情洋溢，或理性严谨，或高屋建瓴，或细腻入微，共同构筑了这部丛书的独特魅力与丰富内涵。

丛书将陕西老中青三代评论家分为“笔耕拓土”“接续中坚”“后起新锐”三个系列。三代评论家有学术师承，亦有历史代际。每个系列都蕴含着不同的时代气息和文学精神：“笔耕拓土”系列收录了陕西文学评论界先驱和奠基者的成果，他们如同手握犁铧的开垦者，为陕西文学评论的沃土播下了希望的种子；“接续中坚”系列展现了新一代批评家中坚力量的风采，他们的评论既有深厚的理论功底，又有敏锐的时代洞察力，为陕西文学评论的繁荣发展注入了新的活力；“后起新锐”系列则汇集了新一代批评家的文章，他们敢于创新，勇于探索，为陕西文学评论的未来开辟了广阔的空间。

“当代陕西文学评论文丛”的出版，不仅是对陕西文学批评历史的一次全面总结和回顾，更是对未来陕西文学发展的有力推动和期待。相信这部丛书的问世，将激发更多文学评论家的创作热情，使陕西文学创作与批评携手并进，比翼齐飞，为推动陕西文学批评事业的繁荣发展，为陕西乃至全国文学的发展贡献新的智慧和力量。

2024年11月8日

目　录

细读《阿吉》[①]

笔者不清楚贾平凹是否熟悉巴赫金的“狂欢诗学”和“复调”观念，也不知道他对“新批评派”的细读理论有几多了解，但是从他20世纪90年代以来的小说创作中常能收集到这些西方现代理论的信息。若不是他自觉地有所借鉴，那就是一种内在的不谋而合或者是中西方文化的异途同归。

早在1982年，他就明确地提出“以中国传统的美的表现方法，真实地表达现代中国人的生活和情绪，这是我创作追求的东西”[②]。后来，这种观念几乎贯穿了他的整个创作，而且从理论表述上也越来越清晰。“如何将西方的抽象融入东方的意象，有丰富的事实又有深刻的看法，在诱惑着我也在煎熬着我”[③]等言论就是明证。因此，不管他对西方现代小说创作的理论真正了解多少，他的创作意识确与世界文学的潮流紧密合拍。

《阿吉》（首发于2001年第7期《人民文学》）是贾平凹迄今为止最有代表性的一篇“中西合璧”小说。《阿吉》的突出特点就是整个文本经得起读者的反复推敲和仔细琢磨。笔者以为，优秀的小说或传世之作首先就必须具备这样的先决条件。反过来说，越是有价值的作品越是需要细读，不细读就发现不了其中的妙处，就可能产生误解或轻视现象。对贾平凹的

---

① 本文所引《阿吉》原文均选自贾平凹：《阿吉》，人民文学出版社，2001年。

② 贾平凹：《平凹文论集》，青海人民出版社，1985年，第71页。

③ 贾平凹：《病相报告》，上海文艺出版社，2002年，第313页。

小说更应该作如此观。因为有不少人往往只通过粗略的浏览就对他的小说做出油滑、浅陋、怪异的不正确结论。特别是中篇小说《阿吉》，如果不细细品味也极有可能视它为一篇轻薄、调侃的游戏之作。因为作家的良苦用心单纯从故事的主干情节中是根本看不出来的，它散布在作品的字里行间。

笔者不敢说这部小说的每个字都值得品评，但段段有深意、处处可玩味却是毫不夸大的。而且在一定程度上，这部小说完全可以称之为当代的《阿Q正传》，这当然不是说其在思想价值和人物形象的典型性方面达到了与《阿Q正传》同等的高度，而是指在思维、形式、韵味等方面与其特别相似。尤其是在艺术上，《阿吉》几乎达到了炉火纯青的地步，具体表现在：结构的自然天成，细节的丰富巧妙，趣味的活泼生动，意义的多重交织，性格的灵活善变。

一

小说的篇幅不短，却没有明确的节次标志。不过精明的读者却不难发现小说的许多关捩点。整个小说可以分成三个部分：阿吉返乡，阿吉求爱，阿吉谋生。这三个部分的三次转折都因为作品中人物所说过的某句话。

也许，这就是贾平凹多年来摸索试验的“小说是说话”的聊天式结构法。它由《废都》开始到《高老庄》渐趋成熟，至《阿吉》已游刃有余。由于作家数年来不断地探索终于铸就这种于闲言碎语间不动声色地转换话题的过硬本领，即结构的自然天成。

第一句话是“权当我要了歌厅的小姐”。这句话是阿吉能重新在家乡立足的最根本依据。阿吉从城里落荒逃回家乡，总觉得忐忑不安，他正在苦恼着如何能够在村人面前昂起头来，恰巧这句随口而出的话很自然地为他找到一个顺水推舟的下台脚。此话妙在何处？还得从头说起。

阿鸡开始在城里的一个建筑工地打工，可干了不到四个月就被辞退了，于是阿鸡认为是自己的名字不好，遂在街头的卦摊上求了个谐音字“吉”：即改鸡为吉。之所以这样，一是因为城里人将妓女称作鸡；二是在中国人的传统里，名字里暗含着玄机，所谓一生的升迁幸灾。因此，他改名的目的是想倒倒霉气，但“鸡”虽改“吉”，却字非音同，故仍没除根，似乎他命定只能当小工，不能发达。假如阿鸡改名阿利，是否就财运亨通呢？

阿吉是地道的农民，力图改变命运即换个环境，靠改名字终不能够，只好仍然返回老家阿猫、阿狗的圈子里去。也正因为阿吉是农民，就不乏先辈农民阿Q的神韵，在被欺侮时要找一下心理平衡：以屎摔墙“臭臭城里人”、以脏词秽语“咒咒城里人”，这显然是农民的劣根性的表现。自然他也有农民的狡猾与机智，如坐火车时把钱藏在鞋垫下以防被偷。但睡觉时脱了鞋，醒来后却听说不知是谁的鞋太臭已被扔到窗外去了。他就愤怒地要和扔他鞋的人打架，但一看人家几个人比他威猛，他马上又随机应变：“扔了……就扔了”，所谓好汉不吃眼前亏。下车后壮了胆了，因为到了自家的地面上，底气粗了，所以破口大骂：“‘扔我鞋的，我×你妈！’骂一句，跳一下，再跳一下。”多形象，多气概，又多滑稽！由于这一跳一跳，脚被地上的玻璃碴子扎出血来，又多可怜！不知是报应还是惩罚或是屋漏偏遭连阴雨的背运？

阿吉丢了钱更丢了鞋，只好去找他的同胞哥哥阿狗借钱。在这段描写里，贾平凹既写出了大多数农民婚姻中的尴尬，又为阿吉返乡做必要的准备。婚前兄弟情重，大哥比父；可婚后就不由自主，阿狗虽然从内心里疼爱阿吉，也想帮他，但碍着媳妇的面不敢明目张胆。女人虽不是老虎，但谁又愿意在家庭中为此而争争吵吵呢？农村中的各种矛盾大都由此引起。最后，阿狗背着媳妇偷偷塞给兄弟五十元钱。本来这五十元钱主要是让他买鞋的，再就是作为路费和以后一段时间里的生活费。可阿吉“想了想，一怒买了双人造革的皮鞋，二十元，又三元钱买了一副墨镜”。

我们知道，阿吉从城里回来时辛辛苦苦挣来的300元工钱由于藏在鞋里被车上的人和臭鞋一起扔掉了，所以他完全是一贫如洗。现在的50元钱尚且是阿狗施舍的，他却要如此大方地消费，何由？为了面子，为了荣誉。所谓树活皮、人活脸。总不能这样邋里邋遢的连鞋都没有就回去吧！人可以贫，但势不能倒。男人的精神在脚、在鞋，贾平凹如此理解，故阿吉才想到买一双鞋而不是帽子，之所以是“人造革”那实在是形势所迫，和真皮差老远了。况且面子本是虚的，虚的就用假的来赢得，阿吉懂得这个理。至于买眼镜为何不选镶边的金丝镜而非要买墨镜，阿吉自有他的道理，尽管金丝镜更显知识分子气，但与农民的身份不符！阿吉追求的是农村人以为的潇洒，像大明星，或像黑社会成员那样与众不同。“想了想”，似乎很快，但很长。阿吉在精神上虽然向往城市，但从骨子里却摆脱不了农民的传统，也正是农民的思维使他敏捷地做出了决断：买。所谓“怒”即发狠心，虽舍不得但又必须豁出去，利弊权衡何者轻重，他是能掂得来的。

特别是阿吉选“麻麻黑”的时候回村，是经过周密策划的。所谓“近乡情更怯，不敢问来人”。他本不想遇到熟人准备悄悄地先回到村里，但还是没有躲开，正遇见小四和阿米在巷口的碾盘上玩牌，阿吉遂马上改变了方案，主动出击。

“阿吉咳嗽了一声”，以引起他们的注意，果然阿米看见了非同寻常的、经过精心包装的阿吉，遂招呼道：“是鸡哥回来了？”阿吉说：“从城里回来了！”“城里”两字特别强调，重音突出。“阿米抬起身要摘墨镜看看，阿吉喊了一声：‘臭手！’”

“臭手”是说脏手、贱手不能沾染干净、高贵的标志物：墨镜。它是一种神气和贵气，所以不能让人随便摸。小安说：“我手才臭哩叫他赢了十元了！”阿米说：“这靠智力哩，又不是谁抢的。”阿吉说：“你以为你是谁，看我收拾你！”“手臭”与“臭手”字同序反，前者是指运气背，后者是说手脏。由臭手转到手臭，一下子把阿吉从虚幻拉入现实中，即给他一个绝好的打破尴尬的机会——“打牌”，由此使阿吉极其自然地融入故土，同时也为小说情节转折埋下了伏笔。

阿吉表面上是替小四“报仇、出气”，实际上是为自己此后在村里立足酝酿气氛。但如何才能掩饰自己的失败并且让别人以为自己在城里混得不错或见过大世面，这不是光靠扎势就能达到的。更主要的是必须从心理上让人们慑服或摸不清底细。于是阿吉亲自导演了一出漂亮的双簧戏。他要先赢再输，先赢是为证明他玩牌的能力，后输是有意为说出对他来说极其关键的第一句话“权当我要了歌厅的小姐了”寻找神不知鬼不觉的借口。这句话本来极其平常、随口而出、顺理成章，是阿吉输了钱后替自己寻找心理平衡的精神胜利法，与阿Q吃了败仗说“儿子打老子”如出一辙，但本质却大为不同。阿Q采用的是无可奈何的精神平衡法，而阿吉选择的则是积极进取的精神迷魂术。亦即为他进城“已经干了所谓大事”做出旁证。小四说：“吉哥在城里耍过歌厅的小姐？！”阿吉说：“城里讲究夜生活嘛！”阿吉没有正面承认或吹嘘他真的耍过小姐，这是阿吉的诚实，但他也没有否认，这则是阿吉的机警和灵活。“阿米看着阿吉走了……却忽然想：阿吉他是骂我哩嘛！”阿米真是够得上和阿吉搭档的，他有点文化或文化的基因：爱抠字眼。文学作品不正是抠字眼吗？“恰好这时一只公鸡走来，阿米骂道：‘黄鼠狼拉了你去！’平时骂此话阿吉是不会饶的，但现在阿吉竟不理……”阿米很奇怪：“阿吉怎么不理会？”小安说：“阿吉见过大世面了。”其实不是阿吉见过大世面，而是他向往大世面，他需要大世面的城市文明替他撑起自己的一身将要散架的肉。

城市文明是中国农民世代的向往和追求。“鲤鱼跳龙（农）门”的故事为什么在老百姓中间代代相传？高考为什么成为农民子弟改变人生的捷径？就因为它可使他们脱掉农皮走向城市文明。“阿吉走得很远了，站住，回过头来而且是把墨镜推架在脑门上，说：‘阿米，我告诉你，我不是鸡狗的鸡，我是吉，上面一个士下面一个口的吉。’”这个动作是这样缓慢、庄重，多像伟人的出场亮相，有板有眼，也照应了前文。阿吉并非没有听见小四和阿米刚才的对话，他盼望的就是这种神秘的光圈所产生的效果。名字是重要的，是有深刻寓意的，“一个士和口组成的吉”就有知识分子味，而少了农民的土气。

就因为阿吉的名字一改似乎一切都变了，所以改名是小事也是大事。当然其他随后而来的改变却不是阿吉亲自造成的，而是别人传说出来的：“能改了名字肯定在城里做了大事。”中国人的心理总要把简单的事想象得非常复杂，这不是毛病、神经，是有理由的。中国人的名字是从出生时父母就起的，是不能随便改的，名字是谶语，是命呀！名字一改即意味着命运要变，这是农民的逻辑。因此，照此推理，阿吉既能把名字改了，他自然就不是以前的阿鸡了，名字中有了贵气，那么他一定是在城里混大了，交好运了，那么阿吉当了某公司的主管，皮鞋、西服一月一发，隔三岔五陪客户出入歌厅，泡妞甚至泡洋妞不是顺理成章吗？

谣言可使人死也可使人活。关键是要有“影”，用农村话说“话把子”。阿吉改名、穿皮鞋、戴墨镜以及要小姐的话就是话把子，再加上别人的添油加醋，于是阿吉发迹的“神话”就被制造出来。同样，由“神话”又自然地引出了后面的情节，这是小说中的第一次转折。我们看，贾平凹好像一点都没费劲，没有着意的设计，完全像偶然的巧合似的，但实际上完全是作者精心的营构。

阿吉的发迹使圆圆惊慌了，准确地说是羞愧了。她想，自己不成了孟买臣之妻吗？嫌贫爱富。现在被自己曾经推拒的男人风光了，自己是该后悔还是羞惭呢？好像还有点莫名其妙的害怕，为什么呢？怕阿吉来羞辱她，让她的脸没处放。人活一张脸。圆圆这样想，阿吉这样想，男人这样想，女人这样想，中国人都这样想。人活一世什么最重要？脸面！这是中国几千年的人生哲学，悟到了这一点，穷和贱又有什么呢？

圆圆的出场既补叙了阿吉进城的背景也为后文情节的发展做了铺垫。阿吉进城是因为圆圆嫌他没钱，于是他发誓不在城里混个人样就不回来，因此当阿吉从城里回来时，圆圆自然就想到他已混出人样并且是专来报复她的，于是赶忙找到现任男友栓子提出两人赶紧订婚，以绝阿吉的妄念。在这里，贾平凹没有把圆圆写得很贱，似乎结婚就是为了钱财，而是写得很实在，农村人对婚姻的理解就是图过个好日子，所谓生存第一，那么她在阿吉没钱时选择栓子就非常合理，而当阿吉所谓发了以后，她也没有抛开栓子而重就阿吉就更体现了农村人的基本道德观念，从一而终而非见异思迁。这个结果是阿吉没有料到的，按他的推理和希望，利用人们的谣传和由此造成的声势也许可以帮助自己重新赢得圆圆的好感，但没想到圆圆并非那样势利，她还自尊，于是事情向着相反的方向发展了。阿吉为此气得在家里长吁短叹："嗨……把我气死啦！嗨……我×你妈！"到此为止，阿吉和圆圆的关系应该画一个句号了，但实际上新的矛盾却因此而爆发。这个导火索仍是不经意间一句随口而出的话："她是个白虎哩！"这是小说情节转折的第二句话。

阿米本来是要去吃栓子与圆圆订婚的宴席，但当他走过阿吉的窗户时忽然听到了阿吉的长吁短叹，于是他临时决定不去吃席而要乘机安慰一下阿吉。他想，在人最伤心的时候给他以安慰，这往往会使此人终生感激，说不定从此阿吉再也不会欺负他，反倒会提携他。阿米看到阿吉一个人冷冷清清的就主动邀请他到自己家去吃饭。可阿吉虽然心情不好但在阿米面前还要摆足架子，所谓人倒势不能倒。他说："请我去吃饭，没有肉我不给你充脸哩！"如果说阿Q说大话是可笑可悲，那么阿吉说大话则是可笑可佩。他是如此窘困竟能如此潇洒。吃完饭后还问阿米有牙签没有。阿Q追求的是自欺欺人，而阿吉采用的是以势压人，即用精神的优越来支撑他快要倒塌的生活大厦。阿米的妻子牡丹很会说话，她看到阿吉的嘴上沾了些饭粒还要摆谱——用牙签，原本想当场使他出丑，却说成"吉哥不显老，嘴上不长胡子"，让阿吉自己去用手摸嘴，从而感受到嘴上的米粒。这就是中国人的智慧，以退为进，以守为攻。牡丹说："我早就说了，吉哥大鼻子，不是乡里能待住的人，果然是了。东洼村最俊的女子数圆圆，可惜圆圆眼里没水，鲜花插到栓子的牛粪上了！"阿吉说："你说圆圆是鲜花呀，……你没进过城，我怎么给你说呢？我告诉你，即使我一辈子在村里，我也不会娶圆圆，她是个白虎哩！”

就这么轻轻、顺顺的一句话，阿吉的本意是想发泄一下自己的怨愤和失意，却没想到引出了大事情，圆圆从此被人们当作灾星，远远地躲避，栓子也开始怀疑她的清白。包括后来阿吉遭打，甚至让人把×毛当胡子给他贴上就都由此而起。而且，这种奇耻大辱又引出阿吉变本加厉的报复，所谓恶恶相报，没有终了。小说的情节由此更加丰富起来。而这些延伸和变化，如果读者不仔细联想，似乎发现不了作者的精心设计，反倒觉得其水到渠成，非常自然、随意。更妙的是，阿吉的报复用的仍是杀人不见血的软刀子——谣言。他给阿米和小安附耳低言，要如此如此行事：逢人就说得胜有了病。

> 自后的日子里，阿米见了得胜，说：“叔，你咋啦，脸色这不好？”得胜说：“胡说了，拉条牛看你扳得倒还是我扳得倒？”小安见到得胜了，说：“叔哎，要那么多钱干啥呀？”得胜说：“咋啦？”小安说：“你也买些好东西吃么，瞧瘦成啥了！”得胜说：“我是瘦人，肚子里吃头牛也不胖。”得胜回到家就照镜子，纳闷怎么几个人说我瘦了，气色不好？又过了几天，阿米碰上得胜说：“得胜叔你越来越瘦了，你得去医院看看，到了这个岁数突然消瘦就有问题了。”得胜握握手腕也似乎觉得有些瘦，回来窝在家里休息了几天。得胜是闲不住的人，休息了几天就觉得身上不自在吃饭也觉得不香。小安在街上当着很多人的面还是说得胜气色不好，而且问周围的人是不是气色不好。众人也说有一些，得胜心里就有了慌。
>
> 如此阿米、小安逢人就说得胜有了病，许多人倒跑来问候。得胜嘴里说没事没事，却背了负担，饭量越来越少，两腿也沉起来，终于去找镇街上的跛子医生抓了七服中药。

与前面稍有不同的是，这句话的效应不是借助迷信的力量，也不是无意的行为，而是有意利用心理的误导，所以更高明、更毒辣。由此，再次凸显阿吉的聪明。在结果上，也让对方抓不住把柄，利用的是人性自身的弱点：多疑。再加上多个旁证从而化虚为实，以假乱真，很有点用似是而非的证据赢得官司的味道。

得胜本无病，但禁不住张说李说，得胜从心里就起了恐惧，这就是病源——不自信，以致觉得自己的全身，这也不舒服，那也不对劲，精神萎靡，最终没病反倒真的弄出了病，而且病还愈来愈重，直至死亡。这一招实在太损了点！原本不过是出出气而已却没想到最终竟然置人于死地。而且这种发泄私愤的行为在骨子里还有一种可怕的劣根性心理在作怪。即“红眼病”或“窝里斗”。

正像阿米说的：“我有气哩么，都在一个村里，都是农民，他日子恁好过，我日子恁难过？！”即只求均贫富却不思进取的假民主思想。阿Q想革命就是把秀才家的宁式床抬到自己家里，总而言之，谁也不去想着依靠自己的勤奋与智慧去改变现状。贾平凹以前的长篇《高老庄》中的半香、蔡老黑，包括这篇小说中的阿吉，这些人物身上都有这种思想。

其实这部小说并不是以阿吉与圆圆的情怨结集全文的，它的主要线索是围绕阿吉的出路在作文章。但随机插入的这些段落却丝毫不显多余反倒平添情趣，使小说摇曳多姿、蕴含丰富。阿吉的出路有两次转折，第一次就是他被得胜家雇人打了以后，他当时觉得很没脸面在村中待下去，又囊中羞涩硬气不起来，只好一个人躲在家里无聊地用木棍在地上画字，忽然他从自己的名字上再次得到感悟：“我是有士有口的吉呀”，这暗示着我可能命定要靠知识和嘴吃轻省饭，于是他想到了农村中几年来日渐红火的龟兹班，就凭着一张能吹会编的嘴可混到一碗饭吃。他于是靠说笑话加入了龟兹班并且把日子过得愈来愈滋润，眼馋得阿米整天屁颠屁颠地跟着他转。第二次转折与他在龟兹班的工作密切相关，阿吉靠这张能说会道的嘴吃饭也由于这张没有遮拦的嘴最终惹下了祸，无奈被班主辞退。最后阿吉等于在村子没有立足之地，他不得不重新谋划自己下一步的出路。

小说结尾时，我们看到阿吉又回到他在小说开头踌躇不前的小车站做起了倒买倒卖的小生意。不安分且聪明的阿吉当然是饿不死的，但可悲的是阿吉始终像一棵浮萍到处飘荡，没有根啊！小说的主流情节就这样简单，却特别地顺畅、自然、灵巧、绝妙，这是令读者不得不佩服的。

二

当然小说更值得玩味的还是这中间无数的闲笔和插曲，或者说细节的描写。一是补叙阿米的身世。既交代了阿米，也强化了阿吉。原来阿吉的气质在村里是早就有名的，这种气质是讲究做派、说话的方式以及生活情调，所谓阿鸡不是普通的鸡而是鸡中的凤凰。

早在阿米第一次和他接触时就已领教过了。“阿吉问阿米：‘贵姓？’阿米说：‘免贵，姓米。’阿吉就笑了。”这个笑是一种赞许，他觉得这个人还有点水平。“阿米说：‘大哥的大名？’阿吉说：‘说了嫌你怕怕哩！’阿米说：‘莫非大哥叫老虎？’阿吉说：‘老虎倒不是，叫鸡，往后你不要惹了我！’从此阿米果然害怕阿吉。”

阿米为什么害怕阿吉呢？他又不是老虎，又不是村支书。他不过属相是鸡，然而，阿米明白，鸡是生来吃米的，他姓米难道能不害怕吗？当然这不是讲迷信而是阿米从两人的一问一答中听出了阿吉的文化修养非同一般，也由此埋下了伏笔，阿米将始终是阿吉的搭档。的确，后面的戏全凭他俩一唱一和！

二是阿吉上城。阿吉与小安及其相好豆花去逛镇街，在这个过程中有三件事需要强调：首先是继续阿吉的小聪明，豆花嫌小安不给买帽子，阿吉就用一根绳带凭空抢走了别人的帽子，用无赖的狡猾赢得了豆花的敬佩。其次是顺笔刻画女人的虚荣心理。小说中写道：“豆花的眼里放了光。”阿吉的可爱处就在于他常耍无数的小聪明，女人的愚蠢就在于喜欢这种小聪明。再次，是从行文上为此后情节的发展埋下了伏笔。豆花去镇上是为了询问修水渠是否经过她家的坟地，修水渠之事就为后文石头兄弟的争执以及老候承包水渠工程做好了铺垫。

还有一段言语也特别巧妙，这是贾平凹曾经在《浮躁》和《高老庄》中早就使用过的“语境法”，即在记录人物对话时插入对周围环境的描写，从而制造一种类似电影中的景深效果。“豆花是石头的侄女，进乡镇府院子去询问修水渠经不经过她家坟地的事，小安便问阿吉：‘你觉得好不好？’”从顺序来看，小安问的应该是水渠，而阿吉的回答却是“鞋好”。这似乎有点后语不搭前言，但考虑到语境的因素，我们就可以断定，小安其实问的是豆花的人材怎么样。这种阅读顺序上的打岔或者障碍开始让人觉得别扭，但仔细一想才体会出其中的妙处，这无疑是利用读者的期待视野及其期待受挫的审美效应。同样的例子后文还有一个，阿吉正在饭馆和阿米喝酒，阿米说：“吉哥有钱么，有一句话我想给你说的。”阿吉说：“啥事？”按常规，接下来的应是阿米的回答，可小说中却从邪路里插入一句“老侯哎”把前面要说的话拦腰截断，新情况出现了。与此同时也展现了阿吉的眼观六路、耳听八方的活络。

闲笔在贾平凹的小说中占有很大的比重，虽说它可有可无，但既然保留就必然有它特殊的用意。在这篇小说中也是如此。阿吉对圆圆的爱意很深，尽管最终不得但在心里总是割舍不下，以致到了变态的地步。有一次，他看见圆圆进了苞谷地去小解，就想尾随着去偷看，没料到还有别人也在偷觑。他很气愤就抄捷径堵住了那人，原来是小安。他生气地质问小安：“你看见什么呢？”在阿吉的愿望里，他想听到的是小安说自己什么都没看见。可是小安比较笨，他既想掩饰又不知怎么掩饰，只好半遮半掩。说：“我看见她的脑壳了。”阿吉说：“胡说，往下说。”这个“往下说”并不是真的希望他继续说而是希望他就此打住或者说我就看见脑壳其他什么都没看见，那样的话阿吉的心里也就好受一些，即产生一种没有吃亏的感觉。但没想到他的这句话却成了一种误导。小安还真以为是让他顺着脑壳往下说，所以他接着说：“看见脖子了。”阿吉气得再次呵斥：

"胡说，往下说。"阿吉的每一次往下说的潜台词其实都是再不要说了，可是小安却理解为进一步说的意思，所以一错再错："看见了腰杆""看见了大腿"愈说愈不堪。阿吉也意识到自己的误导，所以他赶紧扭转局势，改为"往上说"。他的本意是不要越说越露骨了，可小安以为他说得有点跳跃，就往后退了一步说"我看见毛啦"。他的老实招来了阿吉狠狠的一耳光。这段对话按说没有多少意义，可加在这里却增添了一种情趣。他的微妙就在于对话中所体现的启发式思维适得其反。

这个笑话的原型本来是讽刺教师的。说有一位老师为了给学生教"被子"一词，他想通过启发式自然而然地把这个词引出来。于是他就问学生："你们家的炕上是啥？"他的期待是被子。可出乎意料的是，学生回答："是席。"目的没达到，他只好进一步启发："那么席上又是什么呢？"他想这下该说到被子了，但学生的回答却是褥子，以此类推，到最后都没出现老师期望达到的目标，而且越来越远，越来越暧昧。显然贾平凹是把这个故事进行了改造，但他改得巧妙，特别是把趣味和对人物的塑造联系起来，这就不觉得多余。

如果说上文的插曲是间接写性，那么下面这段闲笔则是直接探讨性文化的。阿吉对小安说：你要知道"婆姨是什么？"只需快点念这两个字的音"p——i"，就会明白它其实与女性的生殖器有关。这无疑是一个天才的民俗学发现。即乡下人根本不把女人当人看，而只当作性交的工具。这并非表明他们不文明，而恰恰是中国人务实的标志。它一语中的地揭示了农村人结婚的实质。阿吉再问小安："你知道日子是什么意思？"小安说："我知道，油盐米醋吧！""你什么都不懂！"阿吉说，"你没进过城。"性文化是农民创造的，是知识分子揭示的，又是城市人认同的。他们不是传播这些黄段子而是探讨人性的秘密。日子是什么呢？贾平凹在他的长篇散文《西路上》中这样解释："日子日子就是日孩子。"这种歪解汉字的做法虽简单却像导弹一样能穿透中国五千年文化的厚厚地表。

当阿吉用虚张声势的办法使得圆圆的公爹得胜患病且使其家境逐渐

败落时，他报复圆圆的目的达到了。于是，他高兴地拉着阿米去饭馆喝酒庆祝，没料到却为一句闲话遭到店老板的奚落，临走时为了捞回面子，阿吉大方地摔给店老板一张五十元的大票，并说多余的不用找了。虽然他俩喝酒吃菜的钱不过十六元，白白损失三十多元，让阿米唏嘘不已，但阿吉说："值！"他教训阿米："你为啥穷？你眼窝子浅嘛。"在阿吉看来人活着还不是争一口气。可以在物质上吃亏，但不能被人小瞧，用农村人的话说：穷要穷得有志气。而像阿米这样斤斤计较的心理是永远没有出息的，推广开来说，中国农民为什么大多数仍然脱不了穷？固然，原因很多，但其中一个主要的因素就是缺乏远见、没有头脑、只看到眼前的利益，一句话：短视症。阿吉为什么靠那张薄嘴吃香的、喝辣的？就因为那点"神气"，不要管他的神气是装出来的还是瞎折腾，等等，反正他成功了。阿吉给我们的启示是非常耐人寻味的。他灵活、机智有时也带点投机的心理，但最重要的一点是他有头脑。这部小说的某些主旨恐怕就在这里。

三

小说中表现阿吉性格的文字，特别是表现他灵活机智的情节更多，作者把很大的精力放在这种内容的构筑上，阿吉的独特正是由此建立的。如果说谋害得胜是从反面显示阿吉的绝顶聪明，所谓歪门邪道，那么帮助老侯则是从正面写阿吉空手套白狼的高度智慧。

他首先略施计谋让小安把豆花搞到手，然后利用小安与其姑父刘干事的关系得到给乡长的一张推荐条，再用这张条子和乡长套近乎，以致达到最终帮老侯把工程承包到手的目的。这一系列动作环环相扣，天衣无缝，但要真正操作起来是很难的，所以在这个过程中，手腕并不是最重要的。最关键的是，阿吉选的机会特别恰当，正是县上领导下来检查工作，他当着县领导的面把条子递给乡长。这一方面让乡长落个顺水人情；与此同时又让县上的领导给乡长施加压力使其不敢徇私舞弊。加之唯一与老侯竞争的承包人现在又患了病。因此，最后由老侯承包工程就十拿九稳。

斗嘴是生活中最能显示人思想水平和表达能力的行为，放在小说中能一举两得，既活跃作品的气氛，又塑造人物的性格。小说中有一段情节描写阿吉被鸡啄了脸，气愤得逮住鸡要拔毛以泄愤，恰在这时，鸡的女主人看见了，说："阿吉阿吉，我那鸡是下蛋的鸡。"这是说鸡值钱呢还是说这不是公鸡。所谓男不跟女斗，阿吉是男人所以不用跟母鸡一般见识。不难看出农村人虽然文化浅但说话却很有水平。话中带刺却不显山露水，不伤和气又达到了目的。阿吉有次见有几个女人想杀黄鼠狼却不敢下手，请他帮忙，他心里其实也是怯怯的，但碍于面子又不能不应承此事，而且嘴里说："谁的忙不帮，刘干事的忙得帮哩！"为什么这样说呢？阿吉想得长远，以后说不定什么时候可能就得请他帮忙，俗话说路要提前铺，莫要临时抱佛脚，此后果然应验。一个乡干事虽不是个什么大官但在农村也算个人物，有时想巴结还没机会呢。阿吉有心帮忙却无胆杀黄鼠狼，这就惹得女人们嘲笑他，他却能给自己开脱："使不得，我是鸡，黄鼠狼要吃鸡的。"别人问："你不是士字头口字底的鸡吗？"阿吉说："你知道士是什么意思？士不杀生的。"

阿吉因为得胜雇人打了他还用×毛给他粘了胡子，他就去找村长告状，要求主持公道。但村长听完他的陈述后说："你应该挨打。"这就使阿吉失去了对他的尊敬又积下了怨愤。后来石头兄弟发生矛盾时，村长仍然想采取息事宁人的方式做和事佬，而阿吉却故意煽风点火把矛盾激化，为的就是让村长难堪。他说："这是打的事吗，吵个熊哩？！"村长说："你就这样说理哩，打起来你还要不要安定团结啦？"阿吉正要逮这个话把："你安定团结哩，你还不就是个倚老卖老的专制呀！"村长按照古老的民间方式处理村民的矛盾，虽合理但有时就不合法。在他看来，阿吉用"白虎"的恶名败坏女人的名声就应该受到惩罚；但在阿吉看来，他尽管不对也不至于挨打。所以阿吉认为村长专制、古板，毫无法律的观念。这就是阿吉作为现代青年与旧式农民的区别。

村长的霸道可能还不算什么，乡长的专横跋扈才更有代表性。这是贾平凹的小说中政治内容的集中表现。贾平凹不喜欢在作品中直接地反映政治，他往往是在笔之所及顺便地敲打几下，却很有分量。阿吉在龟兹班里是以讲笑话而出名的，不过他说的段子更多的是老百姓的家长里短、酱醋油盐、公媳偷欢等等，都不涉及政治。老百姓有自己的聪明，他们清楚哪些话该说，哪些话只能藏在肚里。但有一天，有人终于看不惯阿吉的插科打诨，就说："阿吉，你谁也作践，你要真有能耐，你批评腐败么，你说你敢吗？"这一激，阿吉不得不说到政治上来，而这一说就马上惹了祸。

因为他说的乡长正在屋里坐着没走。紧接着的这一段对话很有意思，乡长说："你红口白牙的当众造谣，你有事实根据吗？"阿吉说："乡长你也相信我说的是真的吗？""我不信，别人信不信？你如此造谣、诽谤，我得告你！""乡长，我不是诽谤你哩，你问问大伙，我在背地里常说乡长是好人。就是有一天乡长你坐监狱了，别人躲着你，我阿吉能去给你送饭的……"

阿吉的话其实全是求饶、讨好、辩白，但最后一句话没说到地方，反倒让乡长更加恼火。他说："我告诉你，你要送饭，我不给你这个机会的，我永远坐不了牢！"乡长的霸道和黑暗由此原形毕露。阿吉不过是图嘴头快乐，他从本心里还没那个胆量去反腐败，他似乎产生过这个念头，想当一回打虎的武松，以此赢得村里人的尊敬，那么圆圆也许就可以嫁给他。由此可见，阿吉的所作所为大都是"里比多"的作用。然而，话说回来，乡长如果心中没鬼，又何至于如此愤怒呢？另外，乡长愤怒后全场人的反应也是耐人深思的。小说中写道："满院的人都不吃饭了，拿耳朵听……院子里当下混了，一部分人顺门就走，一部分人进了堂屋去拉劝……"老百姓关心政治，痛恨腐败，所以哪怕揭露腐败的话是捕风捉影他们也充满着兴趣，其中蕴含着他们的不满和愤恨情绪。可是当权者的淫威却使他们敢怒而不敢言。长期以来所形成的逆来顺受和胆小怕事的性格于此得到充分表露。

总之，小说的情节虽简单也琐碎，可情趣弥漫，步步生春，句句令人解颐且意蕴丰厚。尤其是各个人物个性鲜明，具有一定的典型性。

阿吉的性格最为独特，他是贾平凹多年来一直致力塑造的闲人的代表。在他身上散发着一种敢于创新（不安分、胡折腾）和善于随机应变的时代精神，其实从《浮躁》的金狗、雷大空开始，贾平凹笔下的大多数主人公就都具有了这样的血脉，他们聪明、机智、灵活、自由、洒脱、勇敢、前卫，但与此同时在他们身上也有懒惰、油滑、投机取巧、不务正业等弱点。不过令人深思的是，这类人却既让读者喜欢又让读者头疼，是可爱又令人不满的人物。而且主人公阿吉的名字也特别耐人寻味，即阿吉应是阿 J 更为确切。正如鲁迅先生所说：阿贵还是阿桂？难以说清，干脆取英文Quei的第一个字母Q吧。阿鸡还是阿吉，我们也难以说清，那么不妨用汉语拼音Ji的第一个字母 J 吧。如此一来《阿吉》不就成了《阿J正传》了吗？Quei一词经人研究，其实是“辫子”的意思，Ji在我看来则有“机”智、“机”遇、“机”巧或“寄”托、“寄”兴等意。所以，如果有人说《阿Q正传》暗含着对辛亥革命只剪辫子缺乏实质行为的反思或讽喻，那么，《阿吉》就是对新世纪人性中智慧和应变能力的赞颂和呼唤。

选自《当代商洛作家群论》，三秦出版社，2005年

理性的硬语

——孙见喜的创作特色概论

读者知道孙见喜的名字大都是通过《贾平凹之谜》一书，很多人对贾平凹感兴趣也是通过这本书。可以说此书使贾平凹从此家喻户晓，也使孙见喜一夜走红。所以很多人只知道孙见喜是一个传记作家，特别是研究贾平凹的专家，而对他的其他方面就知之甚少了。其实他是一个怪才，一个多面手。他上大学读的是精密机械专业，从事文学行当完全是半路出家，而且最早是替别人作嫁衣裳——当编辑，后来才慢慢地自己写一些散文，再后来又写起了小说，另外，他还发过不少很有见地的评论文章。迄今为止，他已出版长篇专著和各种作品集十余部，300余万字。代表作有《贾平凹之谜》、《望月婆罗门》、《小河涨水》、《孙见喜散文精选》、《〈浮躁〉评点本》、《中国文坛大地震》、《浔阳夜月》、《贾平凹前传》（三部）、《山匪》等等。

在“当代商洛作家群”中，他是较年长的一位，也是最有人缘的一位。商洛的许多年轻作者都视他为自己文途上的“贵人”，经他帮助、推介出版作品的人不计其数。也由于他，本是散兵游勇的商洛作家联络、团结在一起，从而在陕西以至全国掀起了一股商洛作家的冲击波。

孙见喜还是一位风骨铮铮、敢于直言的正人君子。如今像他这样不随风转舵、敢于坚持真理的人已非常稀罕，所以他是令人尊敬的。他看不惯文坛上的蝇营狗苟，往往忍不住要发几声感叹。如，面对人人都写散文的现象，他敏锐地指出：要重铸诗心文魂，要讲究语言的审美。要不然，“散文被弃置于消闲文化的路边小店，像快餐包子，人人都是饥饿者，人人都是厨娘，十二亿人民十一亿都是散文家，只要把话能说囫囵就行。”①那还有什么文学可言？当出版界的同人还在为《大气功师》这样的作品该不该扶持争议不决时，他毅然提出“人的灵性”理念，这无疑需要极大的勇气！同时也需要特别敏锐的识见。

> 这里必须说明一点，就是人的如上主要性征中还有一层到目前为止还是空白，这就是灵性。灵性和社会属性、文化属性、自然属性一样同是人的主要性征之一，但为什么聪明绝顶的当代作家在此留下了空白呢？②

他不但在理论上敢发人之未发，在实践上，他也敢做人之未做。在全国范围内，他是率先为活着的作家作传的第一人。这是非常不简单的！正像前些年文学界为当代能不能写史曾展开过激烈的争论一样，当代作家能否作传至今也是个悬案。因为我们长期以来习惯的是所谓盖棺论定，所以，当一个作家还在不断地发展和变化中要为之作传显然有很大的难度，不好把握。可是孙见喜却为贾平凹做了，而且做得很成功，这就不能不让我们大书特书。

孙见喜更是一位乐观和坚强的人。他命运多舛，正值人生的盛年，妻子却遇上了车祸并且成了植物人，小儿子年仅七岁，从此他只好既做父亲又做母亲，但就是这样，未见他有任何消沉和悲观的神态流露，他的文学创作事业也丝毫未受到影响。

正是这样的人，才最有可能于文学上树立起自己的形象。孙见喜在文学创作上的特色可以从以下四个方面去认识：一是学者的气概或理性的色彩；二是宗教的视角；三是故乡的情结；四是炼字的匠心。

---

① 孙见喜：《浔阳夜月》，陕西旅游出版社，2001年，“后记”。

② 孙见喜：《望月婆罗门》，陕西师范大学出版社，1992年，“代序”第1页。

如果我们说孙见喜是一个学者，恐怕会贻笑大方。但我们若说，在他的作品中弥漫着学者的探索气息，或者说，他的作品具有强烈的理性色彩，也许就没人觉得奇怪了。一方面，在他的散文和小说中，广泛的知识性特别突出。虽然文学是人学，但作家除了对社会人生的深切感悟之外，还需要对自然宇宙的奥秘充满浓厚的兴趣。可是现代的作家大多对前者比较拿手而对后者不甚熟稔，需要补课。孙见喜与众不同的是，他的特长恰在后者，这也许是因为他以前是学工科的吧！无论是他的散文还是小说，有关自然奥秘的题材就占了很大的比重。另一方面，深沉的思索和精心的立意也是他作品与众不同之处。他的创作有些近乎苦吟，虽然读起来不是那么轻松甚而有些“艰涩”，但仔细琢磨，却不难体会他的一片良苦用心。他总是能想人之所未想，思人之所未至。在作品的立意的开掘上自有一番天地，这就是独绝而深刻。他好像用一位超然尘世的高人的目光俯视这个世界，充满人生的终极关怀，所以他的作品催人回味。

孙见喜对宗教似乎情有独钟。他的小说代表作《自然铜》《望月婆罗门》，还有散文《鼓山法语》《寻找海明》《兴善寺小径》《苦慈》就都有这方面的内容。这类题材对很多读者来说都是陌生的，也少有作家曾涉及这一领域。从这个意义上说，孙见喜有开拓之功。正像作家王汶石所说：

> 您的小说把一般读者，我指的是不信教的读者引进了一个新的天地，或者是对虽然常常到名寺去参观游览，除过塑像和寺僧之外，却一无所知的游客作了一番讲解和导游，使人们窥见了一点这个香烟缭绕的天地里，随着时代所发生的细微变化。洞见了一点在这儿生活的僧人以及那些善男信女的人生经历和他们的内心世界……[①]

宗教的世界对于中国“文革”以后出生的人来说确实是很新鲜的和神

① 孙见喜：《望月婆罗门·王汶石致作者的信》，陕西师范大学出版社，1992年，第108页。

秘的，当我们看到一些年轻的僧人，特别是女僧人时往往感到有点怪异，即会自然地在心里去追问：他们为什么要出家？这种枯燥的生活像他们这样的年纪能够忍受吗？但我们也就只停留在此，很少有人再去深究，因为总觉得他们和我们是相隔遥远的两个世界的人，没有什么直接的关联。但作家就不一样，他们不只和普通人一样发现了这一特殊的现象而且敏锐地察觉出在这个现象后面埋藏着丰富的社会内容，是一个值得深入挖掘的好题材。当然，也不是所有作家都有这个眼光，显然这种题材过于生僻了，在某些人看来也没有什么可以挖掘的，所以，只有那些思维独立的人才可能真正地对这类题材感兴趣。孙见喜就属于这些少数的有自己独立追求的人。

笔者觉得，孙见喜所选的这个角度的确独特而且巧妙，它不失为一个烛照现实和人的心灵最好不过的窗口。因为宗教，尤其是佛学与人的道德和心灵世界，与人类文明的步伐关系太密切了，所以由此切入，自然能挖掘出许多意想不到的内容。事实也是如此，我们在这方小小的净土里看到了墨守佛教传统的老僧、兴真寺的主持惠灵法师、立志改革佛教的佛学院第一届大学生演心、企图把马列主义和佛学统一起来的寂一居士、悲观厌世的大龄姑娘许虹、无神论者海林等等，真是一花一世界，一叶一菩提。那么，为什么孙见喜先生对宗教这样入迷呢？笔者专门就此问题向他询问，他在给笔者的回信中说：

> 我对宗教的兴趣源于“文革”。我住进学院（西安工业学院——笔者注）图书馆那段时间，读了几册佛学基本知识的小册子，因为小时候老弄不清和尚与道士的区别，当时读这些书主要想搞清这个问题。后来工作到河南……我有一间单人宿舍……成了我的佛学研究室……我利用一次到成都出差的机会，独自上了一趟峨眉山。在纯阳殿，听两个尼姑讲其出家的经历，使我知道了什么叫荡涤灵魂……我在西安某研究所工作时，单位附近就是著名的密宗祖庭大兴善寺。有一段时间我身体不好，就到寺里跟

人学习三圆式站桩功，功余在小径上捡核桃，也偶尔帮寺里僧人拔草。“佛经流通处”的王女士有些面冷，我常到她那里买《法音》杂志，她很少有和颜悦色的时候。有次在吉祥村碰见她，我问候了她一句，她就说她要去烈士陵园，半路上摔了一跤，自行车摔坏了，脚也崴了……见她十分伤感，我就用我的车子带着她去了一趟烈士陵园……后来我去寺里，王女士就热情多了，我常在她那里借经买经读经。后来在省政协楼上碰见她，她已经是另一副精神面貌……后来经她介绍，我认识了当时的陕西省佛教协会主席许力功……我觉得许主席很随和，也乐于和学人讨论学术……许极博学，讲佛时，常和历史、文学、黄老、孔孟诸学相比较，这使我认识到佛学之所以博大精深，因为它完全是在哲学层面上观照世界的。特别是，后来发生的一件事使我对这座寺院产生了敬畏……这些知识和素材就无意中进入了我的中短篇小说和散文。

正是这样，我们从《自然铜》《望月婆罗门》两部小说的内容上就可以看到，作者对宗教的教义和其在当今的价值认识得很透彻。正如小说中悟能法师所说：“庄严国土，利乐世间。”[①]同时小说中的许多人物都是以他在与宗教界的人接触中认识的人为原型，如王女士就是许虹、释演信就是小说中的演心等。

宗教不是迷信，它的基本宗旨是让人涤除灵魂中的杂念，是劝人向善。而且宗教的义理与人生的哲学殊途同归，最容易促使人彻悟人生的真谛。所以作家对这类题材的把握，只要紧紧地和现实联系起来，不堕到虚无或神秘的因果轮回中就很有价值。

故乡情结是孙见喜作品在题材选择上的又一趋向。每个人对故乡都有一种难以割舍的情绪，不管他离开故乡飘落到何方，故乡始终是他心里的

---

① 孙见喜：《自然铜》，见《望月婆罗门》，陕西师范大学出版社，1992年，第26页。

岸。对大多数人来说，故乡更多的是萦绕在自己的记忆里。古往今来的文人骚客们在其诗文中反复咏唱的都是思乡的感情。但也有人不只在感情上思念着故乡，而且在行为上热爱和关注着故乡。比如：故乡的发展变化、故乡存在的问题等等。在他们眼里，故乡不是一轮明月，它更多的是苦难和艰辛，是希望和喜悦。所以作为一个漂泊异乡的赤子应该如何回报生他养他的故土才是最主要的任务？我们在孙见喜的作品中不但看到了大量描写故乡山水风物的散文，如《晓村》《雾村》《苟村》《静村》《夜村》《雨村》《村味》《商州扁担》《商州糊汤》《商州扁食》《故乡有个打儿窝》等，而且也不难发现他还写到了《村变》《挂面的故事》《水命》《半亩桔梗半面坡》《少年葵花地》等。在这些作品里，孙见喜一方面为家乡人民的生活富裕感到庆幸，与此同时也为他们在金钱面前所表现出的道德沦丧而感到惋惜。他赞扬家乡所取得的巨大变化，也呼吁村民要保持美好的传统：诚信和节俭。

对故乡的眷恋也透露着孙见喜的深刻的人生感悟。现代乡村是天人合一的佳境。它不缺现代文明所创造的物质成果，它更有都市文明所没有的幽静、恬淡和诗情画意。

> 先是一把老榆钱，轻风里就地旋转；再是几棵刺芥芽膨胀着从田埂的板结中伸出头颈。天色正好，红日头下艳艳着几尾村姑，她们走过田埂，影脚里一地芳菲。文人鼻腔里痒得舒服，认定这里有一种药的浑蓝如烟的气息。这气息浸润五脏六腑，就有了那种丝丝的消融和软化，心想，肝肠里有痞块的人到这里来心包里有硬化的人到这里来脑血管里有栓塞的人到这里来，一切的肌体零件都会清洗然后重新装配，包括灵魂。[①]

只一片清新的空气就被写得如此神奇，更不用说乡村的色和味。那恐怕更要让人眼花缭乱，魂不守舍。其实，乡村的魂还不在这些表面的声、

① 孙见喜：《浔阳夜月》，陕西旅游出版社，2001年，第6—7页。

色、气、味，而在那不断运动变化的动物和人。寂静的村庄好像一切都凝固了，但茅厕里一声："吃了吗？爷！"[①]所有的事物全部活了。

炼字的匠心是孙见喜作品特别是他的散文在艺术上最突出的特征。他的语言与众不同的是雅和硬。雅是指非口语化或书卷气，再换句话说就是我们常说的有文采；硬则是指他有意打磨，棱角分明。按说，这两者似乎不算什么特点，文章自然应该字奇意美。然而，随着文学的大众化趋势，许多文章却越来越少文采，几乎与平常说话没有任何区别了。我们当然不是说，文章不能口语化，而是说，如果所有的文章都平白如话，那还要文章干什么呢？所以，我们要坚持文章或作品的书面化或文雅本色。但现在，真正这样做的人已成凤毛麟角，孙见喜就是其中的一位。他说：

> 如果我们在从事文学码字的时候只是随意为之、只用口头语言，那起码的一条"文学是语言的艺术"就没有做到，其他就只是空言了。语言也可以理解为建筑材料，基本的东西。试想你的砖呀瓦呀水呀泥呀钢筋呀全是些劣质货，那你的房子能盖好吗？[②]……应该强调，不能无视优秀书面语言之于散文质底的支撑作用。[③]

从这些观点中我们不难发现孙见喜对语言的文采和表达力的自觉与重视。他是这么说的，更是这样做的。《晓村》开首一句就特别致："是一池水，清凉如西天的寒星。"这句话的标准语序是："西天的寒星如一池水（般）清凉。"但这样表述虽然符合常规的语法却太平常，没有艺术语言应有的冲击力。所以改成现在的样子就很有味。先写感觉再明对象，既突出了表达的效果又使这句话成了诗语，所谓互喻。是水如寒星呢还是寒星如水呢？好像两者都有。这句话无疑成了孙见喜精心锤炼的名句，在某种意义上他创造或丰富了传统的比喻修辞方式。

---

① 孙见喜：《浔阳夜月》，陕西旅游出版社，2001年，第11页。

② 同上，"自序"第1页。

③ 同上，第184页。

其实不只这一个特别的例句，制造硬语的炼字情形在他的散文和小说中几乎俯拾即是。“日色在汉口边浅薄下去”[①]中的“浅薄”；“仄仄的石板小径上花花着一串儿水的湿迹，亮烁烁一路歪进村子”[②]中的“歪”；“那棵干冒坑的老柿树，虚虚漠漠的影子，雾在西厦屋的墙角”[③]中的“雾”；等等。这些句子之所以生动，显然与作者刻意的炼字功夫有关，但也与他对词类的活用，尤其是动词的突出有很大的关系。还有一点，是最重要也最独特的，即：以描写取代叙述的技巧的大量采用。

这种手法在别的作家那里也时能看到，但像他这样大量地运用甚至完全用描写的句子来结构全文的实在少见。因此如果不夸张的话，这一点就可视为孙见喜对当代文学的写作技巧的一大贡献。在笔者看来，描写是作家区别于普通人的一个艺术条件。很多人擅长于叙述却不精于描写。叙述只是把事件交代清楚，却不能给人留下生动深刻的印象。因为叙述的技巧指数不大，或者说与描写比较起来几乎谈不上技巧。而描写则不同，它往往可以不拘泥于本事，从作者的主观感受出发空灵地状摹和描绘，只要传神即可，不像叙述那样死板只能一是一，二是二。

在这点上，我觉得叙述是现实主义的，描写是浪漫主义的。叙述保证文章的质实，描写生发文章的趣味。我们对文学的爱好更多的是追求一种趣味，一种生活中没有的境界。所以我们更愿意看到描写出来的生活而不是叙述出来的世界，叙述的结果与生活几乎没有两样，描写尽管常常被当作技巧，但在笔者看来，它更多的是境界。我们希望文学作品都是描写的而不是叙述的。也许大家都有一个困惑就是有的叙述文章从结构立意上都挑不出什么毛病可就是不吸引人。其实道理很简单，就是描写太少！文章过于实在，飞腾不起来，激发不了读者的想象。反过来，好的作品也并

① 孙见喜：《浔阳夜月》，陕西旅游出版社，2001年，第70页。

② 同上，第12页。

③ 孙见喜：《望月婆罗门·王汶石致作者的信》，陕西师范大学出版社，1992年，第108页。

不是单纯的语言优美、情调独特，更主要得力于描写的功力和支撑。孙见喜等成功的作家都自觉或不自觉地领悟到这一点，所以，他们的作品不管是小说还是散文都特别重视描写的运用和比重。尤其是孙见喜的散文几乎全篇都是描写。难怪让读者觉得非同寻常。我们就以其代表作《晓村》为例，解析一下其描写的韵味：一开头就是一种奇特的感觉，然后全是作者眼中、心中的印象，亦即完全从主观感受起笔。视野的变换成了文章的线索，人一直躲到背后。整篇文章没有出现一个我，但一切又莫不是我之所见、所闻、所感、所想。

> 是一池水，清凉如西天的寒星。成捆的苎麻浸在河底，谷草拧的绳头在挽过死结之后僵硬地浮在水皮子上。一只老年蜻蜓死在上面。池边一株少年柿树，头年学着挂果，最红的一颗让老鸦啄了，半拉浆果掉在地上，酸酸地发着白毛。水边安闲着三片五片的落叶，金丝般的叶脉楞出一线亮色。是霞光，不是曙色，正在发育，倏乎又灭了。天地间回复混沌，迷蒙中白露爬上树梢，晨雾把麦秸打潮。

这是拂晓的野村的图景，静谧、散乱、潮湿，乡村特有的酸腐气弥漫田野。接着第二段转写声音：

> 辘轳转动了，沉重的咯吱声单调而尖锐。井台连着水池，小柿树挤在它们之间。没牙老汉当年一次无意的抛射衍出一棵挺拔的植株。如果哪天他不上山打兔，如果那只老兔受了伤不满山窜跑他老汉的肚子也不会饿得发空，那这碗柿子炒面他就舍不得吃，那这颗柿核儿也不会被他用一只筷头从老瓷碗的豁口弹出去。大事情的根由都是出于偶然。就像他老婆丢了一把铁锨，接连在这儿骂了两个麻麻明儿。她扬言要连骂三个早晨的，可今儿一出门，被一个家什绊倒了。瞧！正是自己那把铁锨，她心里气，自言：贼子就是怕骂。才说要站起来，脚拐竟扭折了，老婆就说这把铁锨命中不该是她家的。蓦然，天上寒星尽失，东山上

的柞木树林亮了齐楞楞一线顶梢。风儿划过去，丝缕缕的雾气飘向涸水的深沟。樵夫上山了，腿上的裹缠没绑紧，臃臃肿肿的腿脚失了往日的灵快，也许他昨夜酒喝多了，在今早儿的昏睡中被媳妇蹬了一脚。他在缠缠绕绕的毛路上晃悠，肩上长扁担的铁尖儿“哗儿”一下刺疼了东天里抹得一塌糊涂的云霓。

联想、回忆柿树的由来及与此相关的人物，但用的不是记叙而是描述。从事物的形、色、音等方面去描绘，重点是感受，是想象，而不是实写。

一股血色射过来。辘轳絮上的九连环，木质轴上的铜包头，扶着摇把儿的小妇人的胖手，手指上箍进肉里的白铁顶针，一切，硬的，光的，表面整洁的，统统映射出霞光。

当事物相互之间没有什么关联而只是各自独立的形象展示时，这种文字的连缀就不是记叙而是描写。

天大亮了谁在院子里试了一枪，不是爷们的老铳，这声音要亮促得多，像是快枪。持枪证只发给老猎户，后生们别想。井台上有细碎的说话声，是媳妇们倒了粗陶的尿壶，手没洗就来绞水。吃奶的孩子还在炕上哭。说话间水池上就浮起热气，说话间人们都蹙起鼻子深吸。是谁家的豆腐出锅了鲜嫩的汤汁顺下水槽流出来，肥了池里的莲藕。

又从声音写起，但有了人声，还写出了嗅觉。

是谁在水池边倒了一堆新鲜的鸡蛋皮。大丽菊无声地绽开，太阳还没有出，花下人家的门板上贴了两只红鞋样，现代告警信号在小山村找到了祖根。月婆子在炕上哼哼。榆树梢儿亮了，椿树梢儿亮了，房脊梁也亮了，一条旭日的光影线顺山墙往下落。太阳还没有出山，人们不敢大声说话。唯剁猪草的梆梆声硬而有力。老槐树上的黄瓜鸬鹚叫了，叽喳喳叽喳喳的絮叨，是母亲呼唤儿子，快快起来筑巢，白露过了是寒露，冻坏了翅膀娃娃明年你怎么远飞？一阵扑扇翅膀的声音，空气中流过消化不良的臭味儿。谁家的懒公鸡应付差事地叫了一声。

天在慢慢地变亮，动物和人在渐渐地醒来，村中由夜带来的寂静被打破，又一个生气勃勃的日子正在走来。作者似乎一直在村中的一个水池边伫立，用耳朵、鼻子、眼睛以至心灵，亦即全身心去触摸和感觉乡村清晨的氤氲。采用的不是事物的线索而是人的感觉和思维的顺序。所以这是一篇完完全全的描写式散文。这样的散文给读者耳目一新的刺激，正如它是用全方位的角度描述，它给人的冲击也是全方位的。

原载《商洛师范专科学校学报》2005年第1期，原题为《孙见喜的创作特色概论》

共和的悲哀

——《黄花赋》的创意分析

中国由帝制走向共和的历史对很多人来说并不陌生。因为从时间上来说它距现在不是太远，我们往往把这一段划归到近代，其内容在现行的各级学校开设的历史课程中都有不同程度的涉及。所以，只要是新中国成立上学的人都不会忘记“甲午海战”“义和团”“戊戌变法”“辛亥革命”这些重大的历史事件，当然也就知道邓世昌、康有为、梁启超、谭嗣同、孙中山、袁世凯等风云人物。加上，近些年来电影和电视剧中关于这段历史的题材以及有关人物的反复演义，所以，这段历史的片段我们还是有所了解的。

然而，这段历史的整个过程以及其中的很多细节包括一些隐情却不是人人都很熟悉。历史著作包括教科书从来是粗线条的，我们从中只能了解历史上出现的重大事件和著名人物以及历史在时间上的变迁顺序，所以历史教科书常常是简单、粗糙、乏味、干瘪的。

因为学科本身的特性，它不允许感情成分的存在，也不追求细节的生动和翔实。而这些其实正是广大读者最需要了解的内容。关于中国近代历史的演变过程，我们很多人感兴趣的也正是这些。诸如戊戌变法是怎么酝酿又怎么失败的，辛亥革命是如何爆发并取得成功的，等等。可是这些具体的情形在历史教科书中是找不到的，即使找到也往往不能令人满意。那么，什么著作既能满足我们的求知欲又能填充我们的好奇心呢？毫无疑问就是高质量的历史小说。

小说被巴尔扎克称为一个民族的秘史，我想道理也就在此。特别是以一段历史区间所发生的事件为题材的小说就更有资格作为这段历史的补叙或者新的版本。对于广大读者来说，不久前，由中国文联出版社出版的石之轩著的《黄花赋》就是一部生动、翔实、崭新的中国近代史读本。

虽然这部小说出版仅仅两月时间，却意外地在网上产生了轰动，读者阅后所发的帖子已经超过两百多条，我也是通过偶然的机会从网上注意到这部小说的，谁知一读起来就再也放不下，它促使我思考这样的问题，辛亥革命的题材几乎被人们写滥了，为什么石之轩仍然要旧曲新翻？看完后我总算明白一二，作者不只是为了细化历史，他还有更重要、更独特、更深刻的考虑。

替维新派翻案

小说特别值得肯定的是作者自觉地把“保皇维新”与“革命共和”两条强国路线斗争的详细过程表现得完整而客观。而且作者没有简单地对两派的思想、行为以及结果做出评判，而是留给读者去品味。这种态度和做法完全符合历史小说的创作原理，既尊重历史又不囿于历史，既要客观地复现历史的原貌又要机智地表露作者的倾向。

按照普通人的理解，走向共和的历史应该是革命党孙中山等人的功劳，与保皇派无关。所以作者应该把描写的重心放在革命的筹划与发动方面。但从作品中我们看到作者对改良派的活动叙述与革命的活动内容的描写几乎平分秋色，没有侧重。两条线索同时进行并时有交叉，双方的力量也曾进行了长期的论辩和斗争。特别是对保皇派的详细描写应该说是本书的突出贡献之一。这一方面是对历史的充分尊重，另一方面也留下了让现代的读者味之不尽的话题。迄今为止，我们看到的关于这段历史的记录，对康、梁等人的评价是不够的，也是极其粗略的。

《黄花赋》为我们提供了具体了解康、梁一党活动的最好的资料。我个人从中解开了许多长期困惑不清的历史谜团。诸如，戊戌变法失败的原因、康梁海外逃亡的过程、保皇会与革命党斗争的内幕、康梁在革命胜利后的态度。

作者之所以在戊戌变法失败后并没有完全终止或抛弃这条线索而是一如既往地关注和描写着康梁一党的各种活动，我想一个重要的原因就是作者不愿埋没这些志士仁人的功勋，不想掩饰他对这些英雄豪杰的敬仰和赞美。的确，由于意识形态的原因，半个世纪以来，我们对戊戌变法的参与者们给予的重视评价是远远不够的，甚至在某些方面是错误的。因此，抱着对历史负责的态度，我们有必要重新审视这段历史以及这些人物，变法的英雄们应该得到应有的、很高的评价。可以说，他们也是中华振兴的先驱，是中国知识分子的精英，是近代先进思想的最早传播者，是中国走向共和的功臣。这不仅表现在他们执着的强国行为，更主要的是他们提出的引领中国走向共和的一些思想至今仍散发着夺目的光辉。还有如谭嗣同等“留取肝胆两昆仑”的精神时刻震撼和激励着后人。他们与革命党人除了政见上的差异之外几乎没有区别，然而历史却因为他们的改良主义态度对他们做出了落后甚至反动的评价，这是极其不公正的。后来的学者之所以仍然承袭这种看法正是因为他们不了解当时保皇党的所有活动。

对共和进行反思

共和是什么？在我看来，它是一种多党联合执政的政治体制。无论是维新派还是革命党最初思考的都不是这个问题。直到清廷将要退位，中国南北双方才开始把这个问题提到桌面。孙中山他们从一开始就没有共和的思想，他们的主张很明确，也很狭隘，就是“驱除鞑虏，恢复中华”，或者说恢复汉族的统治地位，这种思想其实根本没有五族共和的意味。倒是维新派反倒没有这种狭隘的民族立场，只要利国利民，什么人都可以进入政府。孙中山是极力倡导民主的先驱，可是他始终不同意架空革命领袖的内阁总理负责制，不是他贪恋权力，而是他意识到中国当时还没有达到可以完全实施民主化程序的政治阶段，为此，他招致了革命党内部很多人的不满和误解。所以，虽然中国近代最终选择了共和政体，但是从当时各个政治集团的初衷来看却都不是他们的本意而是被迫使然或者时势所然。清廷不愿意、袁世凯不愿意、康有为不愿意，孙中山也一样。那么又是什么因素导致了这个结果呢？关键还是对民主的认同与法制的建立。不管是维新派主张的君主立宪，还是革命党人坚持的共和制度，有一点是毫无异议的：用法律保证和约束每个人的权利。

私天下已遭到所有人的指斥和鄙弃，民主已成为大势所趋。各派观点不同的是实行民主的程序和速度问题。所以，说白了，革命党与维新派争执的根本不是政体而是实现政体的时机和具体方式。那么，时隔一个世纪，我们现在静下心来，重新审视这个问题，恐怕就会有另外的感受。即从现在的眼光看，按照中国当时的实际情形，选择君主立宪也许未必落后于革命立宪。

换句话说，保皇派当时的一些思想未尝没有道理，未尝不比革命党高明。历史是无情的，也许当它选择了另一种方式，国家又是一种面貌，这一点谁也不能判断。无数的偶然注定了必然的结局。假如光绪皇帝没有被囚，戊戌变法还在继续；如果袁世凯及时倒戈，慈禧提早下台；或者孙中山领导的广州起义、黄兴领导的长沙起义抢先成功，中国会是什么情景？谁也说不清，但历史永远没有假如，只有现实，革命党成功了，保皇派失败了。孙中山被邀四处演讲，风光无限；康有为隐遁民间，黯然神伤。可是，值得玩味的是：革命成功了，孙中山却不得不辞职，舞台上却在演义康梁变法的故事。改朝换代究竟给老百姓带来什么？只有老百姓心里明白，为民族振兴做出贡献的人永远不会被忘记。

只要出发点是好的，思想没有对错之分。不管是保皇派还是革命派，他们的动机是一致的，都是希望国家强盛、人民幸福。只不过在实现这个目的的道路上两派有不同的观点而已。一个主张君主立宪，一个倡导民主共和。尽管民主共和的政体最终建立，但真正的民主是否实现了？人民的生活是否安康？事实证明都没有，反倒引起了连绵的内战，争斗不息。所以康有为当时说："以共和立国，以我国的国情，只会导致军阀割据，国分裂而民涂炭。"事实也诚如此言。

试想，如果当时实行的是君主立宪，国家就一定会安宁吗？恐怕也不一定。但是相对而言要比民主共和更能为大家接受一点。因为它更现实，更与中国的国情切近一些。也就是说，当民智未启、教育不兴、国力薄弱、军阀割据之时就期望民主是不大可能的。很多人不了解革命，就连湖南起义胜利后的副都督陈作新所理解的革命结果也不过是"厦屋三间、白银万两，美妾三个"。因此在这种情况下，人民根本就不知民主为何物。与此同时，也缺乏保证民主得以贯彻的法制，所以，朝代改换了，实质仍没有改变。

笔者觉得这部小说的现实意义在于作者通过走向共和的艰难历程向读者昭示：民主得来不易，实现法治更难。尤其在中国这个封建传统深厚的国家，几千年来根深蒂固的人治是在较短的时间里根本无法改变的，革命只能改变政体，完成真正民主的法治任务需要广大人民的觉悟和思想境界的提高。

慈禧太后临死前所说的最后一句话耐人寻味："决不能让一个女人的权利达到顶峰。"其实又何止女人，男人也一样。一个人的权力太大就无法无天，就可能把一个民族引向深渊，这种教训在中国实在太多了，现在的民主制度虽然在不断健全，可是仍然没有形成很好的约束各级"一把手"的机制。

回想中国近百年的历史，完全的民主时代还未到来。而要真正获得人类的大同社会，一方面需要健全的法制给予保障，另一方面还需要每一个公民的个性独立和思想觉悟。为此就需要呼唤一百多年前那些为了真理不惜抛头颅洒热血的英雄儿女的魂魄：归来吧！谭嗣同、徐锡麟、秋瑾、唐才常、林觉民等。笔者到现在才领悟到作者把小说取名为《黄花赋》的用意，黄花不只与革命党人最悲壮的黄花岗起义有关，象征着革命；黄花也不只是历史的过眼云烟，同时它更重要的是暗喻了一种舍生取义、杀身成仁的浩然精神。

为小人物立传

小说中写得光彩夺目、真实可信的人物很多，不过笔者最赞赏的还不是作者对慈禧、光绪、袁世凯、李鸿章、孙中山等大人物的描写，因为这些人物是公众耳熟能详的，虽然作者对某些人物也有“翻案”式的描写，但其中的创意并不是很突出。因为此前已经有人通过各种方式表现过他们，或者重新审视过其中某些人，像李鸿章等。

石之轩对他们的把握倒是比较公正，可是他毕竟不是最早重新关注这些“反面角色”的人。相对而言，笔者最喜欢的倒是小说中的一些次要人物或者以往为众人不大熟知的新面孔，如：黄兴、王照、赵声、章太炎、谭人凤、杨度、郭人璋、唐绍仪、瞿鸿机、翁同龢、张振武、孙武。廖翔武、吴兆麟等。

黄兴按说不是个小人物，他在同盟会中地位不亚于孙中山，但是由于他过早去世，加之孙中山的声誉对他的遮掩，所以有不少人对他是生疏的。但小说中把黄兴顶天立地的英雄气概和高尚宽广的丈夫胸怀以及江湖侠士的义气表现得淋漓尽致。

我们只需借助作者对黄花岗起义前后过程的描写就不难领略黄兴作为革命领袖的全部风采。这次起义是革命党人历次起义中准备最充分但也失败得最惨烈的一次。由于起义前夕不慎走漏了消息，黄兴起初不得不决定取消这次行动，以保存实力。因为起义的参加者，特别是七十二壮士几乎全是革命的骨干。但是思之再三，黄兴还是决定继续起义。明知必败也要徒手一搏，难道说他愚昧蛮横？显然不是。只能说他考虑得更加长远，也证明他光明磊落的人格。因为此次起义在海外募集了大量的资金，他觉得有必要给广大的华侨一个交代，不然就是骗子的行径，以后的革命将无以为继。所以，黄兴认为就是他们全部战死也要如此行动。当然，黄兴并非一直清醒和宽容，黄花岗起义失败后，他突然决定要成立暗杀团为牺牲的同志复仇，甚至为此不惜拒绝、放弃很多更加重要的工作，则反映出他冲动、执拗的一面。

王照起初是清廷的小吏，可是由于他敢于直言也不乏识见，所以最终得到了皇帝的重用。小说中虽然描写他的篇幅不多却给读者留下了很深的印象。当谭嗣同劝说他去做袁世凯的工作以帮助光绪逼迫慈禧退位时，王照的一句话说得非常富有见地："太后绝无政见，只知权力，她才不会那么珍惜所谓的祖宗之法，快与皇上改变策略，变法还有希望，不然，你便是断送变法的千古罪人。"尽管他极力拥护变法，但他不主张贸然激进的行为。维新派当时如果接受了他的劝告，变法也许真的还有希望。

赵声是一个活力四射的人物。他一会奔波在会党人物之间，一会又出现在新军统领的府邸，一会又周游于同盟会员的家里。当他听到黄花岗起义失败的消息时，悲愤交加禁不住口吐鲜血，以致最后拒绝进食，抑郁而亡。

小说中有一个细节不但写活了章太炎也写活了其他革命党人。章太炎从狱中出来后，孙中山等为他举行盛大的欢迎仪式并希望他加入同盟会，可是章太炎首先向孙中山提出了一个问题：人生中你最喜欢的三件事？孙中山的第三个答案既让章太炎感到满意，也让在场的所有人开怀大笑。因为孙中山说出了真正的性情话语：女人。这虽然只是一个小插曲，却能让读者感受到这些革命党人身上平凡的一面，如果处处展示他们作为天生的革命家的气质，那是不能令人信服的。

至于翁同龢、瞿鸿机作为清廷中最有智慧的两个幕僚，他们的心机和权术的确令人佩服。虽然两人最终都被迫弃官归田，但是他们为了大清江山永固所做的努力却是不可忽视的。作者只写了他们的一些细节就使读者过目不忘。我们不能不钦佩作者写人的功夫。

武昌起义竟然是在仓促慌乱中临时爆发的，也是在缺乏主要领导人的情况下取得胜利的。不但筹备起义的总指挥张振武、孙武、蒋翔武等由于意外原因一个都没到场，孙中山和黄兴更未亲临。这一点如果不看小说《黄花赋》恐怕没人知道，也无人相信。

很多人都把辛亥革命和孙中山联系在一起，但其实他只是一种精神的领袖而不是起义真正的领导和组织者。这就是历史的真正面目，很多惊天动地的事业并不都是伟人亲自完成的，而是那些无名小卒创造了历史，改变了历史。下级军官吴兆麟等振臂一呼，新军士兵积极响应，划时代的一天到来了。说起来很有意思，革命党人精心策划组织了多少次起义都以失败告终，可是谁想到一个普通士兵的随手一枪竟然掀开了中国历史新的一页。

石之轩更多的是意识到小人物在历史上不可轻估的作用，所以才把大量的笔墨泼洒在这些为了民族共和舍生忘死的英雄群像上，也才给我们留下了许多感人肺腑的故事。

《黄花赋》在情节和人物塑造上力图做到言必有据，这固然无可厚非，但与此同时极大地限制了作者自由创造，导致了小说在艺术表现上的几个不足，概括起来就是：史的成分浓，文的味道淡；事的比重大，人的刻画浅；平铺直叙多，描写变化少。

也就是说《黄花赋》最突出的贡献在于全面、客观、翔实地重叙了19世纪末20世纪初中国政坛的风云动荡，是目前为止我国同类题材中最值得信服的一部走向共和史。但是可惜的是小说略输文采，过于质实。既没有多少戏剧化的场面也缺乏大量必要的想象和虚构，读者的思想难以飞腾，小说缺乏让人回味的空间。因为作者始终把交代事件的来龙去脉作为小说的中心任务，而相应地忽略了对人物特别是人物心理的深层次刻画。人物的性格基本上是通过对话和行动来展现的，而且人物的言行也大多涉及与革命有关的内容，完全屏蔽了革命者的个人生活与内心世界。其实在很大程度上，读者所关心的是人物的感性生活，文学作品的重点也应放在这一方面。人性是复杂多样的集合，革命者不是天生就要革命更不是只知道革命的机器。

小说的失误之一在于没有交代孙、黄等革命英雄起初投身革命的动机和契机。黄兴的个人感情只是轻轻地一笔带过，孙中山的爱情则根本没有涉及。汪精卫与陈璧君、梁启超与何惠仙的情感纠葛也都写得扑朔迷离。

在表现技巧上，这部小说显得过于单一，叙述为多，描写较少，抒情议论更为缺乏，且叙述又以顺序为多，角度没有变化。

不过，话说回来，《黄花赋》毕竟是石之轩耗费十年工夫精心打磨的鸿篇巨制，它弥补了中国近代史粗糙、干瘪的遗憾，也揭开了长期以来一些悬而未决的历史公案的谜底，特别是引领读者重新思考中国走向共和的历史并将其作为当代改革的一面借镜。种种这些是我们丝毫都不可轻估的。

选自《现代价值观与当代文学批评》，陕西人民出版社，2007年

野性在礼性下呻吟

——“白鹿”精神的合流

在发表之初就强烈愉悦过笔者的《白鹿原》经过十多年的沉淀，现在读来却激起笔者一种极为痛苦的感觉。这种痛苦一方面来自对陈忠实偏执的礼性思想的强烈不满；另一方面则来自因评论界对白鹿精神阐释的误区所产生的极端不平。当再次读完《白鹿原》，笔者好像从小说的字里行间聆听到野性在礼性蹂躏下痛苦的呻吟。

笔者所谓的“礼性”指的是以白嘉轩为代表的正直、良善、勤俭、义气的所谓“克己”精神；而“野性”则是指以鹿子霖为代表的率真、任性、务实、善变的所谓“自由”思想。从小说中不难看出，陈忠实是以礼性来贬抑野性的，换句话说，他借白嘉轩的人格来否定鹿子霖的行为。但是，笔者觉得白嘉轩并不完全值得尊崇，而鹿子霖也不应该得到过分的贬斥。

“礼性”的偏执

白嘉轩的性格魅力就在于他身上所负载的丰富的道德内涵，确切地说，他用实际行动对传统美德，或儒学精神所谓的“忠”“义”“礼”“信”等做出了最好的注释。

作为一族之长，他能率先垂范，要求族人做到的他自己首先做到。儿子白孝文与田小娥通奸，他决不迁就，按照族规严厉惩罚毫不手软，充分体现了儒家的诚信原则。他一身正气令邪恶不敢近身。鹿黑娃从小见了他就两腿发颤，心虚胆怯。在他当了土匪后，他曾命令手下一定要把白嘉轩的腰打断，为的是他的腰挺得太直。这显然不是嫉妒他的身体刚强硬朗而主要是白嘉轩端正高尚的人品使鹿黑娃时时感到自卑。为了获得一种心理平衡或者说为了树立自己的尊严，他不惜利用土匪的特有手段强行施暴。虽然白嘉轩从此永远佝偻不能直立，但他的精神、品德、人格却永远挺立如初甚至更加高大。以至鹿黑娃荣任县保安团炮营营长有了正经的名分后仍然不得不向白嘉轩——这个佝偻的族长屈膝认输。陈忠实以此证明人身上的匪性或野性最终都要为传统的礼性所折服。

白嘉轩足智多谋。他之所以能把一个渐近破落的家庭重新振兴起来，特别是保持它长兴不衰就是凭借着自己的智慧和勤劳。他精心设计从鹿子霖手里换得那块白鹿显灵的风水宝地，第一个大胆地在白鹿原上种下可获暴利的罂粟，再加上他从祖辈那里继承来的多进少出的“匣匣经”，从而很快就发了家并成为白鹿原上的大富户。有了钱，有了地，如果就此满足，那么白嘉轩就没有什么值得人尊敬的，他最多不过是一个普通的财主罢了，作者当然也不想把他塑造成这样的形象，因此陈忠实把很大的精力放在对白嘉轩“为富思仁兼重义”的道德礼赞方面。

他之仁之善主要表现在两件事上：一是当农协会员遭受国民党的残酷折磨时，白嘉轩不计前嫌，挺身而出为他们向田福贤下跪求情；二是鹿黑娃和鹿子霖被关进监牢时，他以德报怨亲自去县城为他们奔波设法营救。这些行为于常理都是说不通的，可事实是他确实这样做了，这只能证明他博大的仁爱之心。至于他的义气，我们只需通过他与鹿三的主仆关系就不难看出。在名分上，白是主，鹿是仆，但在生活中，两人却亲如兄弟。白嘉轩从不把鹿三当下人看待，而始终与其有福同享，有难同当。年馑时，他让鹿三搬到他家一块吃饭；就是在鹿三精神颓败、常常丢三落四时，他也没有弹嫌他，反倒是提醒儿辈们不要给鹿三脸色，要尊重他。也许正是因此，在关键时刻，鹿三才能为他临危解难：交农事件如果不是鹿三代主行命，白嘉轩就可能面临灭顶之灾；鹿黑娃查不出杀死自己妻子的真凶准备以白嘉轩作为替死鬼时又是鹿三挺身而出化解了这场灾难。

然而，白嘉轩身上最光辉的成分还是对儒家所谓的“克己复礼”精神的领悟与实践。在非常长的一段时间里，白嘉轩都和鹿子霖在进行着争强斗气的殊死较量，一阵儿你把我家的地和房买走了，过一阵儿我又把你家的房和地夺了过来。表面上一团和气，心底里却剑拔弩张。然而到后来，白嘉轩却幡然醒悟，人活一世并非为了和别人争一日之长，而是要克己寡欲、修身养性以求完善自己。在这一点上，白嘉轩是在完完全全地实践着朱先生这位儒学大师传授给他的人生信条：“房是招牌地是累，攒下银钱是催命鬼。房要小，地要少，养个黄牛慢慢搞。”只有当一个人彻悟了人生，参透了生死，他才会明白：欲望无穷，争斗毫无意义。他也才会不断地克制自己个人的欲望，把一切精力用在众人的事业上。白嘉轩整修祠堂、兴办学堂、析产分地的壮举异行就是这种慧悟的实践。小说在将要结束时这样写道：

> 白嘉轩不是鼓不起往昔里强盛凛然的气势，而是觉得完全没有必要，尤其是作为白县长的父亲，应该表现出一种善居乡里的伟大谦虚来，这是他躺在炕上养息眼伤的一月里反反复复反思的最终结果……他的气色滋润柔和，脸上的皮肤和所有的器官不再绷紧，全部现出世事洞达者的平和与超脱，骤然增多的白发和那副眼镜更添加了哲人的气度。他自己一手拄着拐杖，一手拉着黄牛到原坡上去放青，站在坡坎上久久凝视着远处暮霭中南山的峰峦。[①]

与其说白嘉轩这时像个哲人毋宁说他更像上帝，他站在白鹿原坡上对自然和乡亲的凝视就像上帝立于云端俯瞰着芸芸众生。陈忠实就是这样，

① 陈忠实：《白鹿原》，人民文学出版社，1993年，第680页。

企图通过把白嘉轩塑造成彻头彻尾的儒家礼性思想的代表，从而完成他对中华民族文化心理结构的探索，也就是说，在他看来，儒家所谓的克己复礼、安贫乐道、勤俭诚信、独善其身、兼济天下的精神对我们当今建设社会主义精神文明仍有巨大的价值。《白鹿原》的不朽或独特贡献正在这里。然而，问题在于陈忠实把鹿子霖拿来做白嘉轩的垫背，或者说以白嘉轩来否定鹿子霖，这就难令笔者苟同了。我觉得鹿子霖身上也有值得我们吸取的道德内涵，这就是所谓野性情怀。

野性的呻吟

鹿子霖虽然有不少品行为人所不齿，但他却有率真的性情。他不像白嘉轩那样迂阔和单调，他更多遵循的是自己的感情的逻辑而不是所谓道德的原则。这一点使他有时给人的感觉有点下贱和无耻，但从另一方面又给人一种务实的印象。鹿兆鹏在白鹿原上进行农民运动时曾把他父亲当作土豪劣绅当众批斗，从此父子断绝了关系。可是，当鹿兆鹏被县党部抓住将要处决时，鹿子霖表面上无动于衷，但心底里仍然无比焦急。他口上说不管，但脚底下却跑得比谁都快。小说中这样描写，鹿子霖听到鹿兆鹏被捕的消息时嘴上说：“活该！死得！把这孽子拗种处治了，我刚好说话好活人了……我一家好端端的日子全坏在这龟孙子身上。他参加共产党教我跟着背亏带灾……”[①]但在行动上，却按照亲家冷先生的吩咐积极地打听田总乡约的行踪，为营救儿子做准备。在这一点上，白嘉轩就做不到。

尽管白孝文的行为需要惩罚，但当他的妻媳跪下向他求情，特别是他的母亲要挟他，如果他非要当众刺刷孝文的脸她就准备脱光衣服让白嘉轩先来刷她，白嘉轩还是毫不为动，依然当着全族人的面重重地处罚了自己的儿子。显然他是为了捍卫宗族的法规不被破坏，也就是为了维护礼性的

① 陈忠实：《白鹿原》，人民文学出版社，1993年，第324页。

原则，为此，他宁愿被大家骂作心硬的人。或者更确切地说白嘉轩本来就是一个乏情的人，因为他已完全被传统的道德所同化成为一个僵尸，他身上应有的丈夫和父亲味已荡然无存。

相反，鹿子霖却让我们觉得更加实在、真切，虽然他不是一个高尚的人，但他至少是一位称职的父亲。即使他与很多女人偷情的行为并不值得肯定，然而有一点却不容忽视，他是认真的、动情的。他后来收养十几个干儿子的举动就是证明。尤其是他坐监狱的这段时间里，他对人生的领悟更多，他说："修下监狱就是装人哩喀！能享福也能受罪，能人前也能人后，能站起也能蹴得下，才活得坦然，要不就只有碰死到墙上一条路可走了。"[①]能把世事看得这样透不能不说是对生命的自觉。当他被释放回家后，白嘉轩看他的时候，他说的几句话更表明了他的清醒："嘉轩哥，我坐了一回监才明白了世事，再没争强好胜的意思了……种二亩地有一碗糁子喝就对哩！"[②]由这些话不难看出，鹿子霖已经收回了以前的猿马之心，准备本本分分、老老实实、清清醒醒地活人，他已彻底领悟到为争一口闲气、为了一种虚幻的东西活着太没意思了，如果不能为社会做些什么，那么活好自己也就对得起这一生了。"世上除了自个还是自个，根本就没有能靠得住的一个人。"[③]为此他不惜再次和田福贤携手，为的就是那个小孙孙和其他收养的干儿子们，他对自己的女人说：

> 你说啥最珍贵？钱吗地吗家产吗还是势吗？都不是。顶珍贵的是人……钱再多家产再厚势威再大，没有人都是空的。有人才有盼头，人多才热热闹闹。我能受牢狱之苦，可受不了自家屋院里的孤清！[④]

这一切其实都根源于鹿子霖从祖辈那里继承来的古训：忍辱负重，

① 陈忠实：《白鹿原》，人民文学出版社，1993年，第577页。
② 同上，第601—602页。
③ 同上，第602页。
④ 同上，第645页。

在逆境中奋起的生活态度。他的先祖鹿马勺为了学得名厨师的手艺不惜遭人辱骂、痛打甚至鸡奸，鹿子霖为了振兴鹿家的事业同样不在乎别人的唾骂。正如冷先生对他的评论："这人早从我眼里刮出去了。我早都不说这人的三纲五常了，不值得说。"①然而白嘉轩却也不得不承认他是白鹿原上最滋润的一个人："他当着田福贤的官，挣着田福贤的俸禄，可不替他操心，只顾自个认干亲……"②这句话里自然不是没有讽刺但也不是没有羡慕，他说："咱们祖先一个一个麻钱攒钱哩！人家凭卖尻子一夜就发财了嘛！"这种生活方式虽然不值得提倡，但也没理由否定它。我们尽可以赞扬白嘉轩的诚实稳重，我们同样也要认同鹿子霖的灵活善变。生活中有的东西可以规定，而有的事情就无法限制。比如信仰、生活态度和方式，道德也是如此，我们可以以一种道德去批评另一种道德，但却不能以一种道德代替另一种道德。

如果说白嘉轩奉行的是一种克己复礼的大众生活准则，那么鹿子霖所遵循的则是顺其自然的个性发展逻辑；白嘉轩在一味地压抑着自己的欲望，而鹿子霖却在淋漓地发泄着自己的本能。这是两种截然不同的活法，从道德的角度，我们无疑要称赞白嘉轩，但换成人性的角度就正好相反，鹿子霖成了应该肯定的对象。所以，作者陈忠实想借白嘉轩来否定鹿子霖的做法显然值得商榷。其实，我们仔细反思一下白嘉轩为人处世的原则及其后果，就更能坚定这样一种看法：野性在礼性下痛苦地呻吟，亦即人的自然性或正常的欲望受到传统道德即礼性的残酷扭曲。

白嘉轩的三个儿子在自己的新婚之夜都对男女之事几乎一无所知，原因就在于白嘉轩从小灌输给他们的"非礼勿视，非礼勿听"的思想，也就是这种思想使他们到了结婚的年龄连起码的人生知识都不具备。记得白孝文、鹿兆鹏、黑娃三人因在河滩庄场偷看牲畜配种既遭到了徐先生每人十个板子的惩罚，又让鹿子霖和白嘉轩他们狠狠教训了一顿，这就是根源。

---

① 陈忠实：《白鹿原》，人民文学出版社，1993年，第662页。

② 同上。

一个个活生生的年轻人就这样被用性禁忌培养成呆子。白孝文与田小娥偷情的尴尬就充分地证明了这一点。在很长一段时间里，白孝文都是“勒上裤子就行了，解开裤子不行了”，田小娥不理解，还以为他是阳痿，白孝文自己也不明白这到底是怎么回事。这个谜直到白孝文彻底与白嘉轩断绝了父子关系才由他自己解开：“过去要脸就是那个怪样子，而今不要脸了就是这个样子，不要脸了就像个男人的样子。”听从白嘉轩的教训，那就是要脸，而要脸的结果就是阳痿，就是人性的丧失和扭曲。田小娥的阴魂为什么会使全村人战战兢兢，这绝不是简单的对鬼神的恐惧，而应该认作村人对自己灵魂中野性潜流的默认，换句话说，田小娥是一面镜子，每个人从她身上看到了自己灵魂中的丑恶，所以表面上是害怕鬼魂，实质上是害怕自己。可怜可敬的是田小娥充当了众人的挡箭牌，以单薄的飞蛾之身勇敢地扑向了礼教的熊熊大火！

“白嘉轩引以为豪壮的是他一生中娶过七房女人”，而白嘉轩应该感到悲哀的是他对自己一生都在坚守的礼性精神的杀人本质的至死不悟！鹿三尚且能够为自己亲手杀死儿媳田小娥而产生愧疚以至疯癫，可白嘉轩却始终不承认自己对儿媳大姐的死应负相当的责任。大姐完全可以不死，只要白嘉轩能及时出面干涉一下儿子的举动，只要白嘉轩认真地注意一下儿媳的身体和表情，这一切可能就会是另外的样子，然而被传统礼教完全控制的白嘉轩却没有一点勇气迈进儿媳的门槛，甚至连和她正面说一句话的胆量也没有，在他的心中永远横亘着“男女授受不亲”的古训，何况还是儿媳与公公的特殊关系？小说中写道：

大姐揣摩阿公肯定不会进入她的屋子，但她又不愿这样无声无息地饿死，所以她思虑再三决定自己去找阿公谈谈，她说：“爸，我到咱家多年了，勤咧懒咧瞎咧好咧你都看见，我想过这想过那，独独儿没想过我会饿死……”白嘉轩似乎震颤了一下，从椅子上抬起头来：“我跟你妈说过了，你和娃娃到后院来吃饭。”大姐说：“那算啥子事儿呢？”①

在这样一个大家庭里并不是大家都揭不开锅了，他们家有的是余粮，但却对自己的儿媳及孙子的饥与饿不闻不问，大姐躺在床上多日，如果不是她挣扎着起来主动去找阿公，阿公也许就这样碍于脸面静静地看着她死。请问，这就是白嘉轩所坚守的道德吗？大姐之死的直接原因当然可以追溯到白孝文，然而白孝文为什么会如此缺乏责任感呢？归根到底仍然是白嘉轩的错，所谓：“子不教，父之过”。

人性的健全

雨果在《九三年》中说：在绝对伟大的革命之上还有一个绝对正确的人道主义。我们也可以说，在绝对正确的道德之上还有一个绝对伟大的人性前提。革命是手段，道德也不是目的，人类的一切行为其实都是为了完善自身，健全人性。作为人的社会性的礼性或道德固然需要加强，但与生俱来的人的自然性或野性也同样有它存在的理由。古人说：“人有七情：喜、怒、爱、乐、哀、恶、欲。”前六项，我们常常都能认可，但第七项往往使人很费解，欲究竟是人情呢还是人性即人的本能呢？古人并没有做这样的区分。由此可见，它与其他的社会之情有着同等重要的位置。我们不应当以礼性去压制野性，当然也不能以野性去扼杀礼性。它们彼此处于人性的两端。所谓“发乎情，止乎礼义”正是传统哲学对两者关系的最好概括。也就是说，野性与礼性不可或缺，野性是礼性发生的前提，礼性是野性发展的必然结果，两者应互相促进、相互丰富。人类的文明正是在野性与礼性的双向运动中螺旋式向前。没有野性，礼性将枯萎、僵化以至堕落成人性的杀手，正像《白鹿原》中白嘉轩的性格一样；反之，没有礼性，野性则如四处漂泊的孤魂野鬼，人性也就变成了物欲横流，世界的秩

① 陈忠实：《白鹿原》，人民文学出版社，1993年，第320页。

序就会混乱。因此，我们既反对宋明理学的“存天理，灭人欲”，也不提倡本能主义的欲望泛滥和极端个人主义倾向。

那么，陈忠实在《白鹿原》中一味地宣扬白嘉轩所代表的礼性精神而相应地否定和抹杀鹿子霖为符号的野性情怀，这显然是我们不能接受的。在笔者看来，真正的白鹿精神并不只是白嘉轩精神，而应该是白嘉轩与鹿子霖所代表的两种精神的合流。这也正是我们中华民族现今倡导新的公民道德规范，弘扬传统文化，完善和健全人性所应该汲取的基本思想成分。

原载《西安工业大学学报》（人文社科版）2007年第2期

作家的身份及其性别体认

——由《日本故事》观照叶广芩作品的超性别现象

毫无疑问，对作家来说身份比性别更加重要。身份是社会角色，性别是生物标志。作为一种特殊的职业，作家的社会使命感比其自身性别的体认就更为突出。在文学活动中，作家经常是以社会性角色面世的，他不可能专门标榜自己的性别。换句话说，文学活动中的作家不可能以所谓的“女性”或“男性”作家的纯粹或狭隘来参与创作和批评，作家始终是超性别的或无性别的。自然，我们有时的确能从作品中感受到作家比较明显的性别气息，但是这绝不是作家的专意为之而是作家自身的生物天性以及天性的社会化所致。如果非要像女性主义文学这样倡导作家高扬自己的生物本性，也一定要在作为人的社会性的前提之下进行。也就是说，作家首先是社会化了的人，然后才是原本的男性或女性；作家首先是人类灵魂的工程师，然后才是具有个性特征的写手。

我们不难看到，在中国，女性主义成为一个热烈的话题更多的是发端于女作家性意识的觉醒或者说西方女权主义的引入与推波助澜。所以它缺乏一定的现实基础，女性主义在中国是一个学者们自造的空命题。从女性主义文学的内容来看，它倡导的核心目标是实现男女的平等，但这一点只能局限在增强女性的自觉意识或者人的意识而不是突出自己的性别特征，非要和男人争个你高我低。尤其在社会上男女平等已经广泛成为事实的情况下，再次呼吁这个话题就显得自身的不自信或自卑。固然，我们看到现实生活中仍然存在着男女不平等的现象，但是其中有历史的原因，有生物的原因，如果问题出在这里，我们觉得女性主义是没有价值的。当然如果是制度的、观念的因素，那么呼吁是有意义的。可目前中国的情形好像主要是前者，所以女性主义在中国又是一个假命题。

而且，我国的女性文学批评似乎也走入了误区。女性文学批评的对象应该始终关注女性作家群体的成长和作家笔下的女性形象而不是这些形象的现实状态和意义。因为前者是学术问题，后者是社会问题；前者我们可以言说，后者我们无法解决。我们只能做我们能做的，应该做的，而不能耗费精力在“女性”和“主义”概念的纠葛中不能自拔，沉迷于文字的游戏，以至于越说越糊涂，把简单的问题复杂化还美其名曰学术前沿。所以我觉得女性文学批评目前急需要做的就是研究中国女性作家的成长环境以及评析她们的作品。

叶广芩在中国当代女性作家中可以说是一个另类。如果我们不了解她的出身和性别，单凭其作品很难感受到她的女性气息。这倒不是说她有意隐匿自己的性别，就像有的作家有意突出自己的性别一样，而是说，她很自然地、我行我素地表现出一种成熟作家的气质，让你分不出男女，分不出真假。这种超性别的特征具体散布在题材的选择、风格的基调以及表现的角度或视野等方面。

叶广芩的作品题材很少以“自我”、性情等作为描写的主要对象或角度，而是更多关注社会性事件、人类的话题，所以在风格上显得恢宏大气。她似乎也没有特定的关于男人女人个性的严格分野，只有真正大写的人的观念，因此，完全用女性主义作家的框架去约束她就有点尴尬。

在《日本故事》中她的超性别意识甚至上升到“超作家”的程度。虽然《日本故事》所收入的七篇小说的主人公大都以女性为主，但叶广芩却并没有狭隘到把自己的立场简单化到纯粹女性作家的地步，而是以一个“超性别”甚而“超作家”的情怀来观照整个人类的思想、行为和处境。

这种超性别作家的情怀具体表现为作品中的超民族意识、超时代意识和超道德意识。

小说《雨》中有一段对话很值得咀嚼。当叙述人“她”诅咒原子弹给日本人所带来的巨大灾难时，她丈夫却在指责她的不辨是非和立场狭隘。他说：“你也不想想，没有这颗原子弹，没有这十四万人的牺牲，二战能停下来吗？没有这十四万人的牺牲，中国、世界上的许多国家不知道还要牺牲多少个十四万！说你没脑子，你比谁都没脑子，说你糊涂，你比谁都糊涂，还是作家呢，料你也是没甚出息的作家，真不知你怎么入的作家协会。”[①]这段话初听起来颇有见地，但想透了就明白真正见识短浅和糊涂的人不是妻子而是丈夫。历史过去多少年了，她当然不会简单地站在某一个民族的立场上去评说中日各自的是非。她尽管同情那些受到原子弹伤害的日本人，但无疑更痛恨发动侵华战争的日本战犯。她考虑的不是谁对谁错、谁重谁轻，而是对一切伤害的行为如战争的诅咒，对一切有益于人类发展的活动如和平的向往。国家的概念在这里被人类意识所代替。

由此可见，她不但一点都不糊涂，反而特别清醒。她不只是一个真正的作家还是一个很有出息的超作家。因为她拥有普通作家所缺少的博大的、超脱的世界情怀。同样，小说结尾的两句对话也很耐人寻味：“我对丈夫说很想念山本家的老姐儿俩，想把她们的事写下来。丈夫说，有什么好写的，不就是两老太太一条狗，狗死了，儿子也死了，两老太太照旧生活得很愉快嘛。我说，说透了也就是这么个事，可是话从你嘴里一说出来怎么就没了味儿。”[②]这里既显示了作家和非作家的区别，即在普通人心中觉得司空见惯的事在作家眼里却气象万千；也暴露了男人和女人的区别。丈夫作为男性的粗犷、理性的思维与妻子细密、动情的思维形成明显的对照；更有意味的是把兼有女性与叙述人两种角色为一身的作家的职业的敏感与包容万物的宽广情怀——超性别角色刻画得淋漓尽致。

---

① 叶广芩：《日本故事》，昆仑出版社，第16页。

② 同上，第30页。

这种超民族意识也表现在叶广芩对“国家”的理解与演绎。在《日本故事》中有三篇描写日本的“归国者”的故事。对这些归国者来说，日本无疑是他们的故国、故乡。可是由于战争的原因他们毕竟在中国生活了很长的时间，所以，家在他们的心中就绝不只意味着自己出生的地方，也代表他们长期生活的所在。这样一来，家乡就很复杂，无论是日本还是中国，无论是还是否都有点不妥，准确地说，故乡应该是指他们心灵的归宿。而这种阐释显然就超出了我们狭隘的民族立场。但是这不等于说民族立场本身有什么过错，我们经常所弘扬的爱国精神其实就是民族立场的一个表现，不过，我们反对的是那种完全丧失人类意识的狭隘的民族主义。就像小说中所描写的少数日本人，《雾》中的陆小雨的情人、《霞》中的父亲。他们至今还顽固地坚守他们的军国主义态度，不承认战争的罪行。这就不能不让我们警惕和清醒：极端的民族立场是多么可怕的“国家”观念。

超时代意识具体呈现在《清水町》中宫岛身上，他以自己丰富的人生阅历和渊博的知识积累以及对人类文明的坚定信仰对发生在20世纪60年代中国的“文化大革命”很不理解，相应地对日本青年模仿“文革”的行为更是深恶痛绝。所以，凡是与“文革”有关的人和行为，他都非常反感。但是经过半个世纪的历史沉淀后，他的观念（其实也是作者的观念）发生了重大的变化，他意识到“从那个时代过来的年轻人并不都是坏的，比如你，比如远山都是很不错的孩子。”同样地，像阿南这样出身于富豪家庭的女大学生出来打工甚至在酒吧做舞女不只一二，还有不少“新型的日本人”所形成的“原宿族”“暴走族”，他们的行为同样前卫、离奇、荒唐，但我们也不能一概地加以否定。这种开放的、反思的、与时俱进的心态难道不是一种超时代的意识吗?

《雾》中的小雨作为一个为日本人打工的中国青年在时间、道德观念上完全超越了与她同时代的人。她起初是抱着多挣钱的目的跟着日本老板修子做事的，但后来了解了张高氏所遭遇的惨绝人寰的经历，同时也目睹了同胞的无耻和下贱以及日本人的别有用心和作秀行为之后，她终于决定搭乘回国的飞机。这是民族意识的觉醒也是个体人格的自觉。因为，她从张高氏身上领悟到人生的真谛：人的高贵、先进与否并不在于时间的先后、身份的尊卑，而在于人生长河中的历练和醒悟。张高氏经历了多少人世的沉浮、荣辱，她最终变得比较平静。小雨却经过这次短暂但特殊的交往彻悟了漫长的人生。时间的隧道被穿越，历史、现在、未来已经融为一体。

她为了“给年迈的父母在太湖边上买一栋房屋，给待业多年的兄长一笔启动的资金，给自己寻找一个如意郎君……她相信，只要有钱，无论生活还是事业她都会很成功，为此现在她必须付出代价，必须挣钱，在当人之前必须当鬼。”这个“当鬼”的概念就意味着道德底线的崩溃，意味着屈辱地、低贱地活着。为此，她一方面在东京的小酒馆打工，一方面帮着一些公司做翻译，与此同时，她有时还得做一种如妓女陪客的生意，只不过与张高氏不同的是，小雨不是被迫而是自觉的、情愿的。这就更让人触目惊心！道德究竟有几斤重量？为此，我们尽可以指责她的不道德，但是当我们了解小雨为妓的前提是“当体面的、高贵的人”时我们是否又可以说，它比传统的道德更高一筹呢？

张大用觉得“母亲”张高氏既然被日本男人折磨得如此凄惨，那么日本女人用她们的爱心和大度来为她抚平创伤就非常正常。然而，小雨觉得这是一种居高临下的施舍，是另一种羞辱，所以她建议张大用阻止这种行为。可是，张大用说：“为什么要阻止，独立自主、自力更生的时代已经过去了，我们到这儿来就是为了寻求支持来了，我们用不着装得那么清高。”尽管在理论上，我们可以蔑视张大用的实用主义哲学以及由此带来的“无耻”道德观念，可是在事实上，我们又不能不原谅这种真挚和无奈。小雨与张大用殊途同归，他们所奉行的都是一种在更高的道德目标下的不道德准则，所谓现实的道德或超道德。

超性别的视野直接导致了作品思想开掘的深度。《日本故事》中的每一篇小说都给读者留下回味的余地。叶广芩站在全球性的立场，通过不同文化的比照，让读者对人生终极价值产生不尽的思索。

《雨》是站在中国人的立场来看日本人，但其实是在思考不同文化的融合。“这里（日本）的生活原则是‘不给别人添麻烦’，不是中国‘一方有难八方支援’。我这样管别人的事会招人讨厌，会被人家认为是没教养。我那天晚上想了半天，究竟是‘不给别人添麻烦’好还是‘一方有难八方支援好’？想来想去，是既不给别人添麻烦又八方支援，把两者加在一起最好。”

《雾》中比较中国人和日本人的文化心态，说：“东京人不怕地震，车站小摊上，吞食素面条的上班族照样稀里呼噜，狼吞虎咽；地铁通道来来往往的脚步照样敏捷快速，毫不迟疑；弹子房跳跃的小钢珠照样腾挪翻滚……这就是司空见惯。要是搁中国恐怕不行，脚底下稍微有点儿感觉，防震棚就小蘑菇似的在外头支起来了。”另外，《雾》中对张英、李金荣、霍文玉三位在抗日战争中牺牲的无名英雄的描写异常真实：他们都怕死，但是他们怕的不是肉体的死而是精神的毁灭。“就怕咱们死了没人知道，悄没声的，三个大活人从根据地出来就没了结果，别人以为咱们当了逃兵，其实咱们是死了，当了没人知道的文天祥……”事实也确如他们所惧，张英后来逐渐流变为张高氏就是最令人无奈而又心痛的悲剧。死了的战士还有政府后来的追悼和荣誉，可是活下来的人却不如死去的人，因为无人做证，人们只知道她是妓女，为日本人服务的妓女，根本没有人去考察她为妓的原因。历史的迷雾掩饰了多少真实，谁是英雄已无可得知。

《风》仍然是比较，只不过对象变成了两个民族的精神。“中国儒家把仁义礼智信作为重要美德，以仁作为统治国家的原则、待人处世的根本……而日本则将忠提高到了道德的首位，儒家的以不违背仁而奉君，在日本则成了以忠君而献身……日本的忠勇思想影响整个民族精神……”日本精神的一个方面就是集团观念：“正如那些樱花连起是一片灿烂花海，折下却平淡无奇，没了精神。”“日本社会是个以集团行动方式存在的社会，每个人都属于集团，在茫茫的花海中，个人不过是一朵花。但是从另一方面看，日本人的可悲在于一旦集团提出号召，便不问为什么而积极响应。”

《霞》《到家了》和《注意熊出没》表面思考的是两种文化的对立，但其实已上升到人类精神家园的追寻。此家非彼家，金静梓从中国回到自己的故乡日本，回到自己的养父身边，但他并没有宾至如归的感觉。其中不只是对所谓新家的不习惯或者是忍受不了吉岗家族的压抑传统而是感到精神的空虚。故乡何处？追寻的是精神的归宿。难道有钱就有了一切吗？为什么金静梓的妈妈要离开她父亲，吉岗家的儿媳要出家写经，以至于到最后，金静梓自己赴轨而死，其实都只能由此得到解释。

《清水町》是表现日本新一代青年风貌的，但在很多方面与我国青年有相似之处。“文革”的潮流竟然波及日本，也同样为他们的传统所不容。中日文化不只同源而且发展趋势同向。

总之，尽管各篇的具体叙述角度不同，但作者的视野却没有受到任何束缚。她既不是一个代表某国民族立场的爱国者，也不是站在日本方面的受害者，更不是支持军国主义的叛国者，而是一个超脱的仁者；她既不是纯粹的女性作家，也不是一个有男性倾向的女作家而是真正的超性别的作家。

如果我们说视野决定深度，那么经历则决定视野。当代中国的绝大部分作家一辈子都生活在国内，对外国的认识仅仅停留在各种传媒的间接介绍，所以客观的局限决定了他们不可能拥有广阔的视野；即使一些作家有幸出访过外国，也毕竟是走马观花。而叶广芩与许多作家不同的是她有较长时间的国外生活经验，尤其是她的强大的语言优势使她可以克服很多交际上的障碍，达到对异族文化的深入理解，也才有可能站在较高的层面上思索更为广阔的人类问题。

需要特别指出的是叶广芩成功地处理了她的性别体认与她作为作家的

社会角色的关系，她始终把作家的职责——崇高的社会使命感放在首位，与此同时又不忘充分地发挥自身女性作家的优势，所以我们才看到了一位胸襟开阔的作家以及她的大气恢宏的作品。

原载《小说评论》2007年第6期

《高兴》与“底层写作”的分野

贾平凹的小说创作从20世纪80年代后期开始就一直试验着“意象主义”的表现方法，最近的新作《高兴》仍然是这种思路的继续延伸。正因此，评论界把它与文坛上流行的“底层写作”思潮等同起来就有点不太恰当。固然，这部小说有较明显的底层写作特征，但如果忽视其意象的创作追求就很可能降低对这部作品丰富意蕴的客观评价。本文拟就《高兴》中的部分意象进行浅析，以期区分其与底层写作的异趣。

拾荒者尽管是这部小说的主角和中心人群，也是目前流行意义上的最有代表性的底层形象，但是贾平凹显然不是仅仅把他们作为底层人物加以描绘的。且不说，他是否自觉地采用葛兰西的“拾垃圾者”的象征意味，但将其作为“泛阶层”人群的代表的意识似乎是比较明朗的。也就是说，小说中的主人公在身份上虽然都是拾垃圾者，但是他们的精神蕴含和指向却是所有人或泛阶层。作家不是单纯地以展现这个特殊人群的鲜为人知的生活为目的，而是以此为切入点探索更为普遍和深刻的人类性话题——中国现代人的精神进程。

再从贾平凹本人的品性来讲，他是最不愿意跟风随流的作家。曾几何时，“寻根文学”热闹的季节，他的一些作品就被评论者划到这个行列，但事实上他当时就没有这个自觉，只不过作品的内容或题材与寻根的潮流相似罢了。所以，很长一段时间，他都不愿意承认自己是寻根文学的代表作家。他说，自己的创作总是比盛行的文学思潮或慢或快一个节拍。或者说，他的写作走向有时偶然地与文坛的主潮相遇。这倒不是说他多么英明，而是他一直按照自己的感觉和思考的日程表逐步推进着自己的创作，他才不在乎是否与主潮同向，他当然更不愿意落在别人后边成为一个跟屁虫。[①]所以，《高兴》与底层写作的倾向基本吻合的现象也应作如是观。

特别是大量意象的营造是这部小说区别于所有底层写作的根本因素。底层写作的文本注重的是传统的形象塑造，所谓逢人说人，就事论事，遇景摹景，很少在人、事、景之外还做一些引申或寄寓。而意象则往往有言外之意、弦外之音、味外之旨。《高兴》中的意象很多，如："锁骨菩萨塔""箫""肾"等等，但在这里我只分析三个与文题相关的意象。

首先是草根。草根的形象其实很庸常，很多作家都写过而且意思也差不多，皆与弱小、低贱的对象相联系。《高兴》中写到这种形象有两次：一次写的是苞谷苗，"这本不是种苞谷的季节，三天前还什么也没有的土堆上怎么就长了嫩嫩的苞谷苗呢？……我当然由苞谷苗想到了我们"；一次写的是小草，"在我们前面一百米的地方是一家公寓门口，门口的草坪上有三棵雪松，枝条一层一层像塔一样，雪松下的草绿茵茵的，风在其中，草尖儿就摇得生欢。……我说：自卑着啥呀，你瞧那草……小草不自卑"。但值得注意的是，贾平凹赋予草根以更深邃的意味，即草根作为生命的尊严感和平等意识以及它对环境的无所苛求和知足常乐的特性。它们只要"有了土有了水有了温度就要生根发芽的"。这一点是与以往所有使用草根形象的最大不同。也因此，草根就由普通的形象变成了意象，即在传统的类比功能所表示的常规意义之外增加了引发读者思考的余味。所谓一切生命都有存活的权利，"大树长它的大树，小草长它的小草"；不但要活而且要活得尊严，你是生命，我也是生命。城里人与乡下人在精神上是平等的。刘高兴说："城市人不比我们智慧高而是经见多""尧舜皆可为，贵在自立；将相本无种，我视同仁"。尽管社会资源和机遇的不平

① 贾平凹：《与穆涛七日谈》，见王永生编《贾平凹文集》第13卷，陕西人民出版社，1998年，第149页。

等，导致了农民或者农村之落后，但是农民并不愚蠢和低贱。刘高兴就是凭借这种自尊和智慧，化解了一个又一个困难。女民工翠花受到雇主的刁难，是他出面帮忙讨回了工钱，同行在工作中的相互挤对经过他的调停最终获得了皆大欢喜的结局，特别是当五富受到城里人的作践时又是他成功地挽回了其作为人的尊严。谁能说农民工不如城里人呢？

“高跟鞋”是小说中最自觉不过的一个意象。在小说中被作者反复描写和强调，意在引起读者的注意和联想。如果说快乐是刘高兴的精神追求，那么文明就是他的现实目标，而这个目标就是通过一双高跟鞋加以诠释的。出生在农村的刘高兴曾经在自己未过门的媳妇弃他而去时愤然买了一双尖头高跟皮鞋，但好长时间这双鞋一直闲置在家里，不过刘高兴把它看得非常神圣，寸步不离地带在身边，当他离开故乡要到城里打工的时候，其他什么都扔下了却一定要带上这双鞋，而且晚上还要与它相伴而眠。在刘高兴眼里，那个与他处对象的农村女孩是无福消受这高贵的物件的，配穿高跟鞋的人只有城市女子。他说：“你这个大脚骨，我的老婆是穿高跟尖头皮鞋的！……能穿高跟尖头皮鞋的当然是西安的女人。”并不是说城市的所有女子都高贵，而是城市的文明程度总体上比乡村先进。城市的确聚集着许多精华，美女如云，能人遍地。正像小说中所说：“美女如同那些有成就的政治家、哲学家、艺术家一样都是天人，他们都集中在城里，所以城里才这么好。”

谁都明白高跟鞋是和城市女性紧密相连的，农村女性由于环境和职业的原因一般不会穿这种中看不中用的鞋。所以高跟鞋的象征意味首先指向城市，亦即刘高兴对高跟鞋的迷恋首先出于对城市生活的向往；其次高跟鞋作为女性的专用物品则直接传达了主人公对女性的渴望，具体说是对爱情、对自己的终身伴侣的憧憬；当然，它更重要的是隐含了刘高兴所代表的农民对高贵的向往或者说是对现代文明的追求。刘高兴最大的愿望就是成为一个名副其实的城市人。又岂止是他，这是世代农民的“鲤鱼情结”。大部分农村青年通过备考大学企图摆脱自己的农民身份的行为不正是因城市文明的召唤吗？贾平凹能明确地意识到这一点并通过小说中的人物加以清晰地表达，这不能不说是他对中国当代农民精神世界的深入探索。如果说中国城市化的进程在客观上召唤着农民进城，那么，对现代文明的强烈向往和践行则是他们精神上自觉开始城市化的标志，也是中国农民步入现代化的信号。衡量一个人是不是真正的城市人，并不在于户口是否在城市而在于精神上是否文明。以此判断，许多现在生活在城市的人还不如某些来自农村的人，如刘高兴等。

第三个意象是“笑容”。主人公刘高兴的笑容似乎是天生的乐观气质，因为“他有了苦不对人说，愁到过不去时开自己的玩笑，也反感怨恨诅咒”。但是他自觉地用笑容来处世则是在他进了西安城以后的事。所以，这里的“笑容”就不只是一种简单的、人人都会生发的表情，而更多的是一种生存策略、智慧和觉悟，是一种自信的态度和精神状态，也是我们每个人一生都在追求的最高的精神境界。很明显，“笑容”在这部小说中变成了一种符号，它被赋予很多意义，甚至上升到哲学的层面。因此，当主人公拉着架子车面带笑容走在西安的街巷中时，很多在生活上境遇比他优越的人都感到奇怪：“你一个拾破烂的咋迟早见着都是喜眉笑脸的？”他说：“我名字叫刘高兴，我得名副其实啊。”这当然不是理由，真正的理由是他萌发把原名刘哈娃改成现在的刘高兴时的动机，当时他正教训五富不要怯弱：“看着我，看着！你敢看着我，你就能面对西安城了！别苦个脸，你的脸苦着实在难看！我要给我起名了，你知道我要给自己起个什么名字吗？……高兴，是叫高兴，刘高兴……我要高兴，我就是刘高兴，越叫我高兴我就越能高兴。”

高兴与笑容有一种天然的联系，但笑容并不完全表示高兴。有时它是一种自信的精神状态和生存策略。当五富与人打交道时，笑容作为一种和蔼的态度，成了拉近人与人距离的黏合剂。刘高兴说，你想办成事“你见了他会不会笑，送不起一包纸烟发上一根行不行？”笑容在这里兼有了随机应变的灵活意味。正如小说后文所谓的“咱能改变的去改变，不能改变的去适应，不能适应的就宽容，不能宽容的就放弃”。什么事都不要莽撞、硬来。当五富偶尔露出自己的聪明时，刘高兴赞赏地说：“五富你活泛了么，就凭这句话你在西安能站住脚的。”“活泛”就是灵活，就是由笑容领悟的为人处世之道。总之，在作者看来，只要我们时刻自觉地面带笑容，以高兴的心态处世，那么我们就可能让自己的生活充满阳光，富有诗意，达到幸福、自由的境界，就会像作品中的主人公那样把天上的云彩一会儿看作绵羊、一会儿看作玫瑰，才可能听到树上的小鸟也在鸣啭着“高兴！高兴！”的俪音。

幸福不在于环境的好坏、财富的多少、官位的高低而在于心情的高兴与否，谁不想高兴、快乐、幸福？关键在于怎么高兴。前者在古往今来的作品中并不鲜见，很多作品都涉及这个主题；后者却极度缺乏，因为对这个命题的思考具有相当的难度，对其的表现同样富于挑战性。而贾平凹在这部小说中通过刘高兴的思维、言行却为我们自然、具体地描绘出了自己的一套方案。这是《高兴》区别于所有同类主题小说的根本特征，是贾平凹对人类精神历程探险的最新成果和伟大贡献。

在贾平凹看来，不管我们遇到什么情况，首先要有生活的目标，有了目标就有了希望；与此同时也就有了实现这个目标的动力——计划。“不计划这日子怎么过？”计划或者目标实现了当然高兴，这就是我们常说的成就感，用马克思的话说，是美，是“人的本质力量的对象化”。其次是心态一定要好。要自己为自己打气，自己为自己开脱，自己为自己找乐。“你永远不要认为你不行了、没用了，你还有许多事需要你做……你的高跟鞋还没人穿哩，你还没娃哩，你还不是西安市户口哩，你还没城里的楼房哩，你还没出人头地哩”……如果这样还不能奏效就须发挥想象的功能，用虚幻的或者说审美的手段创造一种让人心花怒放的气氛。“环境越逼仄你越要想象，想象就如鸟儿有了翅膀一样能让你飞起来”“没有油炝的葱花没有辣子和蒜就不能想吗？人怎么能没个想头呢？”而这一切，说透了就是要树立自己的人生哲学：要机智、达观。“什么是智慧？”刘高兴说：“智慧就是把事情想透了，想通了，在日常生活里悟出的一点一滴的道理把它积累起来。”想透了、想通了，就叫达观，就会一通百通，就会万事看开、心态平和，就会化苦为乐、转悲为喜。刘高兴已经修炼到了这种达观的境界。“走过巷道口，我噗嗤倒笑了，何必计较呢，遇人轻贱必定是我没有可重之处么。”

很明显，以上三个意象不同程度地反映了中国农民精神进程的几个阶段：“草根”代表自尊；“高跟鞋”象征文明；“笑容”标志着幸福和快乐。每一个人不管他是什么身份其实都必须经历这样由低到高、由简单到丰富的精神成长过程。

最后，退一步讲，就算《高兴》与“底层写作”有一些相似之处，都有对苦难的描写，那二者也是有着本质不同的。首先，《高兴》不侧重写民工的苦难而写他们的精神历程。正如上述，其重在写民工灵魂的伟大、精神的自立与人格的尊严。所以，这无疑是贾平凹高人一着的表现。另外，作者在写到苦难时的态度和手法并不过分地夸张、渲染，而是巧妙地把苦难作为坚强与乐观的底色进行了轻轻地涂抹。

苦难在这部小说，在这类题材中是丝毫也不能回避的要素，关键看作者怎样处理。我觉得贾平凹的处理是值得称道的。把苦难作为一种背景并且轻描淡写，既突出了主人公的达观，又不会让读者感到小说的轻飘。因为作者清醒地意识到不管人有多么坚强的主观态度毕竟改变不了凄苦命运的严峻事实。比如，面对个人根本无法抵御的灾难时，再高兴、再智慧也无济于事。当刘高兴的搭档五富突患脑梗、无钱住院时，刘高兴一下子变得不知所措，智慧在这里无能为力，剩下的只有傻乎乎、痴呆呆地发愣，听天由命，等待死亡。这是多么凄怆的情景！也是多么真实和深刻的体悟！这一段描写是小说中最让人灵魂发颤的笔墨。当刘高兴眼睁睁地看着五富因为无钱治疗而死在自己的面前时，他忽然产生一种非常复杂的心理：一方面愧疚，是自己善意的决定或者耽搁造成了这种谁也不愿看到的结局；另一方面又在心里宽慰自己，不是我不尽责任，“我们拿不出两万元怎么住院，医生写了病危通知书，五富是救不活的”。那么责任到底在谁呢？是病已无可救药？是医院见死不救？都不是，一句话，主要是贫穷。可是，贫穷又是怎样形成的？是农民的懒惰还是他们的愚蠢？也都不是，一定程度上是某些政策的不平等。贾平凹极其智慧地批判着现行制度和政策的缺失。

尽管这些年来我国人民的生活质量提高了很多，但仍有不少农民的生活因为穷困、缺钱，在天灾人祸包括疾病面前只有等死的命。难怪五富的妻子从乡下赶来时丝毫都不能接受这样的结局，她没有也不会向社会的不平等发出控诉而只是反复质问着：“你们是一块出的门呀，你说你要把人交给我的，人呢，人呢，我拿个骨灰盒回去？”刘高兴无言以对，他能解释什么呢？残酷的现实与人的主观精神发生着巨大的断裂。贾平凹深刻地意识到这一点。

所以，没有苦难，《高兴》就会失去一种应有的深度或沉重，就不会带给读者一种久违的苍凉感。但是当写到苦难时，小说却没有用大段的、连续的情节加以渲染而是把苦难像零星的花朵撒落在广袤的草地中，使其变得若隐若现、若有若无。本来这些来自农村的民工，这些民工中的最底层人群就居住在城市的边缘和角落，无声地流动在每条街巷之间，就像人们周围的空气一样不被人们注意，所以还有哪些人会去关注他们的喜怒哀乐、吃喝拉撒，更没有人能够想象他们的生活竟然艰难到了让人欲哭无泪的地步：

没见过洒水车，不认识香肠，没进过豪华宾馆，没去过公园，不懂得厕所和洗手间是一回事，甚至连一顿羊肉泡馍都很少品尝。遇上下雨天，不能出去收破烂，没有收入，又不忍心白吃，就勒克自己啃平时拾到的干馍，吃没有一星菜花只有半把盐的甜面，嚼用酱油当菜的白米饭，有时甚至不吃饭只喝水，像黄八说的：“树只喝水，我也喝水。”住的剩楼、穿的是别人不要或从死人身上褪下来的衣服……至于精神上的孤独、受歧视、工钱的被克扣等更不用说。尤其是面对突如其来的灾难，他们简直就没有任何应付的能力，就连自以为很智慧的刘高兴也概莫能外。

但是种种这一切，作者都没有进行集中、浓烈的描写，而是分散在不同的段落和细节中，读者如果不仔细阅读就可能视而不见，如果不专门归拢就可能一翻而过。很明显作者是有意这样处理的，但正是这种淡化的处理既显示了作者超然的镇定与从容，也达到了于无声处听惊雷的艺术效果。可记得，就连刘高兴为了生存迫不得已卖血、卖肾这样惨苦的事件作者都只是一笔带过，那么，他的用意就再明显不过，那就是依靠无数零散的点染逐渐地蕴蓄更加撼人心魄的力量。

的确，对《高兴》这部小说来说，如果作者一味地张扬主人公精神的理想和不屈的意志而不触及苦难，那无疑是极其浅薄的；相反，作者如果单纯描写生活的苦难，关注底层百姓的民生，采取把现实的严峻加以夸张、强调的做法也是非常不可取的。所幸的是，贾平凹清醒地意识到这一点，因此在具体的表达之中就以一个成熟作家的淡定和沉着把这两个方面加以整体描摹。这才有我们在厚重、广阔的苦难底色上所看到的鲜亮的涂抹——人的乐观与机智的笑容。他说：

> 在写作的过程中，我有时不由得替农民工抱不平、站在他们的立场仇恨城市，但后来觉得这样写不行，不能太狭隘，所以就改写农民工如何想融入城市，甚至理解城市、自责的情形。①

这些改变马上使作品的气象恢宏起来。笔者想，当贾平凹通过作品的意象而不是借助于他的说明让读者清晰地把握作家思想的轨迹时，这部作品无疑是成功的；当我们从日常生活与平凡的人物身上感到深刻的哲理或者对人性的深度揭示时，这部作品应该是伟大的。而这两点，“底层写作”没有做到也不可能做到，而《高兴》做到了。

原载《小说评论》2008年第2期

---

① 贾平凹：《高兴》，作家出版社，2007年，第446页。

女性写作的误区及其出路

——论陕西当代女性小说创作的不平衡现象

作为目前检阅陕西女性小说创作成就的唯一文本《陕西女作家·小说卷》无疑体现了陕西女作家中短篇小说创作的最高水准，也为我们勾勒出陕西女性小说创作的前进轨迹。

不知是历史的巧合，还是学者的有意而为，无论是中国现代文学还是当代文学抑或新时期文学的历史分段大致都以三十年作为一个单位，可是当涉及从人的角度划界时，代的跨度却大大缩短，一律变为十年。因此，我们才看到所谓“70后”“80后”甚至“90后”的提法。

陕西女性小说创作的历史不长，所以对它的阶段划分，我觉得采用十年的单位比较合适。因此，就有大约五代作家：分别可称为“40后”“50后”“60后”“70后”“80后”。这里有个例外，就是贺抒玉、问彬没有被归位，尽管她俩是陕西女性小说作家的先驱，但是因为各自没有形成相应的群体所以就不能以代而论了。

毫无疑问，陕西女性小说创作的实力作家群是“40后”与“50后”，以叶广芩、李天芳、张虹、孙珙、刘凤梅为代表；而陕西女性小说创作的潜力作家群则是“60后”和“70后”，如刘亚丽、唐卡、周瑄璞、王晓云、惠雁、陈毓等。陕西“80后”小说作者不多也不稳定。而本文所说的不平衡现象主要指这几代作家面临共同的创作话题时所出现的差异和倾斜。

经验与想象

经验与想象是小说创作不可或缺的两个基本条件。经验在这里除了传统文学理论所谓的生活体验之外，也有作家描写中对真实性的注重；想象是作家的一种才能，即虚构的功夫，在笔者的指涉里包含作家对人的内在的精神世界的探索。不难发现，优秀的小说往往是经验与想象俱佳，较好的小说则是一方突出另一方欠缺，拙劣的小说自然是二者皆有不足。陕西女性小说真正称得上优秀的不多，大多属于较好之作。即或以经验取胜，或以想象见长。

客观上，陕西几代女作家的人生经验相差较大。“60前”的作家人生经验最为丰富，“80后”的作家经验相对欠缺或单薄。年龄在作家这里往往成为优势，我们当然不是说作家年龄越大就越有经验，但一般而言，年龄与经验是呈正比例的。因为年龄就代表着阅历或世故，“世故”一词在日常生活中带有贬义，在文学领域，我认为是一个褒义词。不世故，阅历不深，作品就难以饱满也谈不上深度。贺抒玉、问彬两位作家所依赖的创作优势就是生活经验的富足：战争与和平、艰难与盛世、孤独与尊敬等她们都有品尝，所以才有《琴姐》和《心祭》这样饱含着人生沧桑的作品出现，但由于她们这一代革命作家先天的文学修养或者想象力的相对不足，所以作品的数量不是太多。“40后”“50后”的作家客观上经历了共和国的几多变迁，主观上又注重生活的体验，与此同时创作的时间持续较长，所以无论是经验还是想象都有丰富的积累。她们中的很多人或长期工作在基层或自觉地到地方挂职体验，她们的小说大都是自己生活经验的呈现。叶广芩的《对你大爷有意见》明显的是自己挂职周至县委副书记的亲身经历。我们自然不会认为其所写的全部真实，但这种类似的事件和对这种现象的反思绝对是作家本人长期体验的结果，只不过为了避嫌，她把县级部门改成乡镇罢了。张虹的《雷瓶儿》与她长期工作在基层、整天与文化系统的人群接触的经历密切相关。刘凤梅的《失落的星座》恐怕也得益于作家从事纪检刊物的主编工作所掌握的丰富的法制信息。

“60后”作家应该说是有一定阅历的人群，但相对而言涉世不是太深，所以她们的小说创作取材于自我或身边的为多，把重点由对外在现实的关注转向对精神世界的内窥，想象的成分占据了小说的大半。刘亚丽的《酸甜的杏干》具有代表性。那种抒情的写法其实似乎不需要外在的生活作为基础，只要有充沛的情感以及女作家特有的敏感和细腻即可；慧雁的《玉碎》虚构得很巧妙，尽管不无瑕疵，但总体是令人信服的；唐卡的《冬夜烟花》几乎完全出于作家的虚构或更准确地说是一种幻想的物化，尽管小说的结尾不免俗套而且人为的设计过于明显。至于“80后”作者有的还没有走出校门，社会的经验严重缺乏，所以题材领域更为狭窄，就连个人的精神世界也比较苍白。所以，她们更多地只能依靠才气写作。

主观上，陕西几代女作家对小说的真实与虚构的量度把握得不够平衡。想象和虚构固然是小说这种体裁的突出特征也是她的特权，但如果虚构超越了真实的界限就会走向它的反面——作假。陕西女作家小说中的一些文本就有这样的明显失误。有的小说造作或虚假的痕迹过于严重，因而很容易激起读者阅读的抵制情绪。这种“作”有两种情形：一是巧合，即过多描写生活的偶然性；一是离谱，不真实。连文学的底线——可能性都达不到。《秦岭走失案》在这一点上是不能让人接受的。一个赫赫有名的公司老总的夫人在被走失之后竟然不慌不忙，甚至与陌生的乡下残疾人坦然地发生性关系；其他同行的游客包括旅游公司的司机在相处融洽并且开始喜爱她的情形下竟然对她的走失不闻不问，这真让人匪夷所思。《惊遇》中两个曾经热恋的男女同栖于一列火车的一个卧铺小间中竟然不理不睬，这可能吗？

我们鼓励小说作者充分地利用小说这个自由的空间书写生活和性灵，但是我们也希望陕西女作家能合理地把握虚构与真实的度，既不要受制于现实生活的客观也不要任凭主观的想象泛滥。我们渴望阅读到灵动、轻盈、充满智慧的趣味性小说，我们也期待着具有强烈社会批判力度的作品大量涌现。尽管这是两种不同风格的小说类型，但并不意味着两者的分离，其实真正优秀的作品永远是两者统一的产物，而陕西女作家小说的现状却是，单项出色整体欠缺，所以寻找两者的平衡与和谐就是此后女作家努力的方向。

觉醒与出轨

如果非要用“女性主义”的理论审视陕西女作家的小说创作的话，那恐怕只有女性意识的觉醒或自觉才是一个可以言说的话题。在目前我们看到的陕西女作家的小说选本中，女作家笔下的主人公大都是同性，几乎占到总篇数的三分之二。她们关注同类的命运除了熟悉她们的生活与心理这个便利之外，在骨子里仍是关心女性的生存和发展。只是有的作家自觉，有的不自觉而已。陕西女性小说家的女性意识是经历了一个漫长的过程的。

贺抒玉和问彬更多的是站在同情和理解女性的角度进行描写。李天芳则有凸显与赞扬女性的意味：谁说女儿不如男，在心胸的宽广和人性的良善方面，女人往往比男人有过之而无不及。叶广芩这位很少流露女性倾向的作家，在《对你大爷有意见》中比较自觉地替女性张目，感叹她们境遇的不公以致用智慧的方式表达着对男性世界的愤怒和抵抗，甚至还思考着为她们的独立寻找出路。鲜香椿的辞职和改行既是对现行不合理体制和落后文化传统的蔑视与反抗，也是女性自主、自由之路的探寻和实践。女人完全可以不依赖男人做自己擅长的工作，这才是有尊严也幸福的人生。刘亚丽的《酸甜的杏干》着眼点很小，但也很巧。她抓住了女性爱吃零嘴的习惯既写出了她们由于这种爱好没有满足的郁闷，也写出了她们太容易获得满足的心理。当“她”的丈夫终于给她买来杏干时，她不但原谅了他的粗心而且感动得艳妆相迎。当然，最有价值的是小说流露出女性对男性霸权主义作风的深深不满：为什么每次买东西他就只知道自己的猴王烟却总是忘记作为妻子的小杏干呢？这难道只是粗心吗？主要是心里没有“我”、没有女人的大男子主义的习性。在这篇小说中女性的平等意识的自觉已经非常明显。唐卡的《冬夜的烟花》完全是现代女性观念和做派的展示，也标志着陕西女小说家女性意识的成熟。佛岚的性观念和性行为是大胆、先锋的。她可以和一个比自己小不少的男子长期同居但却并不喜欢他，她也可以与一个比自己大许多且只有一面之缘的男人爱得轰轰烈烈、死去活来。但这不等于她水性杨花，不等于没有真爱。小说要传达的恰恰是真爱的觉悟、相遇和绽放。尤其是把女性的独立意识和性意识融合得天衣无缝，表露得淋漓尽致。

不过，陕西女作家小说中女性意识的觉醒与表现也存在着一个极大的误区，这就是“60后”与“70后”的女作家常常把女性意识狭隘化、简单化。把女性意识等同于性意识，更进一步把性意识表现为性行为的出轨。毫无疑问，性话题与女人脱不了干系而且女性常常是主角，但是女性意识显然不限于性意识，它更多的意味是指女性的独立和对自身尊严的觉醒以及对女人天性的保护与弘扬。而性意识在很大程度上是女性的生物性意识或本能。一些年轻的作家似乎觉得只有把女人的性意识、性行为写出来并且写得大胆、特异才能突出她们作为现代女性的风采，其实这是一种幼稚甚至错误的看法。这不但不是对女性自身的尊重反倒是对女性的侮辱。《秦岭走失案》中的主人公杨雅丽与一个素不相识的乡下残疾青年做爱的行为固然与作为丈夫的李总对她的感情淡漠和性需要的不能满足有直接关系，但是这样写一个有一定身份和教养的女性似乎太表面化、离奇化。我们与其说这个主人公是一个现代城市女性倒不如说她连一个乡下农妇都不如。而且作者杜撰这篇小说的企图显然是要张扬女性的自主意识，但正是因为作者思想上的简单才导致了小说描写的肤浅，也有违自己的初衷，不但没有传达出女性的现代意识，而且使女性意识倒退了不知多少步。

我们实在很需要明确这个微小而重要的差别，女性意识是指女性的觉醒而不是性意识的出轨和放纵。这个现象在陕西女性小说的文本中其实不是个别情形，不少作家一写到男女关系就要岔到性方向去，且不管他们对这种关系的处理如何，这种套路本身就有问题。如《红杏在墙头》《梦栖何处》等。我们如果思考一下陕西的“40后”和“50后”作家对这种题材的态度是很有意思的。她们不但写得少而且即使涉及这个领域也不在性方面大做文章。我想这绝不简单是社会的风尚、作家个人的观念导致的结果，重要的是她们的文学觉悟。她们懂得觉醒和出轨是截然不同的两码事，女性更不等于性。

执着与游戏

陕西女性小说创作面临的一个长远问题是调整并理顺创作的心态。除过叶广芩之外，现在好像很少有女作家愿意把小说当作一种事业，或者说坚持长期一贯、毫不间断的小说写作。但小说却真的需要作家把它当作事业去精心经营。

把小说当作事业首先需要时间的持续投入。不是偶尔为之，也不是断断续续，不是临时兴动而是长期积累。诗歌、散文等领域的作家可以在较短的时间爆发出批量的成果，但小说不行，尤其要进行长篇小说创作。现在的社会诱惑太多，急功近利的心理在很多人包括女作家身上都有不同程度地蔓延，有人想借此出名，有人想因此获利，有人想改弦易辙。所以，情绪稳定时，外界的环境宽松时，有作家还坚持写几笔，可是外在的情况稍有变化，有的人就无法耐得住寂寞。当代文学的边缘化使多少人渐渐撇下创作这份苦差事转向他途？但是也有一种奇怪的现象不只在陕西女性小说领域，其实在男性小说或者在全国范围内都存在。这就是很多小说家把创作的中心转移到颇费时日的长篇小说创作方面。这是有些反常的，人们既然都觉得文学在边缘化，为什么还有这么多人乐此不疲而且愿意花费巨大的精力从事这种也许劳而无功的耕作呢？表面上是有点矛盾，但仔细一想，它所潜藏的就是作家急于成名的奇怪心理。因为，长篇小说被公认为一种衡量作家实力的体裁。全国每年一千多部的产量正是在这种背景下出现的。其中有不少“70后”“80后”作家，他们根本就不具备写长篇的经验，却匆匆提笔，而且一发不可收拾。但长篇小说难道是如此容易写作也如此容易成功吗？没有多少人冷静地想一想。我始终觉得从事小说创作的人与其花那么长的时间去做一种把握不大的活路还不如多打磨几个优秀的短、中篇。毕竟空间充裕，可操控度大。话说回来，难道这么浅显的道理，聪明的作家不懂吗？不是，主要是名利心太过强大以至于他们根本无法对自己的行为做出正确的判断，所谓当局者迷。不是迷于创作而是迷于世俗的功利。

把小说创作当作事业尤其需要激情，需要牺牲，需要把自己的终生奉献给小说创作的毅力，更要有进行长期劳作而可能默默无闻的心理准备。总想着一夜成名，总想走捷径反倒会事倍功半。如果为了小说把基本的生活条件都失去了甚至把自己的本钱——身体也搭进去了，那才算真正的执着。路遥的苦行僧式的写作方式固然不值得提倡，可是他的为了文学可以毁坏身体的精神不是值得我们反思也值得我们尊敬吗？他为什么能够突破特别是突破自己？不正是得益于这种志向和毅力吗？不说很远，陕西女作家冷梦不是几十年忙于在文学的世界中打拼以至于现在连一个像样的居室也没有，甚至一度把工作都丢了吗？可是她终于成功了。

牺牲享受、牺牲热闹、牺牲青春和美丽甚至身体对于大部分女性作家，特别是生活在物质极大丰富的现代的作家来说，实在是过于苛刻也有点不近人情！好像是完全理论上的呐喊。就是男性作家中又有多少人能够做到呢？但是，也不完全是这样，文学事业在一定程度上是一项特别艰难甚至残酷的劳作。我们陕西的前辈作家柳青不是说过“文学是愚人的事业”？这句名言其实所描绘的正是写作的艰难和作家应有的牺牲境界，要成功，就要做一个在常人看来愚蠢的人，而俗人的愚蠢恰恰是文学的聪明。陈忠实先生为了《白鹿原》的打造不知牺牲了多少应酬和正常的娱乐与休息。贾平凹几十年如一日地坚持着小说的写作，才会不间断地在文坛上创造一个又一个壮阔的波澜。

可是也有一些女作家不是献身文学或写作而是以写作来装饰自己的青春和美丽，把文学当作一种时尚、一种游戏、一种增加身价的砝码。这是一个地域文学的未来最担忧的情形，它意味着其不可能持续发展，意味着创作成果的歉收。这种游戏的态度在陕西女作家身上最突出的表现是偶尔为之的创作态度，把创作当作业余的调剂或情绪的释放。有暇时或者情绪高昂时写几篇。这当然与她们很多人平时有自己的正业关系很大，而且在这些职业中，这些作家从事行政领导或者其他职业的较多，就是在以文学为主业的作家中，不少人的主打又是诗歌或散文；特别是，她们中又有几个具有如冷梦一样愿把一生“嫁得文学”的激情？如此考量下来，陕西真正的女小说家实在少得可怜。所以陕西女性小说的长足繁荣首先需要一支稳定而且有规模的队伍，没有一定数量的专业作家单凭几个人是很难创造陕西女性文学的辉煌景象的，但专业的队伍又首先需要作家执着的创作态度。

固守与突围

不管在男作家还是女作家那里，陕西文坛都有一个很有趣但也耐人寻味的现象，即凡是走出故土的作家大部分很快就引起了外界的注意。如红柯、李春平、谭易、王晓云、陈毓等。叶广芩是否也可以这样理解？尽管这不是一个非常普遍的现象，但却不能不给我们某种启示。

按说作家依托养育自己的土地并在这个空间发展是一个再正常不过的事情，可是陕西这个地域的内陆位置和根深蒂固的传统文化氛围却带有明显的封闭特征，这就给身处其中的作家带来了难以克服的先天障碍。他们的视野自觉不自觉会受到限制，陕西女作家的小说风格单一的现象恐怕就与此有关。尤其是固守故土的女作家的题材领域更是比较狭窄、老套，创作手法也缺少变化。

可是走出故土的作家则完全不同。也许是异域风情的熏染或者是沿海开放的观念的冲击，总之，这些在外地打拼的作家比较容易打破这种先天的约束，新的参照也促使他们的创作技巧有较多的变化。这只是从客观方面而言，其实更重要的是主观上促生的竞争意识才是这些走出去的作家所拥有的最宝贵的一种财富，他们要在异域立足自然要面临比在故土困难数倍的条件，可是这从另一方面也激发了他们的竞争活力。即他们必须付出更多的辛劳才能在完全陌生的境遇中脱颖而出，这势必带动他们创作的观念、题材、写法等的跃进。王晓云是一个较为突出的代表。

我们并非要求在陕的女作家都要到异地发展，而是说她们需要一种身临外地的创作氛围，所谓强化相互竞争的压力感和积极突破自我的动力感。不能始终满足于四平八稳的能写即可、有作品就不错的现状，而要明确地为自己的创作树立新的目标，争取不断地有所突破，既突破环境的重围，也突破自满的藩篱，从而让自己的作品走出潼关，冲出陕西。

反过来，在外地发展的陕西女作家也不能忘却或丢失生养自己的文化传统的积淀。创作不能没有根，根就在故土。我们不是也发现，红柯终于还是从遥远的新疆回到了关中大地，李春平也是由繁华的大都市上海回到了故乡安康。叶广芩虽然长期生活在陕西，但她的创作库藏却更多地在老北京，那么，王晓云还有其他年轻的女作家怎么办呢？我想，她们最终还是要以各种不同的方式回归故土的。家与远方不可偏离。

原载《当代文坛》2011年第1期

“意境叙事”的实验及其成功范例

——《古炉》的民族化探索之路

自觉实验“意境叙事”近三十年的贾平凹，终于借助《古炉》完成了他重铸现代中国小说范式的夙愿。意境叙事虽不是现代小说民族化的唯一出路，但意境叙事无疑是最有中国特色、最有难度的小说范式之一。意境概念是中国人对世界美学的独特贡献，它原本作为抒情性作品的一个最高目标，却被贾平凹用来开展小说的实验，而且取得了成功。

贾平凹“意境叙事”概念的辨析

尽管贾平凹从来没有把“意境”与“叙事”连用，不过，他却在谈到小说的目标时多次使用了“意境”以及与之类似的“意象”“境界”等字眼。

他说：“艺术家的最高目标在于表现他对人间宇宙的感应，发掘最动人的情趣，在存在之上建构他的意象世界。”[①]“我的初衷里是要求我尽量原生态地写出生活的流动，行文越实越好。但整体上却极力去张扬我的意象。”[②]“以后的十年里我热衷于意象，总想使小说有多义性或者使

① 贾平凹：《浮躁》，作家出版社，1991年，“序言”第4页。

② 贾平凹：《高老庄》，太白文艺出版社，1998年，第415页。

现实生活进入诗意，或者说如火对于焰，如珠玉对于宝气的形而下与形而上的结合。”[①]“如果在分析人性中弥漫中国传统中天人合一的浑然之气，意象氤氲，那是我的兴趣所在。”[②]“我主张在作品的境界、内涵上一定要借鉴西方现代意识，而形式上又坚持民族的”“我喜欢用‘作品的境界’这个词”。[③]“我主张过以实写虚，以最真实朴素的句子去建造作品浑然多义而完整的意境，如建造房子一样，坚实的地基，牢固的柱子和墙，而房子里全部是空虚，让阳光照进，空气流通。”[④]

不难发现，在较长的一段时间，贾平凹更多地使用着“意象”的概念，直到最近，才出现“意境”的提法。

但这不表明，他倡导的是“意象叙事”。准确地说，他之谓“意象”就是“意境”。他有一句话说得很明白：“如何将西方的抽象融入东方的意象，有丰富的事实又有深刻的看法，在诱惑着我也在煎熬着我。”[⑤]可见，意象只是他创作思维的部分内容。如果比照意境作为“情景交融、虚实相生的形象系统及其所诱发和开拓的审美想象空间”[⑥]这一通用概念进行元素的对应，那么贾平凹的所谓“意象”只相当于意境中的“景”或者“以实写虚”中的“实”。

既然意象不是贾平凹的真实意图，他为什么在较长时间里坚持用这个概念？在我看来，有两个可能：一是从字面上，贾平凹觉得意象与意境相似，也可以拆分成意与象两个方面；二是在性质上，他认为意象和意境没有根本的区别，可以混用。

实际上，“意象”与“意境”虽一字之差，本质却大相径庭。“意象”主要强调“象”的内涵，它的目的是寻找包含着特定意义的象，所谓

---

① 贾平凹：《怀念狼》，作家出版社，2000年，第270—271页。

② 贾平凹：《病相报告》，上海文艺出版社，2002年，第304页。

③ 同上，第312—314页。

④ 同上，第313页。

⑤ 贾平凹：《古炉》，人民文学出版社，2011年，第607页。

⑥ 童庆炳主编：《文学理论教程》，高等教育出版社，1992年，第194页。

“观念之象”或者抽象之象。从类型上说，意象是形象的一种，至于象与意的密附程度如何，意象并不讲究；而意境并非形象的种类而是形象的系统，它追求整体的效应，“情和景”是作者同时并重的元素，且情与景浑然一体，不可分割。

由此可见，意象确非贾平凹的本意，也与他的创作实际不相符合，加之，“意象主义”或意象叙事主要作为西方现代派的一个分支，也是国内众多先锋派小说家的徽号，这与贾平凹自觉探索民族小说范式的初衷有点抵触，所以，尽管评论界已经有不少人用意象叙事来概括贾平凹的小说范式，我们还是主张改用“意境叙事”。

标举“意境叙事”的提法，不只是要正确地描述贾平凹小说创作观念和实践，也是想肯定他在现代小说民族化范式探索中的贡献。意境概念作为判别优秀抒情性文学作品的标志，被运用到叙事性文体的小说，这应该是贾平凹的独创，是他近三十年孜孜不倦的追求，已经成为贾平凹小说区别于其他小说家的显著特征。

意境叙事，顾名思义，就是用意境讲故事或者说用故事制造意境。其中，故事至关重要，也要求特殊。它不注重事件的线性延展，也不要求时间的持续长度，只要有“共时性”的特征并具有辐射性的兴发效果，达到故事与意味的水乳交融即可。“共时性”的特征是相对故事本身的历时状态而言。既然是故事就有时间的持续和延展，尤其是长篇小说的故事，一般持续的时间更长，少则十年多则百年，史诗类的长篇小说大都如此。

贾平凹的小说与之不同，他当然不能抛却故事，但是在故事的时间方面，他的确不追求数年的长度，最多一年半，最短几天。他主要追求故事的密度。《白夜》的故事时间是四个月，《土门》《病相报告》的故事时间只有几天，《怀念狼》的故事持续了二十多天，《高兴》的故事时间是两天；《古炉》的故事时间稍长一点，一年半。谢有顺曾注意到这个现象：

在贾平凹几部重要的长篇里，对于时间的处理有着其他作家所没有的自觉。《秦腔》里写的生活时间是一年左右，《高老庄》大概写了一个月，《废都》里的时间差不多也是一年左右。一部大篇幅的长篇小说，只写一年左右的现实生活，而且写得如此生机勃勃、真实有趣，这在中国作家中是不多见的才能。中国作家写长篇，大多数都喜欢写一个非常长的时间跨度，动不动就是百年历史的变迁，或者几代家族史的演变，但贾平凹可以在非常短小的时间、非常狭窄的空间里，建立起恢弘、庞大的文学景象，这种写作难度要比前者大得多。[①]

所以，贾平凹的长篇小说更近似于中短篇小说的时间跨度，他选择的是生活的横剖面，就像勘探工人选择一个典型的取样就能掌握整体的信息。

这种写法类似于诗的思维，在很多时候，我都想说，贾平凹其实是用诗的精神来写小说，或者说，他的长篇小说就是诗小说。不过，这种诗小说不同于普希金的《叶甫盖尼·奥涅金》或者歌德的《浮士德》，《叶甫盖尼·奥涅金》是具有情节的小说诗，《浮士德》是用诗句写的剧本或者叫剧诗，《古炉》等则是诗小说，具有诗的意境和思维的小说。如果说，普通小说的情节是线性发展的，贾平凹的小说是核心辐射的。

他的长篇小说故事走向不是朝一个维度延伸而是由一个点向四周散发，像水中的涟漪，一圈一圈，由内而外不断扩大，这种同心圆的辐射就是意境叙事的所谓“共时性”特征。这种特征强调故事的密度而非长度。高密度的故事让我想到了浩然的《艳阳天》，王蒙的意识流小说《春之声》《蝴蝶》等。

《艳阳天》把一个实际上发生了两天的故事演绎到二十五万字；浩然本人也说“《艳阳天》是一部‘密度’较大而‘跨度’较小的作品”[②]。

---

① 谢有顺：《贾平凹的写作伦理》，载《西安建筑科技大学学报》2009年第4期。

② 浩然：《关于〈艳阳天〉〈金光大道〉的通讯与谈话》，见孙大佑、梁春水编《浩然研究专集》，百花文艺出版社，1994年，第187页。

“有人曾做过一番统计学的分析。小说中马小辫对‘小石头之死’事件的策划，始于第109章，而事件的最后昭白却在第136章，共迁延了约25万字的篇幅。而叙述的现实时间跨度却只有两天多。”[①]

浩然把短暂的时间无限拉长的做法可以理解为一种艺术的延宕，不过这种处理除了让人惊叹作家的想象力之外，其真实性也让人怀疑。《春之声》的故事时间只有几个小时，但生活时间却贯通了几十年。这种压缩被称为意识流，即生活的时间可以无限流淌但故事的时间却非常集中，因为人的意识可以在短时间中跨越千年。

所以，这种压缩是真实可信的。贾平凹的时间浓缩其实与它们两者都有不同，他既不是意识流也不是故意的延宕，而是典型的优选，即截取生活中最有意味的一个区间，近似于掐头去尾保留中腹从而让读者去补足头尾的做法，这样就可以保证小说简练而丰富的特点，达到意在言外的效果。理论上一般把叙事的时间与叙事的节奏联系在一起。故事时间长于生活时间，叙事节奏就慢，如《艳阳天》；反之，故事时间短于生活时间，节奏就快。生活时间与故事时间等长的往往是人物的对话场景。贾平凹的长篇小说《古炉》两个时间完全一致，难道说这是一种场景叙事？如果是这样，意境叙事也找到了理论的依据。故事的蕴味是意境叙事的必然要求。不是所有故事都有韵味，大部分故事就是一个过程，是个载体，本身没有意味或意味不大。

意境叙事的故事必须是有内涵的，而且要有多种蕴含，换句话说有多义性或歧义性，要让读者从中自然地联想到很多类似的场面、事件、意义。即所谓兴发功能。这种韵味是一种“永恒”或“原型”，贾平凹很欣赏荣格的话：“谁说出了原始意象，谁就是说出了整个世界。”由此可见，他重视那种信息丰富、包容性宏大的意象。换句话说，这种对故事的意象或多义性的强调其实是意境叙事的“空间”要求。

---

① 叶君：《论〈艳阳天〉》，载《文艺争鸣》2007年第8期。

既然意境叙事不能也不愿通过时间叙事，那么就只能依靠空间的拓展。但是这个空间又不是现实的而是虚拟的，亦即，这种空间不是故事中所涉及的地域的变幻而是读者想象的被激发和放大。也就是说，由小说的元故事联想到与此相关或类似的无数故事。说白了，这是意义的空间，所谓“言外之意”“味外之旨”“弦外之音”。

如果说，故事的密度浓缩还有先例可循，那么空间的辐射则难遇同类。最多在诗中才能见到，这也就是我之所以把意境小说称为诗小说的缘由。是诗意小说不是诗体小说，并非要有诗的形式却须有诗的风神、意境或效应。

《病相报告》是要写一个人的一生七十余年，铺设开来，那得有四五十万的字数！如果四五十万的字数写一个爱情故事，又要按着时间顺序一一交代清楚，那极可能使这个故事陈腐不堪。贾平凹于是重起炉灶。“我之所以使文中所有的人物以第一人称说话，是要将一切过渡性的部分全部弃去，让故事更纯粹。之所以将顺序打乱是想让读者看得真切而又不至于局限于故事。”①

不局限于故事就是追求故事的韵味。把故事的韵味用简单的方式传达出来，这就是意境叙事的特征。

贾平凹“意境叙事”实验的轨迹

如果意境叙事只是作为一个口号永远停留在理论层面，那么其意义就要大打折扣。值得称道的是贾平凹不但这样思考、张扬，而且通过他三十多年坚持不懈的实验为之奋斗。在这个过程中，贾平凹经历了很多失败和艰辛。正像有些评论者所指出，他的小说中包含着很多悖论，看起来简单，真正要操作或者把这些悖论统一起来却很困难。“令我讶异的是，贾

① 贾平凹：《病相报告》，上海文艺出版社，2002年，第301页。

平凹一直想在自己的写作中将一个个悖论统一起来：他是公认的当代最具有传统文人意识的作家之一，可他作品内部的精神指向却不但不传统，而且还深具现代意识。他的作品都有很写实的面貌，都有很丰富的事实、经验和细节，但同时，他又没有停留在事实和经验的层面上，而是由此构筑起了一个广阔的意蕴空间，来伸张自己的写作理想。”①

贾平凹对意境内涵的认识经历了由模糊而逐渐明朗的过程，他的叙事理论与实践呈现出“白描传神”“以实写虚”“意象叙事”“意境叙事”四个阶段。在这个过程中，他关于意境叙事的很多概念和提法不断在变化、更新。

1982年，在《卧虎说》中，他首次觉悟到“以中国传统的美的表现方法，真实地表达现代中国人的生活和情绪，这是我的创作追求的东西。但是，实践却是那么艰难，每走一步，犹如乡下人挑了鸡蛋进闹市，前虑后顾，唯恐有了不慎，以至怀疑到了自己的脚步和力量。终于有幸见到了‘卧虎’，我明白了。”明白了什么呢？这就是“卧虎”给他的启示：“重精神、重情感、重整体、重气韵，具体而单一，抽象而丰富，正是我求之而苦不能的啊！”②

“我知道，一个人的文风和性格统一了，才能写得得心应手；一个地方的文风和风尚统一了，才能写得入情入味。”③尽管在这个时候，贾平凹没有明确地意识到这就是“意境叙事”的发轫，但现在回过头去看，它们实在是一脉相承的。

这中间还有很多具体的环节需要他慢慢揣摩和探索，所以这个时期标志着贾平凹小说创作民族化意识的清醒。如何达到这种具体与抽象、单一和丰富的目标，贾平凹只是有了感觉，即像浮雕“卧虎”的手法一样，寥寥几笔却能传神。他把这种思维和方法称为“中国传统美的表现方

① 谢有顺：《贾平凹的写作伦理》，载《西安建筑科技大学学报》2009年第4期。

② 贾平凹：《“卧虎”说》，载《当代文艺思潮》1982年第2期。

③ 同上。

法”，可以用“白描传神”来表示。这里潜藏着很多问题：小说怎么才能做到传神？如何才能使文风和性格统一？他所说的风尚是流行的时髦还是世界大师的境界？在这之后，贾平凹发表了《鸡窝洼的人家》《腊月·正月》《小月前本》，出版了他的第一部长篇《浮躁》。虽然这些小说都受到了好评，但是它们的创作思维和套路似乎与他的追求不相协调。因为，这些作品正是“五四”以后流行的现实主义思维，西化的味道太浓。于是，1986年《浮躁》刚刚写就，贾平凹就马上宣布他从此再也不愿用这种方法来写作了。改弦易辙，正式开始试验“卧虎”的写法，这就有了1989年发表的《太白山记》，他称之为“以实写虚”，这是贾平凹认为实现“抽象而丰富”境界的一条新途径，不过，改“卧虎”的“以简求复”的套路为“以密达丰”。这种“以实写虚”的写法直接反对的就是“五四”以来或者《浮躁》等小说坚持的西方的“以虚写实”。显然，在贾平凹看来，以往的西方路子不通，但问题是“以实写虚”是否是中国传统的写法呢？

金吐双实为贾平凹的化名，在《〈太白山记〉的阅读密码》中他说：“形式之所以有意味，是思维上的变化。《太白山记》却是反其道而行，它是以实写虚，将人之潜意识变成实体写出，而它的好处不但变化诡秘，更产生一种人之复杂的真实。气功的学说里有意念取物，观者看到的是物在移取，而物之移取全在于意念作用，《太白山记》正是这种气功的思维法。”[①]气功思维就是中国独有的神秘思维方式。

在这里，“虚”指人的潜意识。“实”的解释还很模糊，好像是一种真实的描写或者一种杜撰的真实情景。《废都》的实验恰恰深化了贾平凹对“实”的觉悟。“实”成为小说中的故事或事实。不过这个事实是一种特别的事实：“依我在四十岁的觉悟，如果文章是千古的事——文章并不是谁要怎么写就可以怎么写的——它是一段故事，属天地早有了的，只是

① 金吐双：《〈太白山记〉的阅读密码》，载《上海文学》1989年第8期。

有没有夙命可得到。”[①]

《废都》之所以引起了中国文坛的大地震，创造了中国文学史上前无古人后无来者的轰动效应。它的创作秘诀正在于贾平凹觉悟到一个“天地间早有了的故事”——人类对性的迷恋和矛盾。但是这部小说引起了很大的争议，我指的是关于其艺术价值的争议。可以说，《废都》在“实”的内涵上获得了成功，可是由于对“实”的处理出现了某些错位，从而引起了读者的误读。《白夜》写完后，他在后记中首次提出了自己的小说观念：“小说是一种说话，说一段故事。”这种观点其实是对“以实写虚”中“实”的含义的全面而完整的描述，也是对《废都》教训的矫正。如果说，《废都》强调了小说的“实”的内涵，那么，《白夜》就进一步明确了“实”的形式：“真诚而平常的说话，说大家都明白的话。就像对着家人或亲朋好友提说一段往事。”

《高老庄》的写作时期，贾平凹更加意识到“新的小说实验”的艰难：“我在缓慢地、步步为营地推动着我的战车，不管其中有过多少困难，受过多少热讽冷刺甚或误解和打击，我的好处是依然不调头地走。”[②]

再次强调或明确“实”的形式：“原生态地写出生活的流动，行文越实越好。”实的内容为“意象”，正式以“意象叙事”替换“以实写虚”的表述。并且在整个实验过程中，清醒地意识到自己在叙事上的最大失误是“形而上与形而下的结合部的工作还没有做好”。

《高老庄》也确实存在这样的问题，尽管作者设计了很多“局部意象”，如：故乡的名字“高老庄”，主人公子路、西夏的名字，野人出没的“白云湫”，包括具有通灵意识的石头等等，但是这些局部意象缺乏整体感也不能与他的“虚”或境界——人类意识相通。

《怀念狼》的后记中，贾平凹对自己进行了十多年的小说实验进行了简略的回顾，进一步探索《高老庄》中发现的“虚实结合不好”的问题：

① 贾平凹：《废都》，北京出版社，1993年，第519页。

② 贾平凹：《高老庄》，太白文艺出版社，1998年，第415页。

“十年前，我写过一组超短小说《太白山记》，第一回试图以实写虚，即把一种意识，以实景写出来，以后的十年里我热衷于意象，总想使小说有多义性或者使现实生活进入诗意，或者说如火对于焰，如珠玉对于宝气的形而下与形而上的结合。但我苦于寻不着出路，即便有了出路处理得是那么生硬甚或强加的痕迹明显，使原本的想法不能顺利地进入读者眼中心中，发生了忽略不管或严重的误解。《怀念狼》里，我再次做我的试验，局部的意象已不为我看重了，而是直接将情节处理成意象。”[①]通过小说的写作，他觉悟到“越写得实，越生活化，越是虚，越具有意象”，关于“虚”的特点，他含糊地意识到要讲求多义性或兴发性，但是究竟虚的内涵是什么，还没说清。

另外值得注意的是，他又一次提出了一个新的概念——新汉语文学。他说：“20世纪末，或许21世纪初，形式的探索仍可能是很流行的事，我的看法这种探索应建立于新汉语文学的基础上，汉语文学有着它的民族性，即独特于西方人的思维和美学。”[②]究竟什么是“新汉语文学”，他只点出民族性的思维特征，并没有做具体说明。

《病相报告》的出版正是对这两个问题的解答：“作品是武器或乐器，作者是战士或歌手，是中国汉民族文学的特点。”相对地，西方现代文学“最主要的特点是分析人性”，特别是“人性中的缺陷与丑恶”，“鲁迅好，好在有《阿Q正传》，是分析了人性的弱点”。在这里，贾平凹探索的主体发生了转向，民族性其实不是他要说的重点，因为这个问题也就是围绕“实”的表述，这个问题已经解决，现在的新困惑变成了“虚”的内涵，而关于西方现代文学特点的概括恰恰是贾平凹对“虚”的明朗化。他说：“我更觉得文学要究竟人的本身，人是有许许多多的弱点和缺陷的……”他意识到：写人性的缺陷应该是他以后小说努力的方向，《病相报告》写“爱情是一种病”正是出于这种考虑。不过我们不能这么

① 贾平凹：《怀念狼》，作家出版社，2000年，第270—271页。

② 同上。

简单地认识这个题旨，它其实不只谈爱情，而是把爱情作为一种象征。人性有各种各样的弱点或特点。正是这个觉悟使他更进一步指出“小说的观念应该有所改变”。[①]

需要注意的是贾平凹把人性的缺陷与民族的背景并置，这正是他探索了三十多年的命题：“以实写虚”或“以中国传统的美的表现方法真实地表达现代中国人的生活与情绪”。也就是说，到此为止，他以为的“虚”或“现代人的情绪”就是人性的缺陷；“实”是中国汉民族的背景、思维、表现方法、说话一样的真实的日常生活和密实的叙写，以及无序而来、苍莽而去、汤汤水水又黏黏糊糊的结构还有“新汉语”等。当“虚”“实”的内涵和形式在认识层面完全解决以后，贾平凹的小说理论就开始从整体，即“意境叙事”角度言说了：“我所感兴趣的是在中国民族背景下分析人的本身，即人性中的弱点和缺陷，这样的小说是简单的故事。必须有故事，但不在于故事本身，所以强调其简单。”[②]

这里有两点需要注意，贾平凹一方面强调中国文学或作家面临的共同民族背景；另一方面指出了在小说意味层面要写人性的弱点。这两点恰恰是对“中西结合”“虚实相生”的意境叙事范式的新的阐释。简单的故事是西方文学关于“实”的经验，“人性的缺陷”是世界文学大师关于“虚”的经验。这两点在中国文学中都能找到对应。但是，这个意识清醒得太晚，也太艰难了。贾平凹分析中国当代作家之所以落后：一是年龄大的作家有这种意识的时间比较短而且只停留在意识到的层面没有去实践；二是一些年轻的作家虽容易接受新的东西往往又缺乏本民族的传统。他自我解剖：

> 我当然在两方面都欠缺，只是在补课和试验。西方的生存经验即民主自由，注意人，人的个性，同时工业对人的异化，高科技使人产生的种种病相……他们的经验和我们的经验结合参照，

---

① 贾平凹：《病相报告》，上海文艺出版社，2002年，第310页。

② 同上。

我想应该是我们写作的内容……再是寻找一种语感……必须加入现代，改变思维，才能用现代的语言来发掘我们文化中的矿藏。现代意识的表现往往具有具象的、抽象的、意象的东西，更注重人的心理感受，讲究意味的形式，就需要去把握原始的与现代的精神的契合点，把握如何去诠释传统。一部好的作品关键在于它给人心灵深处唤起了多少东西，不在乎读者看到了多少，在乎于使读者想起来多少。①

这段话里对如何完成形而上与形而下的虚实结合，从中西文化的参照角度提出了具体的建议：不管是“虚”或“实”都要注意吸收中西方各自的优长而不是以往所说的“西虚中实”；另外，还要有“语感”。语感很显然是从“新汉语”的角度去说的。在与韩鲁华关于《秦腔》的访谈中，他把这个意思说得很明确：“我的意思是在‘五四’时期的基础上吸收更为鲜活的民族语言……就得把古文、‘五四’时期的白话文、外文和民间话语结合起来。”②

同时，他指出了这种叙事范式完全实现后的读者的兴发效果，会使读者想起很多。到这里，关于意境叙事的内涵，贾平凹可以说全部讲清楚了。也正是在这种情况下，贾平凹着手创作了《秦腔》，企图以清风街这镜中花、水中月的“虚”来兴发故乡棣花街的“实”。他把这种实的写法命名为“密实的流年式的叙写”，说这种实的对象是“一堆鸡零狗碎的泼烦日子”。这部小说受到了高度评价，但中肯地说，评论界更多的是对其“流年式的叙写”给予了肯定和赞美，至于小说的“虚”其实是存在争议的。我个人觉得，从整体上，《秦腔》的“虚”与“实”结合得还算密附，但就是“虚”的人类意识或世界视野不够。为此，《高兴》又开始倒腾。贾平凹听到很多读者包括专家对这种密实的写法有点不满，所谓读不

---

① 韩鲁华主编：《〈秦腔〉大评》，作家出版社，2006年，第602页。

② 贾平凹、韩鲁华：《穿过云层都是阳光：贾平凹文学对话录》，北京联合出版公司，2016年，第55—56页。

下去，所以，他马上进行新的试验。这种倒腾就是要“故事特简单明白”当然“又要以故事和人物透射出整个社会”。由此可见，贾平凹的总体目标始终未变，不断变化的是“意境叙事”的最佳途径。

《高兴》最终实现了阅读的轻快感，即让故事特简单明白，以简约写简单。然而，艺术总是存在悖论，故事简约了，“意义”也同时简单了。这当然不是贾平凹的愿望了，他的本意是让简单的故事激发联想，意蕴丰富，使小说飞扬起来，但事与愿违。那么问题出在哪里？恐怕是“虚”的程度过于明朗和单纯。刘高兴这个人物与他的乐观态度这两方面的结合，亦即虚实结合的密度不错，但意太简单就误导读者忽视了其他象征。

最后就到了《古炉》，贾平凹可以说吸取了以往多次试验、倒腾中的教训，终于找到了一个“意境故事”。在这里，虚与实已不是简单的相加而是虚中有实或实在虚中的自然融洽。

读者看到的故事既熟悉又简单，可是这个故事中潜藏着复杂的耐人琢磨的意蕴，而且这些意蕴的某些方面直接触及人类的共通话题，所谓人性的弱点。

因此，贾平凹的意境叙事实验成功了。

《古炉》是“意境叙事”的成功范例

借用贾平凹自己的话说，到了《古炉》创作期间，他才算是真正有了“夙命”，发现了一个“天地间早有的故事”，所以也成就了他苦苦试验三十多年的小说梦想。不用说，这个故事一定是自成意境，也就是说这个故事既简单又潜藏着丰富的意味。的确，“文化大革命”作为意境叙事的内核再合适不过了，作者只需把这个故事完整地、活脱地加以讲述，必然产生辐射性的兴发效应。《古炉》的意境描述起来非常容易，用一句话就可说明：“文化大革命”展开过程中所集中引爆的人性恶。但是，《古炉》的韵味却值得我们反复咀嚼。我们可以说，“文化大革命”本身就是一个众恶共发的事件，也可以说群众的恶基因被诱发或无数个恶的累积导致了“文化大革命”的大恶。

在这里，分析人性的恶之主观“情”与“文革”发动的客观“景”达到了完美的交融。用贾平凹自己的概念来拆解这个意境，“文化大革命”是“实”，“人性恶的爆发”是“虚”；“实”完全是一个“天地间早有了”的故事，贾平凹终于抓住了这个“夙命”，故事中内含着复杂的、深远的人性话题——“虚”。“文化大革命”是中国现代史上一个巨大的、特殊的真实故事，是中国人用智慧、阴谋使凶斗狠的集中表演，是完全“东方的意象”；“人性的弱点”特别是众恶共发的情形在西方文学中一直是一个热门的“抽象”话题；“文革”的叙写凸显了“中国的民族背景”，所谓中国人的政治情结；“说话”的小说观念深化了西方“让说者和听者交谈讨论的”说法。一句话，《古炉》的意境也做到了“虚实相生”。

需要指出的是，《古炉》这种“情景交融、虚实相生的形象系统”既实现了美学上“量”的“多样统一”，也达到了“质”的“难美”高度。“多样统一”包括“意象与抽象的融合”“民族与世界的融合”“传统与现代的融合”等；“难美”是指这种多样的融合并非符合逻辑的自然融合，而是违反逻辑的悖论融合。简单的自然融合比较容易，“多样的悖论融合”难度很大而且价值更高。就目前来说，小说家中能完全做到的屈指可数，贾平凹位列其中。

“多样的悖论融合”是指贾平凹既要坚持写实又要追求深远的寓意，既要保持传统又要有现代意识，既要民族化又要与世界接轨，种种这些在理论上既相互矛盾，在实践上也很难操作。可是，贾平凹通过三十多年的实验却找到了克服这些悖论的范式，这就是“意境叙事”。因为，意境是共时概念，叙事是历时的过程，因此，“意境”与“叙事”的概念组合同样成为一个悖论。如此，悖论借悖论来克服就成为一种必然也是唯一的选择。具体到《古炉》，主要有三点：

首先，选择形式简单而意味深长的事件——“文革”，就做到了写实与高远的融合。正像我们前面所指出的，好的小说故事往往是简单的，简单让读者容易记住，也能启发读者的思考，但简单的故事中必须有所蕴含，简单不是故事内涵的简单明了而是外在形式的单纯和日常。即使日常也是人生的恒态，所以写出了日常就可能传达出永恒。

贾平凹多次引用的海明威“面对永恒而没有永恒的场面”的用意正是要指出：日常中有无限。但这种事件显然不是所有日常事件而是日常中的个别诗意事件。“必须有故事，但不在于故事本身，所以强调其简单。”①贾平凹认为这种事件是可遇而不可求的，就“看作家有没有夙命得到”。这句话有点神秘，其实他要传达的正是这个事件的特殊性：“简单而复杂”或“事简意丰”。简单而复杂的事件本身就具有悖论性。

其次，坚持以日常琐事反映人类的共通意识。很多评论者说贾平凹是一个传统气息浓厚的作家，无论是他的古代文人的情调还是他的文学观念包括他的文学语言都有士大夫的味道，可与此同时贾平凹的美学思想又很先锋，他的眼光一直紧盯着世界文学的潮流，他的文学目标是“奥林匹克”，他一直在揣摩世界文学大师成功的规律，他找到了一条可以抵达世界文学顶峰的可行性途径，那就是：在日常中叙写人类意识。日常叙事是我国古代小说特别是《红楼梦》的传统，而复调叙述、人称变化是现代叙事的趋势。它们都是小说的表现方法，属于同一性质，融合不存在问题。

再次，在开阔的世界视野下完善民族化的小说范式。“民族化”是贾平凹几十年来倾尽心力探索的写作道路，到了《古炉》，这套拳路已经成熟、完备。概括起来有四个方面：整体的意境思维；“日常琐事”的描写对象；“聊天”式的叙事结构；现代口语中的雅言运用。

“世界性”指全球作家共同拥有的人类意识和世界眼光。世界性是视野，民族化是方法，在范围上好像局部与整体不能兼顾，但在实质上并

---

① 贾平凹：《病相报告》，上海文艺出版社，2002年，第312—314页。

无矛盾。《古炉》的意境必然在读者心目中产生无尽的兴发效果。“文化大革命”的叙事不只是让读者重温那段并不遥远的历史，更主要的是“唤起”读者对人性恶及其后果的反思；小说的整体意象是“古炉村的‘文化大革命’的全过程”，但未尝不是中国的总体“文革”的面貌，也许世界上所有的反动事件，如政治运动、战争、灾难等“大恶”莫不保持这种异质同构的特点；小说的整体抽象是揭示人性普遍存在的缺陷。套用列夫·托尔斯泰的句式：善是相似的，恶各有各的不同。《古炉》告诉我们：有一种恶，它的名字叫积怨。俗话说，众怒难犯，相应地，积怨难防。这种恶不是众人约定好的共同犯罪，而是长期积累不期然的大面积爆发，类似于近年来所说的“集体性突发事件”。这类事件，起因往往是简单的一个民事口角，但结果往往成为一个大的政治变革。

谁也不能确定，这种结果是某个个人所致。实际上，个人或具体的冲突只是一个导火索，炸药埋藏在所有参与者的心里。显然，这些推理和演绎都不在小说的文本之中而在文本之外，但又不是读者牵强的附会而是小说所选择、营造的意境自然引发的联想、想象。那么，这种“言有尽而意无穷”的“言外之意”“味外之旨”“弦外之音”不正是“意境”的兴发功能才可达到的效果吗？

面对《古炉》我们难道说，它只是中国20世纪60年代一场政治运动的回忆？显然，它有着更为多向的隐喻和象征，以上联想就是这种隐喻的部分描述。作者没有做任何的注释与引导，可有常识的读者都会产生这样的联想和想象，这也正是贾平凹多年来期待的小说“单一而丰富”的目标。成功的意境叙事并不要求面面俱到，做到“意象和抽象”同时精彩，而是只要“意象”丰富，“抽象”就自在其中了。贾平凹说要“以实写虚”，根据我们的研究，把它表述为“以实蕴虚”恐怕更加准确。有人可能会说，《古炉》中也大量地运用了“意象”，如“古炉”“瓷”“中山”“朱夜两姓”“薯屎”“隐身衣”“太岁”“疥疮”“石狮子”等，而且作者还很自觉，这难道不是“意象叙事”吗？的确，从表面上看是这样，但实际上《古炉》仅仅依靠这些意象是难以完成小说的整体使命的，因为作为独立存在的意象，就如散布在田野中的各色野花，虽摇曳多姿却互不相干。

《古炉》中的意象之所以具有价值就是因为它们是一棵大树上自然生长出来的枝叶，是意境整体的有机构成。贾平凹说："在我的意思里，古炉就是中国的内涵在里头。中国这个英语词，以前在外国人眼里叫作瓷，与其说写这个古炉的村子，实际上想的是中国的事情，写中国的事情，因为瓷暗示的就是中国。而且把那个山叫作中山，也都是从中国这个角度整体出发进行思考的。写的是古炉，其实眼光想的是整个中国的情况。"[①] 在这里，贾平凹还是谦虚了点，应该说，他的眼光想的是整个世界、宇宙的情况更为准确。

那个"狗尿苔""蚕婆"是"外星人"还是世界中的通灵一族？他怎么就能通过一种特殊的气味感知或预测生活中的灾难或不幸呢？是像蛇对地震的生物反应，还是人的一种超能力？生活中的未知领域很多，贾平凹很早就注意到并坚持记录和描写，这绝不是为了简单地浓化作品的神秘氛围，而是要探索宇宙的奥妙。[②]而村中朱姓和夜姓两族的名姓显然隐喻着红与黑的较量，他们各自成立的榔头队与大刀队就是两个势不两立的组织。"薯屎"的比兴太高明了，这个情节既是迷糊精神崩溃后的错乱，也是两个小孩互相捉弄的游戏，更主要的是作者对派别斗争的荒诞、愚蠢的讽刺。不是榔头队战胜了大刀队，也不是大刀队击败了榔头队，而是解放军收拾了两派。谁"吃屎"了？都吃了。

为什么要吃屎？是狗尿苔捉弄牛铃还是牛铃报复狗尿苔，抑或有一只看不见的手在操纵着这一切？"隐身衣"一般是自我保护的工具，但在一定程度上也会成为高智商者作恶的技巧，不管什么情况，前提都是相同的。那就是存在着一种对个体的生命和安全具有威胁与伤害的力量。这个

① 贾平凹：《古炉》，人民文学出版社，2011年，"封底"。

② 郜科祥：《贾平凹心阈世界·答郜问》，陕西旅游出版社，2002年，第260—261页。

力量是什么？在《古炉》中，那就是“成分论”。就是这个虚幻的但在那个年代非常重要的“公民证”给不少人造成了莫大的伤害与恐惧，使他们不但没有正常人的尊严，还要提防随时到来的打压、挤对、排斥、批斗。所以，狗尿苔的人生理想很简单，他并不是首先考虑增长个子，免受奚落和屈辱，而是卸去自己头上的那顶看不见的帽子。这个帽子使数以百万计像狗尿苔一样的“可教子女”蒙受了长达数年的人生冤屈，失去了多少正常人应有的发展机会，使他们的心灵受伤以至扭曲。守灯性格的变态就是典型，他本来是多么有才华的民间艺术家，青花瓷的工艺可能在他手里复活，可是没人给他机会，反倒处处打压，绝望的他最后走上了报复的道路。

因此，隐身衣是他们最基本的人生需要，是保护自己的生存工具。这种极度压抑而又祈求保护的心理很自然地使我们联想到卡夫卡《变形记》中格里高利变作“甲虫”。如果说格里高利为了一个生存的职位在努力，狗尿苔则是为生命的尊严而奋斗。不难发现，这些意象虽有各自具体的喻义，但是，它们又都指向一个中心——对人性恶或造成恶的根源等的多向阐发。所以说，贾平凹的《古炉》已经不是以往批评家们概括的意象叙事，而成为整体的“意境叙事”。两者的差别就在于“局部”与“整体”，如果是依靠局部的意象来完成小说主旨“有”的传达，那就是意象叙事；而用整体的意象混沌地端出存在之“无”，那就是意境叙事。这一点，在2000年，《怀念狼》写完后，贾平凹就明确觉悟到了。

“当写作以整体来作为意象而处理时，则需要具体的物事，也就是生活的流程来完成。”[①]遗憾的是，《怀念狼》没有实现这个意图，因为小说的“物事”或“生活的流程”带有相当的虚拟和象征意味，到了《古炉》，“生活的流程”才原原本本地、真切地得到呈现。

这也正是《古炉》获得成功的关键所在。整体的意象不是借助人工的

① 贾平凹：《怀念狼》，作家出版社，2000年，第270页。

赋形，而是自然天成。“如果说，以前小说企图在一棵树上用水泥做它的某一枝干造型，那么，现在我一定是一棵树，就是一棵树。”[①]

三十年，对一个人的生命来说是一个不短的历程，对一个作家来说也许就是他的全部。

而坚持三十年，始终不懈地探索中国小说的民族化范式，就更不容易了，这期间《废都》引发的轩然大波，曾经冲淡了读者对意境叙事的关注，若非《秦腔》的好评如潮，意境叙事的成功恐怕还得一段较长的时间，庆幸的是，《古炉》终于走完了这条漫长的民族小说范式的探索之旅。

原载《文艺评论》2011年第11期，原题为《“意境叙事”的实验及其成功范例——贾平凹小说民族化范式的探索之路》

① 贾平凹：《怀念狼》，作家出版社，2000年，第271页。

我为《一顶草帽》叫好

——冯积岐短篇佳作赏析

很久没看到这么过瘾的小说了！近日，读完原载《延河》2008年第5期的短篇小说《一顶草帽》，委实让我激动了半天。我后悔没早看到这篇小说。不过，有点意外的是，这篇小说已发表了四个年头竟然未有相关的评论，特别是好评，我不禁为这篇小说的被忽视感到委屈。优秀的作品理应受到肯定和赞扬，在我看来，《一顶草帽》至少有三点值得推崇。

情节转换自然巧妙

原本是村民田广胜与乡长曹友亮两人之间的心理博弈，完全可以结束在一种心照不宣的游戏状态。比如，曹乡长婉转地对田广胜的“不敬”发出警告，故事也就可以告一段落。但是曹乡长却采取了另一种过激的方式，授意乡政府的三个干部把田广胜教训了一顿。这样一来，旧的误会没有消除反倒激化了新的矛盾，情节的波澜再次掀起。如此处理，读者丝毫觉察不出这是作家精心构思的结果，好像这是故事水到渠成的自然转换。

也许是田广胜在村里被压制的时间太长，憋屈久了，他精心选择曹乡长刚上任之际自导自演了一出狐假虎威的短剧，目的无非是借助“虚构的熟人关系”抬高自己在村人面前的威信，没想到这招效果不错，还真把村支书和村主任给蒙住了。

他与曹乡长并不相识，他跑到乡长的办公室转了一圈，得到了乡长礼貌性发给他的两根香烟。借用这两根香烟，他给村支书和村主任造成一种自己与乡长关系熟稔的假象，从而在一定程度上增加了村支书和村主任对他的“忌讳”或“器重”。在这里，田广胜所利用的就是国人长期以来形成的等级观念或者说对大小官吏畏惧三分的心理。

曹乡长被田广胜利用，这对乡长本人并无损伤。不过，事后了解真相的曹乡长对田广胜当然有点不大喜欢，他觉得这个农民虽然有点小聪明但不诚实，对他似还有那么一点小不敬。比如说，小曹是他叫的吗？分明把乡长不当干部。如果只此一回也就罢了，曹乡长最多把这个不满藏在肚里，可是，不巧的是，田广胜的第二次不敬又让曹乡长听到了，他竟然把乡长比作牛。是可忍孰不可忍！曹乡长于是唤来了乡秘书和两个司法员，把田广胜请到乡政府的后院，背着人拳打脚踢了一顿。

在曹乡长的以为里，一个农民竟敢对当官的不敬，还想给他玩心眼，他就让对方尝尝权力的厉害。教训了田广胜以后，他觉得这下可以安生了，没想到，这才是又一轮冲突的开始。当心理的游戏变成了行为的冲突，一场持久的官民纷争就正式拉开序幕。最终的结局是曹乡长被迫申请调离，另一任乡长亲自向田广胜道歉。表面上，这场民告官的案件以民胜官败而结束，实际上，它更多呈现的是中国乡村政治的悲哀——不该发生的故事竟然纠缠了十多年。

主角的人格富有磁性

田广胜身上闪烁的独特光芒一下子就能吸引住读者。他智慧、幽默却非常执拗。他的智慧令人钦佩。尽管是一次小小的心理战术，但它迸发于一个农民的脑中并如愿地达到理想的效果，这就不能不让人刮目相看。往碎里说，这是一个小心计；往大里讲，它就是农民天生智慧的展现。别看就这么一个举动，它无疑是田广胜精心谋划的结果。

首先，他要选好恰当的时机。早不行，晚也不可。就在曹友亮乡长刚上任的第三天，这时曹乡长还不知田广胜为何许人也，他在乡长办公室的出现就能增加一种神秘感，神秘感会促发乡长对他的尊重，从而给他敬烟。他的直接目的就是为得到乡长的好烟。

其次，他要让乡长对自己留下印象，至少知道他的大名。所以，他给乡长介绍自己时，特意一个字一个字地强调："田地的田，广大的广，胜利的胜"；乡长记住了自己的名字，就会在村支书、村主任求证田广胜是否找过乡长这件事情时得到确认。

最后，田广胜一定要给乡长表明，他并无事情麻烦乡长，只是来看看他。如此，才不会被乡长说漏嘴。

如此周详的安排显然不是随意的一次冲动而是田广胜自觉设计并实施的以假乱真之计，他的目的无非是为自己织就一张虚拟的保护伞，利用人们投鼠忌器的心理，在一定程度上给自己的生活带来便利，至少从此没有人会随便欺负他。

一个人做什么固然重要，更重要的是他为什么要这样做，也就是他的思想。我们以往看到的农民大多是传统观念或者集体意识的奴隶，基本上没有自己独立的主张。老一辈人怎样做，自己就怎样做，大家怎样，自己也就怎样。很少人想到主动出击，为改变自己的生存环境而动动脑子，哪怕是歪脑子。田广胜的可贵就在于他想自己掌控自己的生活，而且这个思想是如此鲜明、周密，这是我们在同时代同类人群中很少看到的品质。不妨称它为农民式的智慧：简单、功利、实用。尽管我们并不完全赞同田广胜的做法，但是只要它不伤大雅，不对别人造成伤害，似乎也未尝不可。

田广胜的幽默首先来自那顶草帽。还没有到需要戴草帽的时候，田广胜就把这顶草帽翻出来，引得他的媳妇骂他是"二凉"，就是农村人说的"不够成数"，或者脑子有毛病。我们当然知道他不是神经病，反之，他有个性，他不愿与世俯仰，什么都按部就班。草帽在他眼里不只是遮阳避雨的工具，而是一种个人精神的符号。当然，田广胜恐怕还不会把它与自由挂起钩来，但是他绝对明白，帽子与自尊、与他的情感的关联。他喜欢戴就戴，他愿意什么时候戴就什么时候戴，谁也管不着，谁也不能干涉。他说："这天气不用戴草帽，谁兴的？""各有各的活法，我谁也不看。"如果谁要把他的帽子强行摘下来甚至把它破坏，那就不是一顶帽子的问题，这是对他人格的挑战，是对他尊严的侮辱。农村有句话："男人头女人脚，只能看不能摸。"男人的头以及头上的所有物什都是应该受到尊重的，就像女人的脚一样。为什么田广胜不惜耗费十年的时间与乡政府打官司就是为了头上的这顶草帽，或者他的面子、尊严，或者自由的人格。正因此，当田广胜被三个乡干部围着拳打脚踢时，他声嘶力竭喊出的不是"打人啊！政府打人啊！"这样的呼救和痛苦而是"草帽！草帽！我的草帽！"

当然，他更直接的幽默就是自家的耕牛路过乡政府的大门时非要往乡政府的院子走，他一边阻拦一边调侃："你进去当乡长呀，得是？你能当上乡长吗？"把乡长与牛联系起来，既讽刺牛的妄想，说明他把乡长看得很高，与此同时，似乎又有一种对乡长的不敬。不过，这句话完全是就势而言，顺口说出，没什么恶意。我们不难发现，这是田广胜一贯说话的风格，是他诙谐风趣的表现。他不愿意使生活变得沉重。具有这种气质的人往往讨人喜欢，但是有时候无意间也会给自己带来灾祸。田广胜就由于这句幽默话，被曹乡长误以为对他不敬，这才找手下给了他一顿拳脚。

实际上，田广胜在这篇小说中最突出的性格是执拗。在一般人眼里，他是一根筋，认死理，不灵活。可是，在笔者看来，这恰是田广胜的优点或光芒所在。为了自己的尊严，他宁愿舍弃很多物质的利益甚至被村人骂作"二毬""死狗"也不改初志。这一方面与他整体的人格完全一致，另一方面说明田广胜是一个具有精神追求的农民。

很多人遇到这种事都会选择接受道歉和赔偿，特别是加倍的赔偿。因为，这样的结果使他们觉得自己并未吃亏甚至还占了一点小便宜。在他们看来，名誉值几个钱？但是，田广胜不一样，他就是觉得自己的尊严比金钱更重要。

他很懂得人活在世界上的意义，尽管他不能用哲学的术语明确地表达出来，但是他通过对“一顶草帽”的固执要求，通过他锲而不舍的上访行为向我们昭示了这一点。为什么他就不能按自己喜欢的方式说话、做事、生活？为什么他没做错什么事就应该遭到政府的侮辱？这就是他坚持让乡政府给他道歉、赔他草帽的根本动机。所以，我们与其说他执拗，不如说他很清醒；与其说他死板，不如说他独立或高贵。不要以为，他只是一个普通农民，他实际上比现代的一些知识分子更值得尊重。

立意丰富并有突破

有人会说，这不就是《秋菊打官司》的翻版吗？的确，这两部作品有些相像。田广胜与秋菊一样都是为了讨个说法或者维护自己做人的尊严在反复告状。但是，我们却必须注意到，田广胜还在为自己的生活方式的正义性、自由性而呼唤与战斗。所谓正义、自由的生活方式就是他喜欢用自己的小智慧改善自己的生活环境，他习惯保持幽默的生活态度，他希望率性任情，比如什么时候想戴草帽就戴草帽，等等。

而这一切的实现都必须建立在乡政府的道歉之上，道歉只是前提，他的最终目的是对自己独立自由的生活方式的维护与坚守。只有获得道歉，他的精神自由才能得到认可，反之，田广胜以后的生活就很迷茫，因为，不被尊重就意味着他的个性无法张扬，他与众不同的小聪明、小情调也难以延续，甚至他从此连一句调皮话都不敢说。由此可见，田广胜告状的目的远比秋菊清醒，也比她深刻！只此一点，就使这篇小说超越了同类小说，上升到更高的层次。

当然，除此之外，这篇小说还写出了普通人公正目标实现的艰难与曲折，特别是写出了中国乡村政治的严重痼疾。

首先，官民对立的习惯思维。假设这件事一开始就简单处理，也就是乡政府向田广胜认错，会有后来的结果吗？答案自然是不会。但是，长期形成的定势思维，决定了如此简单的事情往往被复杂化。这个可怕的定势思维就是：官员与老百姓好像天然对立，政府永远不能向老百姓低头，政府也绝对不会出错。政府即使有错，也不能承认。政府的形象远远比个人的尊严重要。相应地，老百姓自古就是刁民，不讲理，爱死缠活磨，一旦被黏上就很难摆脱。他们往往会狮子大张口，想讹政府。所以，一直以来，遇到官民纠纷时政府总是坚持不让步、不认错的做法。正是这种根深蒂固的偏见，正是这种官僚主义的作风才导致了“一顶草帽”故事的发生。

其次，官员扭曲的自私心理。显然，曹乡长不是无能到连这件小事或纠纷都处理不了，问题在于，在他的为官经验里绝不能按照田广胜的诉求解决。因为，答应了田广胜的条件就等于政府丧失了威信，这个先例一点都不能开；因为，一旦政府认错，就会有后续的无尽麻烦，老百姓就会缠住政府不放。也许，曹乡长遇见的这种事情多了，知道认错的麻烦，所以，他力主不认错，哪怕是调解、适当地赔偿田广胜的一些损失都可以。当然，还有一种说不出来的隐情，就是他教训田广胜的动机拿不到桌面。一个领导为了一种被愚弄的心理而和自己的群众较劲，说出来有失身份也太没面子。所以，无论如何，这件事都不能认错。为此，他宁可睁眼说瞎话，也不承认曾经指派手下打人的事实。

再次，人治大于法制的非常环境。“一顶草帽”案件处理的流程如果不是一级级领导的强制命令，这件事恐怕二十年都不能解决。这就导致了群众对政府的误解，他们宁愿相信“青天”而不愿相信政府，于是就有了越级告状、企求上级干预下级的心理和习惯。中国的上访运动由此产生。乡长不行找县长，县长解决不了找市长，市长还不行就找省长以至中央。何以为此？就是因为大小官吏没有不怕顶头上司的，他们可以对群众耀武扬威，对上司却唯唯诺诺。

从这些意义上说，这篇小说绝对不能视作一个简单的民告官案件的再现，它既是中国农民个性觉醒的礼赞，也是对中国乡村政治痼疾的严厉针砭。

选自《冯积岐评论集》，文化艺术出版社，2013年

一腔正气冲霄汉

——评吕学敏的短篇小说集《槐花香》

中外文学史上，很多小说家一般都遵循由短篇、中篇再到长篇的写作顺序，这也符合写作技巧由生到熟、作品体裁由小到大的规律。不过，也有一些例外，个别作家一入行就开始长篇的创作，我国现代作家茅盾和巴金就是如此。实际上，这些作家也不是天生功力非凡，而是他们前期的练笔与琢磨，普通读者没有注意到而已。当然，我们也不否认这些起点较高的作家的确对文学或小说具有独到的领悟与深厚的积累。

吕学敏正属于这种逆向成长的小说家。他最先引人注意是因为他的长篇小说《子宫》（获第十四届中国人口文化奖“文学类”三等奖）。这几年，他却把主要精力转向短篇小说，并结集出版《槐花香》，他力邀笔者为其作评，笔者却自觉难对他的作品产生广告效应，故推辞再三，然而吕学敏说：“以您对商洛作家群的宏观把握，我相信你能够理解这些作品并能给我一些指导。”如此诚恳的请求与信任，我当然只能从命。

吕学敏之所以提到“商洛作家群”，一方面是因为我多年前有一本研究“商洛作家群”现象的专著，另一层原因是他的故乡就是商洛，我也在此地工作多年。他在商洛出生、上学，这个集子中的大多数篇章都是关于故乡的记忆与描绘。故乡是每个人心中的根，尤其是文学家创作的不竭源泉。中外文学史上的所有作家没有不写故乡的，没有不以故乡为自己创作的根据地的。我想其中的缘由，不只是故乡养育了作家，更主要的是童年的记忆根深蒂固，永生难忘。文学是什么？在我看来，一定意义上就是对童年经验的抒写。童年包含着一个人对故乡、对世界、对人生最原始、最丰富、最强烈、最美好的记忆和憧憬。而这一切正是文学最好的资源或素材。

在这本集子中，吕学敏满怀着对故乡的深情，凭借着童年不灭的记忆给我们讲述了一个个有趣的故事，展示了许多性格独特的人物，勾画了故乡的风物、风景和民俗，特别是显示了故乡伴随自己的成长所经历的沧桑变迁。而这一切描写，吕学敏都会从细节入手，抓人物或事件的特征，所以容易给读者留下很深的印象。

娄七三是当地的名人，至于怎么有名，谁也说不上来。这个人既无权也无钱而且个矮还是X腿，但走到哪个小摊上都有人争着掏钱替他付账。为什么？作者抓住了他的一个特点，爱说怪话，其实就是说话智慧还有趣，加之他又热心肠，所以受人欢迎就理所当然。也许，娄七三与省长的友谊增加了他的传奇色彩。一个人如果具备神秘、热闹、善良三种品质，他不成为名人才怪呢。

谭家三兄弟谭优良、谭优秀、谭优优各自的生活状态及人生态度各有不同。老大谭优良跑运输，钱来得快，在外边有相好，夫妻关系紧张，妻子病了，他抽出一沓钱扔在妻子怀里，扬长而去。在他眼里，钱是一切，有钱能解决一切。但他妻子把钱给他抡回来，“气气地说，我不缺钱”。老二谭优秀在村里的自乐班，钱虽然没老大多，但日子也算滋润。老三谭优优啥本事都没有，既不好好念书，也没啥特长，只有跟着人进城卖力气——打工。由于和妻子做爱时一次没戴安全套，妻子怀孕了，他却死不承认。后来看到一个妇女领着一个小孩嘴里吹着安全套当气球玩，他们心里的疙瘩释然了。谭家三弟兄，作者只选择了每个人的一个细节就把他们的微小差异写活了。

《响动》中写一个小道士对世俗生活的向往，每天都有一个邻村的姑娘从寺庙前经过，他听惯了她的脚步声，他盼望两人有一句没一句地说两句咸淡话，如果听不到姑娘脚步声，他就很失落，甚至常常为此走神以至于打了碗。

《巷子》用童稚的眼光传达少年时期对一个幽深而陌生的巷子的恐惧感，由此捎带出两个神秘的人：巷子尽头的姨太太和富老头，真实而自然。

《瓷花》是很特殊的一篇小说。瓷花是偏远的山村对新婚男女进行性教育的器物，也是有情双方定情的信物。这篇小说为我们展现了一个悠远、稀罕、值得玩味的民俗和人性现象。

吕学敏笔下的主人公大都是好人，或者说，他愿意展现这些人身上的善良。集子的首篇《陶冶》很长，够得上一个中篇的容量了，但主要写两个人，安锁与胖娃，两人是好朋友。一次挖土时得到一个陶片，以为是文物，让县文化馆干部鉴定，没价值，安锁就扔了，胖娃又拾回来，说，找省上的人再看一下，最后也没找，还是扔了，安锁爹捡了回去当作刮泥的瓦片。后来，胖娃家不断地添置新家具，安锁就怀疑胖娃卖了瓦片独吞，两人由此产生了大误会，以至于安锁使瞎心眼报复胖娃，直到有一天胖娃被人杀了。大家都怀疑是安锁干的，警察找他询问，他不承认。

“安锁回来给人说，警察给我谈话，问我和胖娃有仇没有，我说有，他胖娃不够人，把我挖的陶片卖了钱，没有给我一分，我能心里舒服？警察问我为啥杀人，我说，我没有杀人，我说胖娃和我是同学，我两个好了几十年，再有仇，我也不会把他杀了。警察不信，就给我讲坦白从宽的道理，我说，你不要讲了，你把政策讲成屎我也没有杀他。他死了，我也心里难过，你们要是不信，我给你们发咒，我对了天发咒说，谁把胖娃杀了谁家生的娃没有尻门子，谁的婆娘偷男人，谁在外打工挣的钱全部让贼偷了。”

后来，案件破了，罪犯是一个和尚，与安锁无关。关键是有一天，安锁无意间发现那个被扔掉的陶片竟然被父亲捡回来当作了刮泥板，他才意识到自己冤枉了胖娃。他羞愧、痛苦，因为被误会的胖娃连他一句解释也听不到了。写误会以至报复却并不下作到害人性命的程度，这是做人的底线，这也是作者的宅心仁厚。

《家在商州》写一个民工的可怜与坚强，尤其是善良。自己的工钱要不回来，连路费都舍不得掏，步行两千多里回家，在途中遇到有人住院没钱，他拿出自己工钱的一半垫上。遇到地震，他帮着救出很多村民，代人送花，抬神像，好像当代雷锋，做了一路好事，他并不想显示自己的高尚，也不愿意扬名，他只是凭着良心做事。他希望过好自己的日子，所以，有些事情，他并不白干而是要一定的报酬。如此描写，真实而质朴。

《黑与白》更凸显了一个人的本性与良知。孟三林的儿子在矿上打工出了事故，尸体被运回来，矿上除了赔钱还捎了一车煤。在他们这里，煤是很稀缺的燃料。可是，孟老汉不忍心烧煤，他对生活的希望已经随着儿子的死完全熄灭。他在煤堆上种了三棵开白花的树，以此来怀念儿子。可是，有一天，煤却被人偷了，调查的结果竟然是村长的儿子与孟老汉的外甥所为，孟老汉很痛心也很失望。他原本想严惩这两个小子，但当他无意中听到村长对儿子的训斥并要求儿子自首时，他心软了，他阻挡了村长并主动在派出所销了案。恶有恶报，善结善缘。

写好人，扬善举，并不是要简单地记录好人好事，也不存在作者有意美化故乡的私愿，而是透露出作者对社会正义、对人性良知的强烈呼唤，也是一个文学人内在诗性的自然外化。这些年来，在一些作家笔下，审丑成为一种时尚，似乎揭露社会的疮疤，表现人性的丑恶，作品就有深度，就有批判性。固然，比较起简单的歌颂和赞美，这种反向的描写是有一定的分量，但是，有不少作品，把丑恶当作吸引读者的噱头，甚至有人为心理变态、自私腐败做某种人性的辩白，完全混淆了正常的美善观念。也就是打着真实的旗帜，做着助纣为虐的勾当。因此，写真实不是一味地挖掘人性的暗流，恰恰相反，是要理直气壮地张扬人性的正气。在吕学敏的短篇小说集《槐花香》中，我强烈地感受到这股力量。

吕学敏在小说的技巧上，已有长久的历练和独到的心得，所以，抓取文眼，写景绘心驾轻就熟，生动传神。我们在他的小说中不时看到一些佳句妙语：

太阳走了的时候，村里一炷炷烟上去，有风时就歪扭着上去，没风时就细细端端地上去，极像了水里滴落的淡颜料被笔尖牵着升上去散在空中没了。（《黑与白》）

老伴死了，死时是肺病，咳嗽得厉害，浑身没有一丝肉，没过半年就去了，在秋天，在那个土炕上咽气的，嘴张得很大，他心里演过去一丝凉意，就像站在沙漠里祈求干枯的树木不要倒在夕阳里一样。（《黑与白》）

孩子，钱是什么？钱是不值钱的，懂吗？

去年冬季里我就喜欢上粉红了。那场大雪时我把一把雪给她塞到脖子里，她没有恼我，还给我露着两个虎牙一笑。我开始想她了，尤其在晚上，我就想她。我还没有想过任何人，她是第一个我想的人。（《粉红·文物》）

我吃了饭没事就到村口去转。春上天真美，树也高兴地胡摇，我看着河滩也宽了，我的手也不揪了，随便怎么走路浑身都舒服得像泡在温水里。（《粉红·文物》）

这一夜腊梅好像办了一件大事，心里敞宽得似一面大场，大场里就是一颗太阳在滚动在放光。她的梦里斑斓啊，一股一股的色彩在河边、山上飞扬旋转，树叶上的露珠就笑，笑着就掉下来，孩子用嘴接住了，很甜地咂嘴。（《槐花香》）

蛋蛋到底丢了，我还赔了四百块，这四百块我挨了肚子疼，即使有发票也没有理由让单位报呀。况且依照逻辑，谢顶局长即使把钱花在狼身上也根本不会把钱花到狗身上，这二者的区别应该是狼把狗叫舅舅，辈分不同。（《警察和小狗》）

放了学我们就背着书包往回跑，跑回来就争着端饭碗，很

香。有点像“抢槽”的猪娃。（《扁桥旧事》）

见粮站来了女人，我就拿叶子和她们比，一比，她们都像石子落水，沉了。谁也比不过我心里的叶子。（《扁桥旧事》）

那个派出所就知道罚款，什么事都是罚款解决的。村里谁家有钱就有理一样，可以手拍东西，脚踢南北，觉得反正有钱支应着派出所。（《穗子诊所》）

一场漫天的沙尘暴刮来了，真像了农村那些毫不讲理的疯婆娘，刮得人眼睛睁不开，好几天都是黄拉拉的天，这时人们才真切地觉得春天来了。春天让这场沙尘暴搞得像了衣衫不周的浪荡子。春天就是这样子吗？（《穗子诊所》）

人年纪大了却依然收拾得清菊一般，不像一般的老太太那个样子。（《巷子》）

吕学敏值得称道的功夫主要在语言方面。不但准确而且生动，这恐怕是一个作家与普通写作者的区别。加之，善于化用方言，这就使他的小说更富于表现力。在这一点上，他很像他的同乡贾平凹。对方言的使用，主要的目的不是强化小说的地域氛围而是有意与普通话分开。普通话是为了交际，方言是追求语言的陌生化与新奇化以及个性化。化用方言，不是直接地记录方言并让读者看不懂，或者需要加注才能明白。好的方言表达，是读者一望而知，望言知意。这就要求作者善于选择普通话中与方言匹配的字眼，既有音之谐又兼意之特。换句话说，念起来是方言，是口语，但在表达上却有常用的书面语所不及的新鲜、独特与韵味。很多方言是能读出来但写不出来，因为很难找到读音相似同时意义贴切的对应词语。正因此，那些蹩脚的小说家所用的方言不是很生僻就是不得不附加注释。相反，高明的方言化用者却能使所用方言大放异彩，让读者眼前一亮。吕学敏就属于后者。

男人也怪，和好看的女人说几句话心里就幸福，像雪糕顺着嗓子眼滑溜下去的感觉，自己嘴上不说，但开着拖拉机坦活呀。

（《骨头的记忆》）

男人一听茬口不对，就扇了女人一巴掌，女人哭起来骂村里多嘴的人造谣。（《拐过河滩就到了》）

婆接了缸子，揉了揉眼角，说："我娃就是乖。"我心里就美得像吃了萝卜一样……我按照在花嫂子给我说的每天给粉红送花，买了几次，兜里的钱不宽展呀。（《粉红·文物》）

他就是暮囊鬼，人家脚动几下，他才能动一下。（《槐花香》）

他和我一样的，光景过得祟人，他招到外省一个县做女婿……我问，你们抬着卖呀吗？大胡子威了，说，胡说啥哩？佛爷能卖？……雨停后，野地里的蚂蚱蹦得哗哗的，远处的兽叫很瘆人。我不怕，商州的山里兽多了，我就曾肩着棍撵上过狼……突然我看见河边过来一串人，急得脚下挽疙瘩。我心里默念，我就不信你这瞎怂。我一脚过去踢在了他的裆里，他蹴下"哎呀"……贵贱不敢……下了几场雨，吹了地里的红苕。（《家在商州》）

穗子把谭优优肩膀狠拍了一下，说，你就是榆木疙瘩。这么好的媳妇还弹嫌？……他朝着门外的土地上狠狠地唾一口，说，不是东西，狗日的扬摆我！（《穗子诊所》）

农村人有这样日眼的？（《谭家女儿事》）

那天晚上我爸从村里的黑影里回来时，一脚踏到一个泥窝里，灌了满鞋的泥。是哪个不长眼驴子尿到土坑里的？我爸回来批批骂骂的。（《瓷花》）

我想上面随手择录的方言词汇，都很好懂又很新鲜。如果把它们换成同义的普通话词汇，那就大失其趣了。当然，像"怂"这个骂人的字，在很多秦人的小说中经常见到，字典中本有这个字，是左"骨"右"泉"，音同义正，只是很多输入法打不出来，就只好用这个"怂"代替，其实它只谐了音，意却差远了。贾平凹的长篇小说《古炉》中，这个字不但印刷了出来，而且使用的频率很高。另外“威”有时写成“歪”，我觉得前者正，只是音念转了。

话说回来，吕学敏的这本小说集也难免有一些明显的遗憾。不少小说一味追求故事的新奇性或者说把主要笔墨花在对故事的叙述方面，人物的塑造、主旨的凝练就常常用力不够。个别作品，看完之后，不知作者要表达什么。也许这种写法于散文无碍，但对小说来说，特别是短篇小说来说就是大忌。

我相信吕学敏会认识到这一点，在这本小说集的后记中，我已经看到他对自己准确的把握：“被偏看了也好，少分心，专心写写，恐八十岁后成大家也未知。好多干成的事是一门心思干的结果，一双手捂十个眼眼肯定不行。”以他对文学的执着和天分，加之他目前已经拥有的良好感觉、熟练的技巧和精到的语言功力，尤其是难得的一腔正气，我想假以时日，他一定会成为小说界的一颗新星。

选自《槐花香》，北京图书出版社，2013年

去巧求深

——陈毓小小说漫评

2013年春节前夕，笔者收到一份特别的礼物，陈毓寄来了她的新小说集——《嘿，我要敲你门了》。记不清这是她的第几本作品，反正印象中已读过不少。大概是八年前，我曾就她的小小说写过一篇评论，那时她给我的强烈感觉，是一位难得的现代仕女，高雅、浪漫，洋溢着诗情画意。而生活中的她似乎并没那么洒脱，闲聊片语中不难察觉出她的匆忙、家常以及纠结。而正是这，让她在我的心目中更为真实和亲切。

看完这部集子，我的心情异常复杂。老实说，第一遍，我真没读进去。我想，怎么还是似曾相识，缘何半卷已过，还未遇一篇能让我长啸？适逢春节，索性就搁在一边任其冬眠。前几天，临睡前随手翻阅，没想到一个兵老和兵末的对话却把我牵入两千年前的边关城垛，万喜良与孟姜女的传说竟然被她不经意的一个闲笔坐实，我由此绝对相信历史上真有这两个人以及那个哭长城的故事。这种用传说佐证小说，或者借小说浓墨传说的互证手法值得赞赏，没有人会计较事的真与假，倒是会有很多人相信情的存与在。更值得称道的是，小说没有流露出一星半点对秦政权的劳役、战争的诅咒，却让我清晰地聆听到孟姜女们无尽的闺怨。这就是那篇叫《秦时月》的小说。一下子，我振作起来，于是重新拾起了这本集子，也有了另一番心得。

写历史不是简单地用想象复原过程，而是要翻出新意或者颠覆传统。陈毓笔下有许多历史新编的篇章，包括以往重塑的李清照、项羽，以及这个集子中勾描的采诗官、大禹、褒姒、林冲、王宝钏等，所有这些，我更多看到的是作者自己的态度、倾向或理想。

《诗经》三百篇是中国人的经典。史载，古时专门有采诗官于每年春季摇着铃铎在全国各地采风。陈毓从现存的诗文中反推那个久远的时代倒也入情入理，远古祖先们那自由、野性、朝气蓬勃的生命气息扑面而来。

爱情的描绘始终是陈毓的重头戏，最初因为她年轻，多关注青春的风花雪月，比如《爱情鱼》《看星星的人》《海岸线》等。时日迁移，岁月沧桑，如今的陈毓切入同类题材的角度明显世故了很多。《嘿，我要敲你门了》《荷花图》等已经深入中年男女的疏远、暧昧和误会等。更有意思的是，老年夫妻的温馨、静好以至达观得到陈毓兴趣的流连，她是想以他们为镜，反观当下的年轻人的生活还是羡慕这种白头到老的人生佳话？

《两个老人》中外婆和外公的宿命似乎前世约定；《望镇的爱情》中的奶爸、奶妈的相继离世也不乏神迹；米根老爹临死前的《减法》是了却生的遗憾，也是给活着的人减轻负担。类似这样的篇章在这本集子中占了较大的篇幅，我想这绝非偶然，它是生命的阅历到达一定时刻的丰富、透彻和练达，也是一个作家走向成熟的外化。

农村务工者的生活与精神世界进入她的视野，丝毫没有赶“底层写作”时髦的意味，完全是作者目力所及与艺术家悲天悯人气质的自然流露，当然也与时代的际遇密切相关。

早期的《高师傅》《小白》，实际上写的就是她自己装修家居时遇到的农民工，现在的《月光下》《惊蛰》也似乎写的是她身边的亲戚、老乡。在外打拼的年轻妇女不愿过早地生育是因为生活的艰辛让她还未做好物质与精神的准备，可是意外的怀孕使她苦恼不已，这就导致生下后也不喜欢，直到有一次看到孩子沉睡时天真、安静的面容才突然唤起母性的温柔和爱。作者用这样的角度表达农民工的艰辛，却只字未见叹息和埋怨。

这让我很自然地想到孙犁先生《荷花淀》的风神，用和平、诗意的情境叙写战争的喧嚣和残酷。

在我看来，小小说是独立的艺术形式，它无需“包袱”，完全可以直写、白描，在有限的篇幅中独立地塑形、传情。比如《名角》中对“艺痴”陆小艺的描绘就非常完整，我们无需在言外还去回味什么，这个沉迷于艺术且对中国当代男人绝望的纯情女人性情毕现。因此，小小说不一定巧，只要好就行。

《化蝶》尤其显示了陈毓的深刻与独到。它与梁祝无关，倒更近似一个反腐的题材，但她把焦点放在受刑罚者的子女教育方面。年幼的孩子随母亲去监狱探访，他根本不知父亲为什么只能隔着玻璃与自己说话，父母当然也不希望自己的过错给孩子的成长构成阴影，但他们也不能欺骗他，这就促使他们以一种孩子能够接受的正向的教育方式给他解释：“当人的心，还有大脑出现故障的时候，这个人可能会做一些不该做的事情，但他做了这些事情，他就要受到法律的惩戒，比如囚禁，失去自由。就像爸爸现在，期待新生，如同蝉蛹在泥土里忍受黑暗的煎熬，渴望有一天变成枝头唱歌的蝉一样。现在的爸爸或每一个犯人都是一只蛹，学好了就变成蝴蝶，变成了蝉，学不好，就永远像蛹一样被摆在黑暗的泥土里。”化蝶的过程不用之爱情而用之赎罪式的教育既保持了故事的美丽又不失教育的本真。这是多么奇妙的比喻，也是多么富有创意的构思！

如果说广度是小小说的短板，深度却是小小说具有魅力的优势所在。一尺见方的井口可以钻出低于地表几千米的石油，小小说同样能开掘出人性与世界的深度。问题在于选择什么样的角度和密道，陈毓的《化蝶》就找到了这条密道。

我期待着看到陈毓如此独立、深入又没有机巧的优秀作品越来越多，正如巴金先生所说：“最高的技巧是无技巧。”

《大师的袍子》是本集的压卷之作。一位艺术家的粉丝，别出心裁地自缝自绣了一件如同武则天供奉给菩萨的裙袍，没想到穿在大师身上合适无比，大师死后这件裙袍还被作为珍贵的纪念品加以永久收藏。这个行为无非是粉丝表达对崇拜者独特的尊敬与喜爱，而我更愿意理解为陈毓对自己艺术理想的最高境界的描摹和期盼，她是希望自己也能在不经意间创作出一部自然无瑕的作品，能永久地留存于世。

原载《陕西日报》2013年7月28日

论柳青的“简朴生活”观

在柳青的许多言论中，有一个观点至今未引起人们的注意。实际上，它是柳青很多行为与理论的源泉。无论是大家熟悉的“三个学校”的提法，还是他深入生活、扎根皇甫十四年道路的原因，莫不是基于这个观点，它就是：作家应该过简朴的生活。

“简朴生活”的观点来自柳青给《创业史》的责任编辑王维玲的一封信中。他说：“……这是人类进步文学人士的优良传统……（作家）应该过简朴的生活。”鼓励作家将多余的劳动报酬帮助社会事业，在我看来这是正常的、健康的历史道路。[①]这封信的起因是柳青回答王维玲关于《创业史》第一卷第一版稿费使用的缘由。众所周知，柳青把这笔稿费共计16000元全部捐献给长安韦曲公社作为办机械厂的资金。16000元在当年的个人收入中不亚于一个天文数字，柳青并不想对外宣扬，却引起了一些不应有的误会，有人以为这个行为与共产风有关，是作家自找苦吃。为此，柳青这样答复：

“如果有人这样看，以为我自己的错误招致了自己的困难，那才是真见鬼！我捐钞与共产风绝对无关。在合作化之前，我已决定这样做了。第一，我为了取得周围群众原谅我吃得好一点，体力劳动少一点；让他们相信我，工作不仅在精神上不是为了自己，而且在物质上也不是为了自己。

① 王维玲：《追忆往事》，见中国青年出版社编《大写的人》，中国青年出版社，1982年，第66页。

第二，为了避免家中存款过多，可能引起的不良后果和各种麻烦，影响我的工作。如果今后条件允许，我将像现在一样帮助周围的生产队和公社的公益事业。”①

由此背景，我们不难感受柳青捐款的真诚，更能认识到，这种简朴的生活观念不是临时起意而是他一贯奉行的人生哲学。他既不想作秀，也不想当苦行僧，他倡导的实际上就是普通人的正常生活。存款太多，容易失去自己，所谓为物所役；但也不能没有钞票，基本的生活条件还是必须保障的。对柳青来说，这些基本的条件包括：

“……自己营养好一点，以便支付重脑力劳动的热量；子女教育不成问题，以便使自己减少人情上的烦恼；工作条件过得去，以便使自己不必进城去跑图书馆……”②

1978年4月，柳青的身体状况愈来愈差，严重影响到其创作计划的完成，他于是不得不硬着头皮向组织提出：“从长安县的韦曲搬进西安市，在市内拨给他几间有取暖设备的住房，最好靠近医院，便于打针、吸氧和抢救……每年五月离陕外出躲病，最好组织上出面给他联系住处。”③这恐怕是柳青一生中唯一为了基本生活条件的保障向组织提出的申请。

简朴表面上是针对作家的物质生活水准所倡导的作风，实际上也包含了作家在精神上对人生幸福的理解以及对最佳创作状态的期盼。这种状态就是具有中和境界的简朴，既不过也无不及，既不奢侈也不困窘。

简朴使得作家无论从物质还是精神的层面上，都只达到生活的基准线，这样一来，作家就可以非常自由，放下所有多余的情感牵挂与负担，从而平静地、无烦扰地、全身心投身于自己钟爱的写作事业中。反之，生活的奢侈与困窘会使这种状态难以为继。

---

① 王维玲：《追忆往事》，见中国青年出版社编《大写的人》，中国青年出版社，1982年，第65—66页。

② 同上，第66页。

③ 同上，第105页。

长期以来，人们对柳青长期扎根皇甫的原因有所怀疑。怀疑的焦点集中于柳青落户农村的时机和地点。有人不解，在1952年5月，新中国刚刚诞生还不满三年，柳青为何决定离开首都北京，告别《中国青年报》的舒适岗位，来到相对偏僻落后的西北农村？即使要以乡村为根据地，为何不回到自己的故乡吴堡而要选择长安？

以往的研究思路所给出的回答无非两点：其一，自觉自愿地实践《在延安文艺座谈会上的讲话》的精神。早在1945年左右，柳青就已经深入领会了毛泽东《在延安文艺座谈会上的讲话》的精神实质："革命的文学家、艺术家，有出息的文学家、艺术家必须长期地、无条件地、全心全意地到群众中去。"特别是经历了"米脂三年"的下乡实践，他的"生活学校"的理念已经彻底形成。在1949年7月举行的第一次全国文艺工作者的代表大会上，他所做的《转弯路上》的发言就是这种心声的显明表露。

其二，为了完成一部农业合作化题材的小说进行必要的准备。1951年年底，他随中国作家代表团访苏期间，就向好友马加透露了他准备在乡下安家落户的想法。

> 他告诉我说：他要到西安的乡下深入生活，准备写两部长篇小说：一部是写陕北斗争的历史，一部是写农业互助合作的题材。究竟先写哪部长篇，他还在考虑，并征求我的意见。
>
> 我说："你要写的两部长篇小说都很有意义，要先写农村的题材，就能和深入生活结合起来。"
>
> 柳青会意地点点头，胸有成竹地笑起来："我也是这样想着啦，趁着现在身体还结实，走动爬动，就吃点苦。将来成了老汉，再写历史的题材。这样，我就得把家从北京搬到乡下，真正安家落户。"①

事实也的确如此，1952年4月，他在上海参加"三反""五反"运动不

① 马加：《生命不息》，见中国青年出版社编《大写的人》，中国青年出版社，1982年，第4—5页。

久，由于听不懂上海话，工作困难很多，5月16日，便向周扬同志申请回到西北深入生活。5月24日他参加了中宣部召开的纪念《在延安文艺座谈会上的讲话》发表十周年座谈会，第二天就告别首都回到了西安。

至于具体落户的地点，柳青曾有诸多考虑，也做过权衡。据有人记述，他在1952年6月至9月这三个月时间里曾经做过调查研究：

> 先后跑过泾阳、渭南、兴平诸县，调查研究，了解情况，选择长期住下来的生活基地，最后选中了长安县。在这里，南有巍峨秦岭山脉，周围有沣、涝、潏、渭、泾、浐、灞、滈八河环绕，又有社公祠、杨虎城陵园，以及神禾原、少陵原、兴教寺、长宁宫等名胜古迹，具有丰富的神话传说和悠久的文学艺术优良传统。这是个从事文学创作的理想环境。这年九月，柳青阖家搬到长安县。①

最后，之所以未回到故乡吴堡，目前虽没见到他有明确的言说，但根据他选择长安县的综合因素，我想，从正面意义上说，大概也有信息便利的考虑，因为长安县从地理上紧邻西安。从不利因素上说，吴堡的熟人太多，一定程度上会形成情感的牵绊与干扰。

因此，1952年9月13日，柳青写道："我已经下了决心，长期地在下面工作和写作，和尽可能广大的群众与干部保持永久的联系。"②

以上两个解释从柳青决定落户到实施扎根乡村的整个过程，很好地回答了他在皇甫生活十四年的原因，能够解除人们在其落户时机和地点上的困惑。然而，还有一个更直接、更充分的理由却被人们所忽视，这就是：柳青希望长期或一辈子都过一种普通人的简朴生活，而不只是以一个作家的身份深入生活，体验生活，显然是表象。然而，很长时间人们却胶着在表象上争论不休。一是围绕作家长期生活在基层的目的。柳青说过：

---

① 朱兵：《柳青传略》，载《新闻学史料》1993年第3期。

② 蒙万夫、王晓鹏、段夏安，等：《柳青生平述略——1916年至1952年》，载《西北大学学报》1984年第2期。

有些人对我走的这条路始终有不同看法。同行里边有讥讽，甚至散布流言蜚语，说我是搞“世外桃源”“享清福”，省里有个领导同志找我谈话，劝我回城，我当面顶了回去，后来又捎书带信，说我的路子不对，要我从皇甫拔根，我都嗤之以鼻……我认定毛主席指引的文艺工作者与工农兵相结合的这条路是正确的，要走一辈子，不是只走一阵子。我还是一句老话：要真正体验生活，必须深入生活；要塑造英雄人物，必先塑造自己。①

二是怀疑作家长期深入生活的必要性。柳青对此早有反思并做过辩解：

我的生活方式不是唯一正确的方式，作家的生活方式应该是多种多样的。但是我的生活方式也不是错误的方式，它是唯一适合我这个具体人的生活方式。我走过的道路，我的写作计划，我的身体和家庭条件，等等，我都经过长期反复仔细的考虑。我的态度是这样的，一方面在这种生活方式的怀疑面前绝不动摇，另一方面绝对不宣传我的这种生活方式，拒绝《人民画报》和新华社拍照，以免经验不足的青年作家同志机械地模仿。②

“作家的生活道路是多种多样的，因为文学的样式是多种多样的。我们不能没有科学幻想小说和科学小品文、童话、儿歌、游记、回忆录戏剧和曲艺等等。这些不同文学式样的作者，的确需要不同的生活道路，不能强求都到农村去，或都到工厂里去，就是以现实生活为题材的专业作家，由于种种限制，对他们的生活道路也不适于作出规定。”③

不难发现，柳青对长期深入生活道路的认识是客观、公正的。他没有坚持这是唯一的道路，但与此同时，他也不承认自己的道路有何错误。

---

① 郭盼生：《柳青在皇甫村》，见中国青年出版社编《大写的人》，中国青年出版社，1982年，第226页。

② 蒙万夫等：《柳青生平述略（1916年—1952年）》，载《西北大学学报》1984年第2期。

③ 柳青：《铜墙铁壁》，见《柳青文集》，陕西人民出版社，1991年，第766页。

可是，这种中肯的回答却没有减弱或打消人们的持续怀疑，进入21世纪，有些作家仍然不大认同这种方式。阎连科就认为，作家不一定要“十年热爱”地深入生活：

> 我们一直都在强调热爱生活，强调要到火热的生活里去，柳青是到火热的生活里去了，一去就是十年，写出了《创业史》，可以柳青的才华，不去“十年热爱”，难道就写不出比《创业史》更有价值、更有生命力的作品吗？①

之所以会有这种结果，在我看来，还是以往的解释不够到位，不能令人满意。因此，我觉得要真正透彻地解释柳青的生活道路，只有从他的人生观入手，也就是说，要意识到过普通人的正常日子或“简朴的生活”才是他长期扎根皇甫的根本动机。因为只有完全与正常人一样的生活，才能保持一个普通人的感觉。

> 柳青常对人说：“永远不要丧失一个普通人的感觉，特别是一个作家。”他说一个作家丧失了普通群众对外部世界的感觉，他要想在他的作品里表达人民的愿望和情绪，是不大可能的。②

他曾经意识到自己在创作上的缺点和不足，主要是对人物的心理或情感世界把握不够。因此，方下定决心到皇甫落户。

> 他说：他开始创作时，在塑造人物上，也很不准确。哪些方面是主要的，哪些方面是次要的，哪些方面是不必要的，把握不住。而是在经过了长期深入的生活和刻苦的创作实践之后，才慢慢把握得比较准确了。但是在人物的心理描写上却很差。他长期为此苦恼，也很痛苦。怎样才能克服这样的缺点和不足呢？最后决定到皇甫村落户，在生活中和创作中磨炼自己。③

---

① 阎连科：《小说与世界的关系——在上海大学的演讲》，载《上海文学》2004年第8期。

② 董墨：《蛤蟆滩的回声》，见中国青年出版社编《大写的人》，中国青年出版社，1982年，第170页。

③ 王维玲：《追忆往事》，见中国青年出版社编《大写的人》，中国青年出版社，1982年，第59页。

而落户皇甫并非从时间的长期性方面考虑，而是企图把自己的立场、感情完全与合作化时期的农民保持一致和同步。为此，柳青专门提出了实现简朴生活目标的具体措施：一、把生活社会化；二、把感情对象化。

“生活社会化”的提法，是为了与作家飘浮在单位的“生活机关化”的现象加以区别。生活社会化就是作家把自己融于社会的大集体中，与群众同吃、同住、同生活、同感受，而不是高高在上，浮在半空与群众拉开距离。为什么要如此，就是要打破作家与群众的隔阂，完全用主人公的感觉去生活，只有如此，作家的感情才可能真诚，才可能准确。在柳青看来，“过简朴的生活。这种生活培养出来的感情和作家创作劳动的感情，以及作家要唤起读者的感情，才是一致的”[①]。

这里涉及三种感情：生活感情，作家感情，读者感情。我们一般只讲后两者，所谓真诚的作家感情才能打动读者的感情，即共鸣，却没有人指出作家的真实感情由何而来，怎么形成。柳青专门强调了这一点，而且认为这种真实的感情只有简朴的生活才能酝酿，奢侈的生活、困窘的生活都不可能产生。他说：“奢侈生活必然断送作家，败坏作家的感情和情绪，使作家成为言行不符的家伙，写出矫揉造作的虚伪作品，只有技巧而无真情。”[②]而困窘的生活在我们看来也于作家不利，可能使作家的情感灰色、消极、变味。因为作家连生活最基本的要求都保证不了，他们必然会为之分心、散神，哪还有情绪从事创作？因此，柳青给王维玲的信中强调：反对作家过奢侈的生活，但也必须保证他们基本的生活条件。

“感情对象化”是指作家要完全地转换角色，把自己从所有感觉上转变到农民的立场，用他们的眼睛看，用他们的价值观处世，用他们的心去体察。柳青引用马克思的观点并结合自己的理解从而指出：

“人不仅通过思维，而且也用一切感觉在对象世界中肯定自

① 王维玲：《追忆往事》，见中国青年出版社编《大写的人》，中国青年出版社，1982年，第66页。

② 同上，第66页。

己。”马克思把这叫作艺术家的对象化。这正如今天人们所说的演员登台要进入角色。作家写小说要通过人物。作家对象化的功夫，决定艺术形象化的程度。毛泽东同志的《在延安文艺座谈会上的讲话》所讲的思想感情的变化，我理解和马克思所讲的对象化是一个意思。①

但是，对象化不是让作家完全消灭了自己，而是要作家成为一个双兼人，用柳青自己的话说：既在界内也在界外。“咱这个文学界啊，我算是在界中，也在这个界外。”②尽管这个界内外的两兼性并非从对象化角度而言，但我们不妨借用他的思维。作家既要沉浸在生活中，也要跳出生活之外。柳青说曾遇到过一个年轻的作者就是由于只做到了前者而忘了自己作为作家的角色，所以深入生活三年后，完全被生活对象化了，结果连够发表水平的文章也写不出来。

我听说有一个省里有一位青年作家，从1958年起就在一个生产队里当社员。三年之后，他是五好社员，但却不仅写不出好作品来，甚至于写不出可以发表的作品来。我到那个省里，遇到的所有作家都给我讲到这件事情。我完全能够相信这是事实。我非常敬佩这位青年作家的精神。我认为：如果他能够把这种精神坚持到底，总结经验，改变方式方法，他比那些脱离生活的作家更有可能获得成就。但是现在，他成了一个好社员，暂时还没有成为一个好作家。这位同志把自己对象化了，却没有按照工作的要求保持住自己的独特性……作家的文学才能和作家的气质要在对象中肯定下来，这还需要作家有别于他要对象化的人（即工农兵群众）。③

因此，理想的状态就是做到两者的双兼。深入生活，把自己对象化，

---

① 柳青：《美学笔记》，见《柳青文集》，陕西人民出版社，1991年，第768页。

② 阎纲：《四访柳青》，见中国青年出版社编《大写的人》，中国青年出版社，1982年，第137页。

③ 柳青：《美学笔记》，见《柳青文集》，陕西人民出版社，1991年，第797—798页。

这是“界内”；保持作家的独特性与清醒状态，亦即“界外”。

所以，换一个角度，柳青又指出，作家不能只强调深入生活的长短问题，而要注重对生活的亲历亲验。也就是，作家首先是生活的实践者。他有一个“三花之喻”，说的就是这个意思。此喻最早见于董墨的回忆文章《蛤蟆滩的回声》中：“他说走马看花，下马观花，毕竟不如种花的人，对花了解得深刻。”[①]后来，在柳青的女儿刘可风编的《柳青文集》后记中，这个比喻再次出现，只是表述上稍有变化：“走马看花、下马看花都需要，但都不如亲自种花体会更深。”[②]这个比喻一方面指出了体验生活的三种方式的并在性，另一方面也细化了柳青“三个学校”中“生活学校”的内涵。很多人，把柳青扎根皇甫十四年的做法简单解释为长期深入生活的方式，这固然也对，但却不全面。实际上，在柳青的以为里，生活的学校不但要深入，还要亲验，即自己亲自感受、体察、觉悟。亲验就像亲自种花，不但能掌握花成长的完整过程，而且能形成具体的细节体悟。而他所说的“走马看花”显然是一种短暂的、远距离的、浮光掠影式的浅表体验法；另一种“下马看花”虽比前者进步了很多，距离近了，滞留的时间稍长也相对仔细一点，但仍然不排斥旁观的隔膜。因此，柳青戏称这种方法为“搜集素材法”。

林默涵回忆，柳青曾经说：“因为并没有进到农村的实际工作中去，而只是为写作搜集材料，观察生活；也就是说，他还不是生活漩流中的一分子，而是岸上的旁观者。短短一两个月的工夫，并不和群众发生实际的接触，只靠耳闻笔记的材料，就想写出反映阶级斗争的艺术作品，不说现在过了将近十年，就是过了一年我真正接触实际以后，也已经知道这是可

---

① 董墨：《蛤蟆滩的回声》，见中国青年出版社编《大写的人》，中国青年出版社，1982年，第169页。

② 刘可风：《写在父亲文集出版之际》，见《柳青文集》，陕西人民出版社，1991年，第845页。

笑的了。”[①]

柳青自己也讲“搜集材料的作家的生活方式之所以不行，因为它没有丝毫美学理论根据。列宁劝高尔基‘到外地的工人居住区或到农村去观察’的时候说：‘在那里用不着在政治上掌握许多极复杂的材料，在那里可专门从事观察。’”我理解：能够帮助作家发掘生活本质的，不是在隔手的材料上贪多，而是作家的马克思列宁主义世界观水平和他对生活熟悉的程度。[②]

因此，简朴生活的作家首先要是现实生活的亲验者、实践者。这样他才能真实感受生活的方方面面，而不是像生活的客人和路人那样的旁观者，只能得到第二手的感情或进行想当然的推理。柳青的《创业史》之所以能够经受历史的考验，除了作家严谨的写作风格之外，就是他一贯保持了这种简朴的生活习惯。

在柳青一百周年诞辰即将到来之际，我们要缅怀他的精神，也要挖掘他思想中的宝藏。“简朴的生活观”不只是一种健康的生活方式，更是作家的一种最佳创作状态。

选自《柳青研究文集》，西安出版社，2016年

① 林默涵：《涧水尘不染　山花意自骄——忆柳青同志》，见中共吴堡县委宣传部编《百年柳青——纪念柳青诞辰100周年文集》，陕西人民出版社，2016年，第44页。

② 柳青：《二十年的信仰和体会》，见《柳青文集》，陕西人民出版社，1991年，第767页。

红柯《生命树》中的少妇形象及其价值

与其说红柯《生命树》中的树是个传说，倒不如说它更是个隐喻。就是用树的萌芽与生长类比人，特别是少妇的生存与成长；用树的根系延伸、四通八达象征不同空间生命与文化的相连相通；也用树的栉风沐雨、自然生长规律启示人的自由生命方式或生命的真谛。

小说中引人注目的人物是四个少妇，红柯用维吾尔族“玖宛托依”（少妇庆典）的仪式来向她们致敬。马燕红是一个普通的新疆籍少妇，她的生活圈子始终围绕着故乡的河流旋转，姑娘时期在四棵树河的下游，结婚后转到了河的上游。按照她少女时的理想，她的人生轨迹是四棵树镇—乌苏—奎屯—石河子—昌吉—乌鲁木齐—口里—兰州—西安—北京—上海—国外。但是，马燕红没想到好多年后她非但没走出去反而倒了回来，站在四棵树河的上源，而且由此完全改变了她的人生观：“我在树丛后边在自然光里看到这么清的水，我才明白处子是什么意思。”[①]要知道，她说这句话时已是她被强暴以后。她之前是家长、老师极力看好的能考上大学的苗子，没想到，由于这次人生的意外打击被彻底改变了命运，很多像她一样的姑娘，最后的结局都是默默隐忍，将就凑合着过一辈子。可是，马燕红想通了，彻悟了，“她只想做一个好姑娘，考大学已经不重要了”。[②]“我当时最大的愿望就是有栋自己的房子”，有自己的家。她

① 红柯：《生命树》，北京十月文艺出版社，2010年，第31页。

② 同上，第33页。

还反问代表大众思维的徐莉莉同学："这样不好吗？不是一条光明大道吗？"[①]她的这种想法，不但为她的父亲马来新所支持，为她的母亲所认可，后来也为徐莉莉同学所理解，更与王蓝蓝的丈夫陈辉的人生观点相同。马来新说"人比书要紧"[②]。陈辉给他的得意弟子马亮亮，也就是马燕红的弟弟在上大学前题写了几句人生箴言："一年级读书，二年级找女朋友，三年级上升为爱情，四年级持续上升，直到把她娶进门，永远热爱你的妻子。"马亮亮看不明白，陈辉就告诉他："你以后就明白了，提前告诉你是让你少走些弯路，这个比专业课重要。"[③]他还说："幸福是第一位，事业是第二位。"同样的话，他不知重复了几次。马来新在儿子突患怪病好了以后也产生了类似的想法："儿子的病好了，可以娶媳妇了，这比啥都重要。上不上硕士，上不上博士，出不出国，都不重要，甚至不上大学当一个农民，娶妻生子没啥不好，男人最要紧的是娶妻生子。"[④]

而这一切都来自大自然的启示。对马燕红来说，是"太阳雨"的洗礼。"麻雀在墙头屋顶叽叽喳喳，树枝儿哗哗喧响，阳光大片大片地落下来，堆满了院子，一直堆到窗台上，堆到屋顶了，阳光还在不停地落着……阳光下的房子那么温暖。"[⑤]也就是自然界的清纯、能量对一个人的启迪与重生。"我从来没见过这么清的水，我在树丛后面在自然光里看到这么清的水，我才明白处子是什么意思……那些处子般的溪水和泉眼让我想到我曾经是一个姑娘。"[⑥]马燕红说："太阳雨落到丫头身上，丫头就要嫁人了。""马燕红湿漉漉地从外边回来了。村里人都远远地看着这个姑娘，村里的人还远远地闻到一股芳香……这是黄花闺女的女

① 红柯：《生命树》，北京十月文艺出版社，2010年，第28页。

② 同上，第25页。

③ 同上，第295页。

④ 同上，第328页。

⑤ 同上，第28页。

⑥ 同上，第31页。

儿香。”“马燕红只想做一个好姑娘，考大学已经不重要了。”[1]这些想法，可能被很多人以为是俗不可耐的生活观念，但是，当人们迷失在追求功名的虚幻中时，这个观念未尝不是一种生命的本然。

徐莉莉是马燕红的同学，她正好完成了马燕红以前规划好但没有实现的向外发展目标。尽管她的工作地点仍然在新疆，但她大学毕业后成为一个声名远播的记者，则属于世俗的成功人士。当她重新与马燕红相遇，了解到她的奇特经历特别是心理变化的过程以后，徐莉莉竟然对自己的生活惭愧起来。因为，作为个人来说，她似乎成功了，但在家庭里，她却是个失败者。她忽略了丈夫，她甚至不自觉地“隔绝”着丈夫，不与丈夫打开心扉，夫妻之间一辈子在心理上都拉着一个帘幕，由此，甚至导致了丈夫的抑郁而死。因为长期不被妻子信任，以致过早地苍老。他至死也不明白妻子是由于在中学期间受了马燕红被强暴事件的影响，从而一直沉迷于文学世界而逃避着现实生活。正像小说中所写：“徐莉莉显然过的是另一种生活。从来没有人走进她的精神世界，更不要说梦境。”[2]半生的时间都生活在虚幻之中，她自己却没有意识到这有什么不好。很长时间，她已经默认了大家说她矜持孤傲或者清高优雅的评语。直到丈夫杜玉浦去世以后，她才觉悟过来，也才后悔、愧疚、痛苦。原来，丈夫由于自己对现实生活的逃避，日子过得并不开心或者平淡无味，故而从外表上就比同龄人显得苍老很多，也与她风采依旧的样子恰恰形成强烈的反差。意识到这一点后，徐莉莉的生活观念开始动摇，半生以来坚守的像小说中的人一样的生活方式其实并不幸福，自己的丈夫受到伤害，而且是由于自己有意无意的指责。“杜玉浦生前常常挨骂的一句话就是毛驴子。新疆女人骂新疆男人毛驴子，等于说你是牲口，只知道往女人身上上，不知道往女人心上上，不顾及女人的心理感受。”[3]徐莉莉的这种对丈夫的不满也许并不

① 红柯：《生命树》，北京十月文艺出版社，2010年，第33页。

② 同上，第164页。

③ 同上，第225页。

是新疆人这句骂人话的原本意思，她只不过是一种抱怨，但是她没想到对丈夫却造成了致命的伤害，杜玉浦是把它当真了，当成妻子对自己的蔑视。用小说中的原话说："这个词，给杜玉浦的直接影响就是无比的沮丧。"①

徐莉莉完全是从驴脸的表情中才联想到丈夫一生苦闷的原因，意识到自己对丈夫伤害的程度。"徐莉莉从驴子的脸上看到了孤独与忧伤……她从驴子的苦瓜脸上看到了杜玉浦以及杜玉浦的灵魂。"②

她不理解丈夫，丈夫也从未在精神上进入自己的世界，她的一生无疑是可悲的，并不能被自己在事业上的荣光所抵消。她感到自己甚至不如马燕红，这个没有上大学，而且曾遭到暴徒强奸的农妇。由此，她开始改变，她开始弥补。她把对丈夫的亏欠转移到对公公婆婆的孝敬上。"这些年，她一直沉浸在对杜玉浦的追忆中。她常常利用一切机会去遥远的和田，每年假期都要送儿子去爷爷奶奶那里，开学再接回来。"她也想到了自己的第二任丈夫刘润生，讽刺的是，使刘润生拜倒在徐莉莉裙下的这种清洁的精神——占据她精神世界的文学经典中的人物形象，却造成了第一任丈夫杜玉浦的悲剧。③

从姑娘成长为少妇，这是生命的成熟也是心理上的成长，不但要做一个好妻子，也要做一个好母亲，更要做一个好媳妇。这三重身份的叠加就成为维吾尔族好媳妇的"玖宛托依"。用维吾尔族人的传说解释，这是成吉思汗初嫁女儿时所做的叮嘱："一个妻子心里有三个丈夫，一个是丈夫的父母，一个是丈夫自己，一个是与丈夫生养的子女。大汗还用老虎作比喻，大汗告诉女儿，当老虎出现的时候，只有好猎手才能看见老虎的真身，老虎有三个影子，中间那个是老虎的真身，左右两边是老虎的魂魄，好女人要认准中间那个是丈夫的真身，左右两侧是丈夫的亲人和子女，好

---

① 红柯：《生命树》，北京十月文艺出版社，2010年，第226页。

② 同上，第224页。

③ 同上，第261页。

女人热爱丈夫，同时要热爱丈夫的魂魄。”[①]徐莉莉几乎用半生的时间才彻悟到这一点。

王蓝蓝的年龄与马燕红、徐莉莉差不多，虽然她做过她们的实习老师。王蓝蓝婚后的生活同样受到了马燕红事件的影响。“她总是把冒犯与强暴连在一起，这种难以释怀的秘密，她对丈夫陈辉也不曾透露……从强暴推至冒犯再推演到粗暴、笨手笨脚直到内心的邪念，都让她反感，让她恶心。”[②]

她与大学同学王乐之所以恋爱不成功就是因为那时的王乐笨手笨脚，或者有点粗鲁；相反，她与丈夫陈辉的结合就得益于他的尊重与优雅。但是，他与陈辉后来长期分居，表面上则是出于另一种原因，那就是丈夫对自己透明的了解，使她简直没有一点隐私可言。徐莉莉曾经很羡慕这一点，因为她与自己的丈夫缺乏的恰是这一点，但是王蓝蓝最讨厌的却是这一点。这就是这个女性的个性所在，“他把我琢磨得太透了，我做的梦他都能猜个八九不离十”。徐莉莉说：“那不是心心相印吗，那不是最佳的夫妻关系吗？”“心心相印到这个程度，丝丝入扣，分毫不差，那种滋味你没有品尝过。”[③]

为什么在常人看来心灵高度默契的最佳夫妻关系在王蓝蓝看来却是痛苦，甚至不能容忍？实际上，这与王蓝蓝一贯的处世原则是一致的，这就是她痛恨强暴，摒弃对女人的不尊重。陈辉的聪明是无人能敌的，他能揣摩透每个人最隐秘的心思，用小说中的描写来说，他懂八卦，有预测功能。正因为这一点，当他发现妻子王蓝蓝精神有出轨的迹象时，他竟然能模仿妻子心中情人的动作、姿态与妻子在半睡半醒的状态中做爱，让妻子满足，还让她不能发现。

直到有一天，他无意中说了一句话，暴露了他的卑鄙作为后，王蓝蓝

---

① 红柯：《生命树》，北京十月文艺出版社，2010年，第354页。

② 同上，第269页。

③ 同上，第164页。

才感受到自己受到了多大的伤害，她于是主动躲开了丈夫。她给徐莉莉透露："她自愿下乡支教并非外边宣传的思想有多么高尚，真正的理由只有一个，就是不想跟丈夫待在一起。"①

王蓝蓝与丈夫陈辉尽管发生了这样的"冷战"，但他们有一个共同的人生感悟：要做有心人。陈辉的八卦师傅在准备收他为徒时就说了这样的话："你娃是个有心人，世界不是有权人的，不是有钱人的，是有心人的。"②

王蓝蓝也说："我告诉你啊，这个世界是有心人的。"③虽然，他们说这句话的前提并不一样，但观点却异曲同工。

李爱琴与前面三位女性稍有不同，一是年龄，她应该属于她们的长辈，用书中的人物谱系，她是马燕红父亲的战友牛禄禧的妻子，二是她并没有受到马燕红被强暴事件的心理影响。而且，虽然她也是新疆籍妇女，但是她的故事更多地发生在新疆与陕西的联系之中。因为，她的丈夫是陕西岐山人。不过，有一点，她也受到了一种伤害，这是来自夫家妯娌或大小叔子们的伤害。正是这一点，使李爱琴与前面三位女性站立在一起。她无疑是作者褒扬的王宝钏样的忍辱负重、吃苦耐劳、无私奉献的少妇形象。她与丈夫牛禄禧之所以能走到一起并且在"离婚"很长时间以后，仍然感情不减，就是因为他们有一个共同点：对孩子的喜欢，对老人的孝顺。"让李爱琴感动的是牛禄禧记住的不是孩子们的姓名而是他们的特征，非常传神，基本上与羊羔牛犊马驹子有关，包括孩子的眼耳鼻舌四肢头发等等，连气味都写出来了。"④"我还没见过世界上有这么爱妈的男人……你是好人。"⑤

结婚后，她在丈夫的老家亲身经历了弟媳对婆婆的"捻弄"，也就

① 红柯：《生命树》，北京十月文艺出版社，2010年，第164页。

② 同上，第337页。

③ 同上，第343页。

④ 同上，第182页。

⑤ 同上，第183页。

是用尽心思捉弄婆婆并让她害怕屈服，从而任由自己作威作福。她于是主动提出把婆婆接到自己身边，让她好好享几年清福。事实上，老太太在新疆的确享受了三年她一辈子都没有得到过的福气，媳妇、儿子对她孝顺自不用说，关键是周围的邻居，包括少数民族弟兄也都尊敬她、喜欢她，无论是物质生活还是精神状态，这是老太太一生中最快乐的时光。然而，好景不长，牛禄禧的三弟媳开始给他们"想蔓"（动瞎心思），她借口老三的孩子没人照看，非要老太太回陕西。这个小心眼，不管是老太太还是李爱琴都看得清清楚楚，他们知道，这是"眼热"（嫉妒）老二一家的好日子，企图要挟老太太给老二牛禄禧一家施压。老太太说："那个碎妖精想啥哩我知道，看着我老婆子吃香的喝辣的她鼻子眼窝不受活。……我生养了三儿两女，就没麻烦过两个老人，她生一个娃娃就想缠老人的腿，她想得美。"①李爱琴开始省吃俭用多寄些钱给老三，以阻挡让老太太回去的计划，可是老三媳妇以三儿子患病住院想老娘为由，逼迫着老太太返回。没有办法，他们忍痛把老娘送了回去，老三两口子还不满意，他们又以老太太身体不好为由反复要钱勒索，更有甚者，他们最后以三个儿子要共同赡养母亲为由，强迫老二一家调回内地。"李爱琴最担心的事情发生了，大哥大姐二姐舅舅加上弟弟联名来信，要牛禄禧全家调回去，老人老啦，需要儿女们轮流赡养，信上还说你们在外地太清闲啦，该回来给老人尽尽孝，不能光知道寄钱，要给老人端屎端尿哩，要给老人做饭烧炕洗脚哩，要讲人情世故哩……"②

当牛禄禧被逼无奈，只好联系调动时，李爱琴做出了一个大胆的决定，离婚。李爱琴说："你这个傻瓜，你就不想想，娘只有一个，媳妇就不止一个。""我给老人家发过誓，一定要她活一百岁，我侍候不成了，你去侍候，能遇上个好女人你就把我忘了，遇不上也别强求，我等着你，给老人家送了终你再调回来咱们复婚，往新疆好调，往陕西不好调，调你

① 红柯：《生命树》，北京十月文艺出版社，2010年，第201页。

② 同上，第202页。

一个容易些。”[①]

就这样，生生地拆散了一对美鸳鸯，到最后两人也没有复成婚。老太太尽管早早去世了，按说牛禄禧可以回到新疆继续与李爱琴生活，但是他被逼疯了，他被兄弟、家人欺负了一辈子，把所有的积蓄都搭了进去，把所有的亲情也搭了进去。后来，经过治疗，他的身体虽基本恢复了，他却不想回去与老婆复婚，因为他觉得没脸。可这样一来，就苦了王宝钏一样的李爱琴。她有男不能嫁，有夫不能归。

李爱琴的楔入就是为了展示处于不同空间的生命在文化上的相连相通，从而开拓小说的视域。《生命树》的主体故事都在新疆发生，但是它必须与内地相连，这不只是人物的背景所决定的，更主要的是内地与边疆代表两种文化的交融。尽管，它们从根系上是连在一起的，但骨权却完全不同。由此也就强化了小说的主旨，每个女性的个体价值观不同，但她们的人生领悟却异曲同工。

在红柯看来，女性只有在结婚后才完全成熟，才最美。这个成熟不只是生理上的和心理上的，更主要是价值观上对人性的感悟：生活第一，事业第二；女人第一，男人第二；尊重第一，利益第二。《生命树》通过四个妇女的不同命运向读者传达了这样一个万古不变但常被人忘却的真理。

原载*Advances in Social Science, Education and Humanities Research*，2017年，第70—73页（CPCI收录）。原文发表时为英文版，此次收录复原为汉语。

① 红柯：《生命树》，北京十月文艺出版社，2010年，第204页。

三品始知味，风景在路途

——贾平凹《山本》的“看点”

读一部小说，开卷即知结果，所谓一览无余，自然算不上好小说；反之，合书满头雾水，根本不知所云也不算好作品。真正优秀的小说，在笔者看来，应该是首读即隐约有感，却难言；再读始觉其妙，欲罢不能；多读方悟真谛且回味悠长。贾平凹的最新长篇小说《山本》无疑属于需要也值得多读的小说。

《山本》之氤氲

《山本》的内容过于庞杂。小说伊始，“三分胭脂地”的神奇烟雾就开始弥漫，陆菊人又喜欢靠随机的应验帮助自己做出行止。读者一下子被置入一种恍惚迷茫的境界中。井宗秀要陆菊人出任茶总领，她既不自信也怕流言，所以犹豫再三，无法决定。此时，她儿子剩剩要吃糊塌饼，她于是就在心里说，假如今天糊塌饼能摊圆，我就去做。没想到，平时总是不能摊圆的饼子今天却个个成功；但她还不能踏实，就又“心里想，院门口要能走过什么兽，那我就去”[①]。在人流如织的涡镇，青天白日，怎么

① 贾平凹：《山本》，作家出版社，2018年，第290页。

可能有个野兽来？她是企图着不可能，谁料想，陈皮匠背着篓从她家门前过，真就从中拎出了豹猫、狐狸和一张狼皮。两次设想两次应验，她还是不能定夺，又去安仁堂寻找陈先生帮自己分析。

井宗秀受了伤，陆菊人不知其严重程度，心里很慌，“就默想，如果从巷子到北门口，能碰上个穿白褂子的人了，井宗秀的伤就很重，如果碰上个穿绿衣裳的了，井宗秀的伤就无大碍”[①]。

我们未必相信世上有这些古怪和奇异，但我们也不敢轻视其在民间生活中的精神分量。当然，小说中更复杂的是，儒释道鬼无所不具，似乎天聋地哑，却万物都会说话。宽展师傅不语，尺八代她传出《虚铎》；陈先生双目失明却能看透生死，卜算吉凶；就连周一山这个煤窑上的工头尚且能听懂兽语鸟言，还能从梦里预见未来。涡镇用狼看门，还有人把野猪当家畜豢养起来。

世上的怪事多多，老百姓的信仰多元，我们分不清何者才是他们心中的神；小说中的思想氤氲，我们更难判断作者如此安排的良苦用心。这些都还不够，贾平凹又赋予《山本》很多意味。他说：

> 在这前后三年里，我提醒自己最多的，是写作的背景和来源，也就是说，追问是从哪里来的，要往哪里去。如果背景和来源是大海，就可能风起云涌、波澜壮阔，而背景和来源狭窄，只能是小河小溪或一潭死水。[②]

他当然希望以宽阔的胸襟，构建宏大的意境，这是贾平凹创作《山本》的目标。为此，他专门提醒自己，“写作的日子里为了让自己耐烦，总是要写些条幅挂在室中，写《山本》是左边挂的是‘现代性、传统性、民间性’，右边挂的是‘襟怀鄙陋，境界逼仄’[③]。”

背景有多大，从空间上说，显然是站在整个中国的土地上，而不是

① 贾平凹：《山本》，作家出版社，2018年，第227页。

② 同上，第524页。

③ 同上，第526页。

仅仅聚焦于秦岭这条山脉及其所属的乡村。贾平凹很谦逊，他不想把话说得太满，把自己作为中国的代言人，但实际上他拥有这样的视野与雄心。“一条龙脉，横亘在那里，提携了黄河长江，统领着北方南方。”[①]从时间上看，故事发生在20世纪二三十年代，但未尝不是无始无终的人类历史长河。作者不明确表明这个区段，显然有他的象征意义。

贾平凹强调的“民间性”就是民间视角，具体到小说中，对风水、占卜等神秘事件的信仰就是实例，小说中人物的民间思维与行为就是最好的注脚。涡镇有棵大皂角树，被镇上的人视作不可侵犯的神，即使它在一场大火中被烧成枯干，它仍是老百姓心中的灵魂。在涡镇人看来，它有灵验，凡是品行好的人都能得到它的馈赠：

> 柳嫂拿了被单往南门外的河里去洗，走到十字街口的老皂角树下，新的皂荚正嫩着长，旧皂荚还挂着，就有一颗掉下来，不偏不倚落在脚前。柳嫂喜欢地说：呀呀，我还是个德行高的人！[②]
>
> 陆菊人扎着红头绳去河里洗衣裳，原本是带了在集市上买来的皂荚，但走过老皂角树下，树上还是掉下来两个干皂荚，她喜出望外。[③]
>
> 井宗秀……经过老皂角树下，树上就掉下来三个皂荚，便听见有人说：呀，我天天在树下它不掉，你一来便掉皂荚啊？！[④]
>
> 施四司说：你敢拿弹弓打皂荚，以后枪子就打你的头！蚯蚓就不敢打了。施四司祷告：如果这批药材卖给安仁堂大价了，你就掉下皂荚来！蚯蚓也仰头看着树梢，说：井宗秀要皂荚，皂荚你就掉下来！话说完，果然掉下四个皂荚。[⑤]

---

① 贾平凹：《山本》，作家出版社，2018年，第522页。

② 同上，第23页。

③ 同上，第48页。

④ 同上，第70页。

⑤ 同上，第127页。

（陆菊人和花生）经过老皂角树下，树上的干皂荚往下掉了五个，她们没有捡，陆菊人说：我磕磕头。趴下磕了三个头。[①]

我们当然不认为皂角树如此神奇，但风干的皂荚完全有可能在某种时刻掉在某种人面前，假如这与某件事某个人某个时刻正好契合，皂角树就会成为百姓心中的神。这就是所谓民间思维，它无稽却有趣，在小说中被作家多次使用，其用意不只在客观上记录民俗的异象，同时也增加了作品的审美趣味。没有人会计较它的真与假，但无疑我们会喜欢这种写法。而这，只是民间性的一角。

“传统性”则可理解为贾平凹对《红楼梦》的日常叙事传统的承接与发扬，也包括对苏俄现实主义、革命现实主义、欧美现代派的吸收与融合，用他自己的话说，“土豆烧牛肉，面条同蒸馍，咖啡和大蒜，什么都吃过，但我还是中国种……这四不像的是中国兽，称之为麒麟”[②]。贾平凹没有否认传统对自己文学成长的滋养。他的某些文学的基本功仍然能看出前贤的痕迹。我们现在都知道，贾平凹抛弃了戏剧化的创作模式，然而在某些细节的抓取和组织上，典型化的方法依然在发挥着作用。

蚯蚓形象的速写就是作者精心选择他的四个动作并进行强化的结果。涡镇有四十二个人参加预备团，就是没有蚯蚓，井宗秀还是嫌他小，要过几年再说。预备团在城隍院开第一天灶，饭正做着，屋里一时烟雾倒落，刘老拐出来一看，蚯蚓拿稻草在屋顶上塞烟筒，把他撵下房，去抓又没抓住。

这顿饭是玉米糁子熬成的稠糊汤，大家端起了碗在院里吃饭，半空里掉下一只鹌鹑，不偏不倚就把阮天保的碗打翻了，拾起鹌鹑发现是石子打死的，还说：谁的弹弓这准的？蚯蚓在院门口说：我打的！刘老拐扑过去要揍，蚯蚓竟不走，说：你要再过来，我就撞头呀！刘老拐说：我还让你吓唬了？！往前又扑，蚯蚓真的就拿头撞院门，额颅上的血流下来。井宗秀就笑了，说：

① 贾平凹：《山本》，作家出版社，2018年，第466页。

② 同上，第524页。

来吧，你来吃饭！蚯蚓跑进来，但已经没了碗，他从屋里找了个木棒在锅里一入，抽出来了伸长舌头舔着吃。吃了预备团的饭，就是预备团的兵，蚯蚓一口一个井团长地叫。①

“现代性”用贾平凹以往的话说也就是现代意识，所谓“现代意识说穿了就是人类意识”②。贾平凹始终没有忘记用全人类的眼光审视历史、现实以及人性。通过对世界名著的研究，他发现一个规律，凡是成为经典的小说大都倾向于描写人的缺陷和弱点，诸如贪婪、嫉妒、自私等等，所以，他从《病相报告》开始就注目人性的弱点，《古炉》是人性共恶的集中揭示。《山本》当然也不例外，井宗秀、阮天保不都犯的是相似的过错吗？一个是欲望泛滥，无法自持；一个是不甘人下，自私狭隘。

除了小说客观上的庞杂和作者设计的繁复，在情感的传达途径上贾平凹又极力隐藏。尽管小说中大大小小的人物有二百多个，土匪、保安队、预备旅、游击队四种势力错综复杂，但是作者不偏倚，即使面对成百上千人的死亡，他也不发出任何惊叹，完全是零度叙事。

人物无大小之分。固然，作者给予井宗秀、陆菊人、阮天保、井宗丞等人大量的篇幅，让其贯穿故事始终，从而突出他们的重要性，但是，其他人物哪怕如流星般一闪而过，作者也同样没有忽视。小说中有一处，写到一段普通母子重逢的场面就体现了作者大小人物同等重要的理念。

卢刚说：娘，娘！老娘说了句是刚娃子？就抱了卢刚哭起来。不停地唠叨：我娃还活着，我娃还活着！老爹说，你哭个啥么，还有客人哩。快去做饭呀！老娘跑进上房，又跑出来，站在那里发愣。老爹说，咋啦？老娘说，我出来干啥呀？老爹说：我知道你要干啥？老娘噢噢着又去了上房，搭条凳从梁上掉下来的绳上卸下一块腊肉，啪嚓，人和肉从条凳上跌下来。老爹说：你

① 贾平凹：《山本》，作家出版社，2018年，第140—141页。

② 贾平凹：《白夜》，华夏出版社，1996年，第312页。

急啥的，狼撵呀？！[1]

谁人没有父母，哪个父母不疼儿？对卢刚的娘来说，她的儿子就是天。人物不分大小，生命同样贵重，各种势力无主次之别。预备旅这个怪胎在小说中无疑是主要线索，然而游击队、保安队、土匪的势力也没有弱化，每一种势力都在为自己的利益活动，打着保护百姓的旗帜，做着纳粮收税的业务，杀人也被杀。小说的结尾耐人寻味，红军人员未动，只用大炮轰炸，涡镇和预备旅就灰飞烟灭。

如此看来，游击队似乎才是中心，尤其是作者突出井宗丞的信仰守护，更强化了这种意味。比如，他坚决不许手下随便拿百姓的钱财，不许游击队员摸女人的屁股，不许胡乱杀人，即使偶有误杀，也要马上弥补，或者赔钱或者掩埋，诸如此类，不胜枚举。但事实上，哪种势力都不含作者的偏颇。

所以，初读《山本》，一般人都很难把握作者的要领，似觉意义丰富，但又难以言表。太多的承载与困惑，任凭谁也不可能匆读一遍就能理出头绪，所以，多读细悟是一个必不可少的过程。

《山本》之反常

当读者习惯了大波大澜、曲折复杂的故事，期待着叱咤风云、纵横捭阖的典型性格，想象着宏大延展的时空场景等等这些传统小说的愿景时，《山本》却把我们引向别处。因为，作者把主要精力用在写生活的琐碎与日常。这就使读者的阅读期待产生了强烈的反差。

贾平凹说："什么叫写活了？逼真了才能活，逼真就得写实，写实就是写日常、写伦理。"[2]因此，《山本》不只难懂，而且更容易让读者看走眼或者忽视其应有的价值。

---

① 贾平凹：《山本》，作家出版社，2018年，第304页。

② 贾平凹：《古炉》，人民文学出版社，2011年，第607页。

贾平凹笔下的所有人物都是普通人。无论是主人公还是次要人物，对他们的价值观、智慧以及行为，作者丝毫都不拔高。如此一来，《山本》就让人觉得平淡、散漫、无味，然而，当我们理解贾平凹的艺术追求，我们才能发现这种平淡更显得朴素、密实和真切。

陆菊人虽然慧敏，但作者并未写出她多么善于思考，甚而未卜先知。她发现了风水先生的秘密，却保证不了这个吉穴一定会应验，她是在后来一步步的观察中感觉到也许其对井宗秀真的发挥了作用。她的很多奇思妙想也都非她深思熟虑的结果，更多是生活中很多偶然的启发，无论是她让兄弟陆林帮井宗秀提前平他父亲的坟头的想法，还是她借助麻县长劝阻井宗秀不要连坐阮家宗族的念头，包括她发展黑茶扩大经营的想法等等都有诱因，这就把一个农村出身、文化不高的普通女人之智慧写得真实而不越位。贾平凹始终把其放在一个平常人的位置，而不是天生奇女。比如，陆菊人有顽固的封建思想：好女不能再嫁。井宗秀娶了孟星波的大女儿，她本来是订婚给井宗丞的，井宗丞没有娶她，但是井宗秀为了井家的信誉，决定代替他哥迎娶这位姑娘。

然而，这个行为在同是女人的陆菊人眼里却是耻辱，似乎有二婚的嫌疑。陆菊人说："天底下再没女人了，还要孟家的？就是娶，也该是那二女儿么。"[①]她与井宗秀虽心心相通，哪怕是自己的丈夫杨钟死去之后，他们完全有条件走到一起，却始终没有结合，这里除了所谓圣洁的爱情说法之外，我觉得最有说服力的就是她在骨子里始终没有摆脱一女不嫁二男的旧观念。这一点，我们从陆菊人对封建等级秩序的坚决维护中同样能得到佐证。

> 陆菊人说：对着哩，井团长，碗是吃饭的碗，不能放在地上的。你说以前你骑马，当团长倒不骑了，是你不配当团长呢还是你当不了团长？不要说以后送个信呀紧急事呀谁都骑的话，你的马，你井团长就威威风风骑着，你高高地骑在马上了，别人才高

① 贾平凹：《山本》，作家出版社，2018年，第55页。

高的拿眼睛看你！

…………

（他还对自己的丈夫说）马只能团长骑，杜鲁成不能骑，阮天保不能骑。你更骑不成！杨钟说：马是皇帝金銮殿上的椅子啊？！陆菊人说：就是。[①]

井宗秀也一样，他也许算得上英雄，但这个英雄与我们以前见到的豪杰大侠无丝毫相像之处，他的事迹并不惊天动地，他的思想也不超凡入圣。他就是一个随生活的大流一步步沉浮的人，不是说他预想到或坚信自己一定能成什么大气候，一切都是时势造就的结果。在他穷困潦倒的时刻，是陆菊人所带来的三分胭脂地让他无意中发了横财，他从中挖出了一批文物，有了做生意的资本，然后慢慢扩大，有了酱笋园，再趁火打劫，低价收购了岳掌柜的财产，有了宅子，骑上了高头大马。在这顺风顺水中，井宗秀似乎觉得陆菊人的风水正在应验，于是才逐渐坚定了“我一定要做个官人的”志向。

小说中描写他的心理：“他毕竟一肚子得意，想起来就觉得这是不是那三分胭脂地在起作用，自己要干什么真的就干成了！他不止一次给马述说，还信誓旦旦道：我一定要做个官人的！”[②]真的当上了预备团的团长，他高兴得请蚯蚓的爹燃放鞭炮，请老艺人专门举行了一场几乎失传的铁礼火花进行庆祝，连平时不会旋跟头的他，竟然也旋了起来，尤其是，他专门去他父亲坟前告白，他当官了。当官的狂喜不止井宗秀有，阮天保、陈来祥、陆林都有，这就充分展示了普通老百姓共有的人生信念：当官发财就是生活的目标，没有钱，被人笑话，有了钱还得当官，这叫富而且贵。

不管什么人都以出人头地为大荣光，这是普遍的人性。而为之炫耀的心理则是人的弱点。阮天保做了县保安队队长，就马上捎话给他父亲“报

① 贾平凹：《山本》，作家出版社，2018年，第163页。

② 同上，第99页。

喜”，好像古代的秀才中了进士一样。他父亲马上在街上广告并大摆宴席，以示庆祝。街上的邻居，不管关系如何，也不能不去随个份子。陆菊人去了，杨钟很生气，但陆菊人的一番话却让他闭了嘴。所谓人情世故，给人捧场就是尊敬，反之，可能结下仇怨。生活中的隔阂往往不似杀父娶母那样重大，而是琐碎小事所酿成。陆林当了副团长，衣锦还乡之后也要炫耀一下，小说中写道：

> 陆林这次来墨坊，还在村口就朝空叭叭打了两枪。一个伙计在地堰上摘黄花菜，说：你回来了，陆林哥？陆林说：谁是你哥，我是预备旅的副团长！伙计说：啊陆团长！你多时没回咱沟里了。陆林说：你掌柜在不在？伙计说：在哩，又得了个儿子，还在月子里。陆林说：这他娘的！你去告诉他，我陆林来了！①
>
> 陈来祥重新当了团长，陈皮匠高兴，杀了两头猪，抬了一个八斗大瓮的烧酒送到城隍院，出征的二百人一顿吃喝了，每人都背了三斤炒面袋子，又在腰里别了一双新鞋。②

由此可见，人心皆一理，富贵无不同。所有这一切在我们看来都是庸行、俗念，不值一提，可生活中的大多数人都是芸芸众生，谁能比别人高出多少？所以正是对平凡人生命与心理的重视，使《山本》笃定在日常叙事的状态。贾平凹说：

> 如果写出让读者读时不觉得它是小说了，而相信真有那么一个村子，有一群人在那个村子里过着封闭的庸俗的柴米油盐和悲欢离合的日子，发生着就是那个村子发生的故事，等他们有这种认同了，甚至觉得这样的村子和村子里的人太朴素和简单、太平常了，这也称之为小说，那他们自己也可以写了，这，就是我最满意的成功。③

---

① 贾平凹：《山本》，作家出版社，2018年，第333页。

② 同上，第356页。

③ 贾平凹：《古炉》，人民文学出版社，2011年，第606页。

《山本》之风景

不管一部小说有多么丰富的意蕴，也不管作者企图采用何种先进、独特的叙事策略，关键的问题在于首先要能激发读者的兴趣。如果作品没有可读性，一切意味和技巧都会失去意义。贾平凹在艺术上明确宣布改弦易辙之后就曾经下决心改造读者、重新培养读者，现在看来，经过三十多年的实验，他获得了成功。至少，他营造了一种步步有景、沿途如画的小说审美范例。

就像旅游，一般人都会冲着已知的景点而去，很少人觉悟到，这一路之上的风光也许更能有意外的发现。《山本》的独特就在这里。我们无须把注意力放在传统小说对人物的塑造和主干情节的推进方面，而只要把目光转向那些随处可见的风景，就不会有身入宝山空手而返的遗憾。

语境的还原最有嚼头。语境的还原恐怕是《山本》最大的出新。小说不能没有对话，但传统的人物对话往往是一问一答，直来直去，缺乏回味。贾平凹意识到这个问题后，就试图改变这个情状。在他以往的很多小说中实际上已经有所实验，《山本》则把此探索发挥到了极致。这部小说中几乎所有的人物对话，贾平凹都进行了语境的还原。

> 陈皮匠的老婆说：他伯，你说，这日子啥时能好呀？老魏头说：天有尽头吗？从镜子里看天，尽头在虎山上，到了虎山，山那边还是天。啊，你穿新鞋啦？陈皮匠的老婆把脚一收，说：你胡看啥的！唉，半夜里老是惊，醒来就一身汗，咱这镇上咋就不出个官人呀，有个官人就能罩咱们哩。[①]

老魏头不是直接回答陈皮匠老婆的问话，但也不是没有回答。这就有了张力，读者可获得双向的信息。最妙的是，突然旁逸斜出一句“你穿新

---

① 贾平凹：《山本》，作家出版社，2018年，第8页。

鞋啦”的惊讶，似乎没有来由，但恰是当时两人说话的现场情形。生活中的对话都不是为说话而说话，而是伴随着各种具体的场景，人们可以同时眼观四路，耳听八方。正像照片中的景深，摄影师固然有主体，但他剔除不了主体周围的镜头，而且越能保存这种背景，越显生活的真实。再如，杨钟与阮天保在安记卤肉店前相遇：

> 杨钟说：吃肉呀，是今日搭船才回来？阮天保说：当爹啦？啥人都当爹啦！你不请我的客了，我请你吃，来个肝子？阮天保给杨钟说话，眼睛却在陆菊人身上溜。陆菊人装着没听见他们说话，拍了拍襟上的土，仰头看天。天上一群扑鸽忽地飞过来，似乎要掉到地上呀，忽地一斜又飞去了远空，像飘着的麻袋片子。她认得是城隍院里的扑鸽，城隍院早没了城隍，那些年在那里办小学，阮天保和井宗丞是高年级，陆菊人陪着杨钟读低年级，阮天保是骗吃过杨钟带的葱油饼，说：我给你咬出个山子！就吃了两口，葱油饼上是有了个山子形，但葱油饼一半却没有了。那时阮天保的眼睛就小，现在人一胖更小，像是指甲掐出来的。杨钟就高声说：不啦，不啦，我还有事的。①

表面上仍然是阮天保对杨钟的问候答非所问，实际上，他的跳跃式反问等于已经回答。而且这段对话原本只有三句，却在中间插叙了很长一段对“第三者”陆菊人的心理描写。陆菊人并非与对话的双方没有关系，她也不是没有听到两人的对话，而是她出于以前对阮天保的恶感，不愿搭理他罢了。所以，作者在描述另两人的对话时就不能不无视她，但对她的兼顾又必须与眼前的场景密切关联，这样既交代了三人的关系，也补写了阮天保的奸猾，更还原了三人见面的语境。而且，在叙述上，适当的延宕，变换了对话的节奏，产生了推拉镜头的效果。当陆菊人的心理交代完，对话才收束回去。读者也才记起，杨钟还没有回答阮天保的礼让呢。如此严

① 贾平凹：《山本》，作家出版社，2018年，第27页。

密又有起伏的语境还原语段在《山本》中俯拾即是。

人情的演绎充满机趣。贾平凹是个人精，这不是说他狡猾、机灵，而是说他对人生百态、寒暄奉承等世故心曲的熟稔。所谓：世事洞明皆学问，人情练达即文章。作家对人的观察、对世事的醒悟是必要的也是重要的本领。写生活不仅要写出单个人的性情，关键还要写出人与人的冷热与机锋。

> 井宗秀回到剃头店，郑老汉说：和你说话的是杨家的那个童养媳？井宗秀说：埋我爹的时候多亏了她们家让给了一块地，我得去问候一下。咦，这制衣铺生意这么好的！剃头匠说：汪家媳妇又给孩儿做新衣吗？孩儿穿得像花疙瘩一样，她爹却一年四季都是两件衣服，冷了装上棉花，热了抽掉棉花。现在这人咋都是向下爱哩，再不会向上爱了！井宗秀笑着说：你这是说我郑伯哩？！郑老汉说：剃头，剃你的头！[①]

井宗秀与别人家的年轻媳妇背着说话，还是被眼尖的郑老汉发现了。当井宗秀为了掩饰走进剃头店时，郑老汉就故意要揭这个短，他问与井宗秀说话的小媳妇是不是陆菊人，井宗秀没有回答是或者不是，他跳过这句话，直接解释他与陆菊人说话的原因，这就既回答了郑老汉的问话又打消了他或者在场的其他人对他与别人的媳妇说悄悄话的疑虑，这就叫一举两得。更妙的是，井宗秀不愿在这个话题上多纠缠就赶紧转移目标，说到制衣铺的生意，于是剃头匠就接过了话头，但是剃头匠说的却是与陆菊人、井宗秀打过照面的另一个女人——汪家媳妇。由此可见，井宗秀与陆菊人说话的景象，在场的所有人都注意到了，不过，剃头匠说的话似乎在暗讽汪家媳妇对老人的不孝，对自己孩子的偏心，这是一种世代沿袭的陋俗世情，很有哲理意味，然而，聪明的井宗秀却同时听出了剃头匠的话外之音，对郑老汉溺爱儿子的揶揄。

---

① 贾平凹：《山本》，作家出版社，2018年，第78页。

井宗秀还在那里站了许久，才继续往前走，不停地碰见着熟人，有说井掌柜你好，多日不见倒白胖了；有说井掌柜呀，生意是要做，但更要顾身子呀，怎么就瘦了？井宗秀一一点头，打着哈哈。①

无独有偶，陆菊人的监管被解除之后，她与花生打扮得漂漂亮亮，走在大街上：

街上人看见了，又惊讶，又疑惑，交头接耳，不知所措。这一拨人迎面碰上了，说：啊，啊你瘦了，瘦了好，瘦的清清秀秀多精神啊！那一拨迎面碰上了，说：呀，呀，好些日子不见，胖了么，人还是要胖哩，胖了就多富态的！花生小声说：这都是些啥人呀，你到底是瘦了还是胖了！陈菊人说：你让他们咋说呀！②

不同时间，不同场合，面对相同的对象，邻居熟人却说出了不同的话，是大家眼光有毛病，分不清胖瘦，还是大家的标准不一致，其实都不是，这些话与眼光、标准毫无关系，他们表达的只是一个意思：夸奖。无论是对井宗秀还是陆菊人，都一样，不管他们说什么，都是为了让听者高兴。夸奖者和被夸者彼此都不在乎说对了还是没说对，被夸者心知肚明，这并非发自心底的赞美，而是一种带着奉承的敷衍。所以，井宗秀于是打着哈哈，陆菊人抱着理解的心态。

生活中类似的应酬、客气，随时发生，当我们知道这就是所谓人情世故的寒暄，也就不会像花生那样当真了。也许，《山本》把人情世故写得气韵最为通透，味浓、意多的范例就是小说第299—302页那段陆菊人送茶，麻县长泡茶、议茶，井宗秀、花生、杜鲁成等品茶的场面。

故事的接续值得玩味。如果说，《山本》的结构完全依照作者预先的设置，即土匪、保安队、预备旅、游击队这四股势力的交叉描写，那就太

---

① 贾平凹：《山本》，作家出版社，2018年，第107页。

② 同上，第446页。

平淡了，除此之外，作者采用了很多巧妙的自然衔接方法。这就让读者感到，小说的故事似乎不是作者预先构思好的，而是随机发展的。下面这件事就是一种意外又在意料之中的情节转折。

> 这期间，三河县分店里，井宗丞的人再来过一次……来了显得很亲热，称兄道弟的，说有需要他们办的事只管说。崔掌柜也不敢说有事请他们帮忙，只是叫苦……城内又开了四家店，竞争得很厉害，他们从年初到现在，销量一直下降，快难以为继了。没料，就在第三天，那四家茶店的掌柜两个被打死在店里，另两个下落不明。竞争对手是没有了，却满城起了风雨：从涡镇来的美得裕茶店是红军的一个窝点。①

涡镇的茶店在迫不得已的情况下资助井宗丞的人一些盘缠，根本不想得到他们什么回报，所以，当游击队的人询问有什么可以帮忙的事情时，崔掌柜是想以诉苦的方式得到他们的同情，从而尽早撇脱与他们的干系，不受他们的骚扰。但事与愿违，游击队的人以为他说这些苦情是让他们帮助清除竞争对手，所以另外四家茶店的掌柜就都被解决了。这种一事引出一事的转折从逻辑和情理上似乎非常顺当，然而，也就是这种“帮忙”为涡镇惹来了不尽的麻烦。茶店被以通共的罪名查封，陆菊人受到撤职，预备旅差点也被取消。尽管，由于陆菊人的担责最终大事化小，却引出了后文与游击队的双簧，一边假意阻止实则借道，一边真心通过实则制造攻打假象。如果这件事到此为止算是皆大欢喜的话，也就没有言说的必要，问题是，涡镇的最终毁灭也由此埋下了伏笔。

蒙太奇的连接法在小说中用得更普遍，这种手法既自然又简练。上节说到陆菊人正疑惑“井家并没有洞窟，也是没人在店里”②，下一节马上就交代井宗秀是陪着新媳妇回门拜丈人去了。某一节结尾“吴太太听到远处烦嚣鼎沸，问王妈这是什么声，王妈说：耍礼花呀”，紧跟着一节的开

① 贾平凹：《山本》，作家出版社，2018年，第441页。

② 同上，第157页。

头就说："庙山门的牌楼前是在耍铁礼花。"[①]陆菊人准备去关中平原泾河畔的茶庄采购黑茶，临行前，担心路上遭人劫道，她的伙计方瑞义就赶紧在老皂角树下磕头，并说："神树保我，不要遇到土匪，不要遇到那些当兵的，不要遇到刀客逛山还有游击队！"

他最后一个词，说的是游击队，下一节，马上接写"当一路红军从秦岭突围后"[②]。这样的故事连缀省去了很多交代，又轻松地转向另一个事件。

在正常的故事进行中穿插意外，既打破了平铺直叙的单调，强化了生活的真实感，又使故事节外生枝，内容丰富。在这种背景中，我们看不出这是作者精心的预设，好像是水到渠成的结果。这就是贾平凹发展故事、转折情节的奇妙之处。周一山在井宗秀带人出城攻打阮天保之时，恐怕阮氏宗族的人给其通风报信，就把他们监管起来。本来也没什么事，但这样一做，就造成了阮氏宗族的逆反心理，其中有一个叫阮上灶的就反应强烈，特别是他听到预备旅要去偷袭阮天保的消息后，就寻机溜出城真给阮天保送信去了。如果周一山不这样做，阮上灶也许不会有此叛逃行为，也就不会有预备旅的惨败。但是，周一山这样做也不是没有道理。问题是，意外的发生不但影响了眼前的结果，又自然引出下文对阮氏宗族的连坐处置，这就叫一环套一环。

至于利用小说中的人物无意中说话引出后事的做法也有不少。杨钟与他爹置气："把饭往炕沿一放，说：我浑身没一两好肉，行了吧？井宗秀是姓井，你倒热掂，我都怀疑我是不是你亲生的，都这么不待见了，我到安口下窑呀！"[③]这本来是一句气话，说者无意，听者有心，井宗秀马上受到启发，想着安口煤窑上说不定能招一些兵。于是，就有了下文，特别是周一山这个预备旅的军师从此就被引了出来。

---

① 贾平凹：《山本》，作家出版社，2018年，第134页。

② 同上，第303页。

③ 同上，第163页。

角色的亮相大有讲究。井掌柜的亮相非常简洁，很容易让我们联想到《红楼梦》中王熙凤的出场，都是人未到声先到，小说中写道：

> 杨掌柜这一日提了饭罐刚出了三岔巷，有声音说：老胳膊硬腿的还轻狂，这路都不会走了么！杨掌柜扭头一看，是水烟店的井掌柜提了一条大鱼过来，不远不近地还跟着三四只流浪猫。①

如果说，井掌柜是半路杀出的程咬金，那么，陈来祥就是被人提溜出来的：阮天保在卤肉店里喝酒，看到刚有了孩子的杨钟便与他开玩笑："听说孩儿能说话了开口先叫着谁，谁就会死的，你家孩儿一叫爹，会不会是……陈来祥就死了？"他本来要说的是杨钟会死的话，但顾忌到陆菊人在旁边，觉得会招人骂，就赶紧改口。之所以把陈来祥呼出，就是因为他这时正迎面而来。"陈来祥听到了，说：我没惹你。你嚼我啊？"②

《山本》中的人物很多，除过有名有姓的以外，小说为了某种情节发展的需要，有时还得安排一些无名无姓的人物。按说，无名无姓之人当然不重要，但是作家既然要他们出场就一定有他的道理。如果我们在阅读时，能体察出这种安排的妙处，也就不枉作者一番慧心，当然对读者自己也可增添一种会意。陆菊人给丈夫杨钟的头七上坟，正遇上保安队与预备旅两方打仗，就想赶快躲起来。

> 便见远处有了一个黑影，黑影愈来愈大，是位小媳妇……陆菊人说：要跑你抱个冬瓜能跑得快？小媳妇一看怀里的冬瓜，哇的一声哭了：我抱着我孩儿咋就成了冬瓜啦？我是在冬瓜地里跌了一跤，把冬瓜当孩儿了！疯了一般往回跑……到了那片冬瓜地，果然一个包在那里，孩子竟然睁着眼睛一声未吭。③

小媳妇对陆菊人自是感激不尽，临分开时，小媳妇完全是很随意的一句问话却提醒了陆菊人，她说："姐，这咋就有人打仗的，有多大仇呀，

---

① 贾平凹：《山本》，作家出版社，2018年，第9页。

② 同上，第27页。

③ 同上，第215页。

是谁把孩儿塞在井里啦还是挖了祖坟啦？！”[1]小媳妇的话是即景感叹、质疑，而陆菊人马上想到阮天保可能派人要去挖井宗秀的祖坟，于是马上变道，赶回娘家，委托她兄弟陆林提前平了井宗秀父亲的坟头。作者叙述到此，故意卖了个关子没有说明当时陆菊人干了什么，等到后来，陆林把准备挖坟的人绑到井宗秀面前时，这件事才做了补叙。

我们要说的是，这个小媳妇无名无姓，按说根本不重要，完全是可有可无的，但是为了整个故事的发展，还确实需要这样一个人来做一个铺垫。没有她，陆菊人的机敏难以体现，陆林这个角色不能现身，井宗秀感受不到陆菊人对自己的大恩大德，而且从情节转折上也少一个链条。一个无名无姓的小人物尚且发挥了一石四鸟的作用，其他角色的设计就更不用说。

贾平凹的《山本》有太多的讲究和品味，但这些品味并不在引人注目的代表性人物与主干情节方面，而是在鸡毛蒜皮、闲聊打岔的细节和字里行间，就像无限风光并不在尽人皆知的景区而散布在沿途与沟沟岔岔一样，它需要游览者不辞辛苦，不畏艰难，肯花时间，翻山越岭，于边缘或遗忘处寻找；也要求欣赏者独具慧眼，喜欢琢磨，善于发现，不在俗常处停留，只有这样方能获得普通读者难以得到的惊奇。

原载《商洛学院学报》2018年第3期，后被人大复印报刊资料《中国现代、当代文学研究》2018年第11期全文转载

---

① 贾平凹：《山本》，作家出版社，2018年，第215页。

长篇小说的机杼与火候

——吴克敬《初婚》评鉴

吴克敬的长篇小说《初婚》，笔者读了两遍。由于小说开头的奇异性设置，第一次读的重心自然放在小说的结构上，笔者要静观作者如何推进，怎样收结。读罢掩卷，笔者强烈地意识到，整部小说，作者进行了精心的策划，情节的几个关捩点以及某些人物的出场、谢幕安排得严丝合缝，少有闪失。尤其是谷冬梅的亮相恰到好处，闹洞房已到了不可收拾的地步，眼看着新郎谷梦梦要与骚怪动手，谷冬梅及时赶到所发出的一声断喝瞬间就平息了风波；而且任喜过家也因为她的到来打破了没人哄场祝贺的尴尬。如此，一个作风凌厉、不计前嫌、心胸宽广的前粮食局局长的形象巍然屹立在读者面前。不愧为一石三鸟。

惠杏爱在小说中由边缘趋于中心的转变也很有意趣。起初，惠杏爱并不引人注目，读者的目光聚焦在上官乐身上，她的打扮、谈吐、风神莫不吸引着人们的眼球，很多读者大概都以为她就是小说的主角，可是等到惠杏爱正式上场，局面完全翻了个过儿。家境寒酸、结婚仪式平淡的惠杏爱一跃而为小说的中心，小说的大半篇幅几乎为她设计。这种安排无疑会给读者带来一种出乎意料又在意料之中的快感。

甚至个别让我们感觉过于突然或者“蹊跷”的细节也都能看出作者精心的营构。为了替惠杏爱的发展扫清道路，作者很麻利地“消灭”了她的丈夫谷门坎，顺便也“牺牲”了她的婆婆贾桂仙，同时又顺便带出了惠杏爱的同学与恋人陈增强。

其实，小说的难度主要在于如何为主人公设计一连串的性格动作。这一点，往往能体现作者的创造。如果说快速地把惠杏爱置身于激烈的矛盾冲突中的写法源于我国古典小说塑造人物的传统，还不大新鲜，那么让人物主动地展现自己的才能和品德才显得难能可贵。因为，置于冲突有点顺理成章，尽管人物的个性最容易在这里得到表现，但毕竟有点被动。在一种特定的情境中，人难以有所选择。

按照关中西府风俗，新媳妇过门不到三天，丈夫遭横祸而死，她完全有理由重新回到娘家，以后另嫁他人。在农村，遇到这种不幸的媳妇，大都选择这条道路。人们不以为怪，反倒觉得符合人性。不让女人守寡，是社会文明的表现。惠杏爱也曾经想过走这条路，但看到瘫痪在床的公公，脑子不够成数的小叔子，还有年仅十四五岁的小姑子以及六七岁的小小叔，她怎么能转身而去？作为一个有同情心的人，她不能弃这些弱者而去！作为一个富有责任感的人，她更应该主动承担起重任。尽管她还是个刚过门的新媳妇，人生的历练、对苦难的承受能力还远远不够，但没有办法，她真的无可选择。她只有留下来，我们才认为正常，她只有不走，我们才觉得真实。至于说，对她为此的牺牲而产生的崇敬倒在其次。小说的情境其实给作者也留下了一条路：读者希望惠杏爱如此表现，人的良心不愿意看到一个家庭更加破败。如果，惠杏爱回了娘家与谷门坎家一刀两断，那么小说就无法延续，即无戏可唱。至少惠杏爱这条线索将会切断。而这条线索的中断就意味着小说的另一番格局。作者可以继续写下去，但绝对不是现在所看到的样子，小说的开头也就失去了意义。因此，惠杏爱的“临危受命”是情理之中的举动，是一种不得已。

我们赞赏作者的如上处理，不过我们更看重此后的情节。人物的个性主要依赖于他的自觉自为而不是生活的必然或被迫。惠杏爱的思想、心理、才干必须借助她独立思考后的行为来完成。自愿拉扯一个五口之家并承揽这个家庭遗留的所有债务，这需要很大的勇气，依靠丈夫生前留下的拖拉机脱贫致富，这是惠杏爱智慧迸发的证明。这两个情节的设计富有创造性，既展示了惠杏爱的与众不同也符合生活的必然逻辑。

但是，此后的一些描写就暴露出作者某些火候的拿捏尚有欠缺，不是过就是不及。一是让三个新媳妇进行“卫生革命”，惠杏爱用她的拖拉机拉来沙土遮盖了村子街道上的粪便和污秽；再就是让惠杏爱与现任村长兼支部书记谷大房竞选村长，这就有点跳跃或者喜剧化。惠杏爱单凭着在村里落下一个好媳妇的美名或者再加上她的致富气概就能成为一个基层组织的管理者，这有点太理想化。

特别是谷门墩一家为了达到挽留惠杏爱死心塌地留在谷家的目的，竟然全家老少合谋，指使谷门墩强奸了他嫂子。从作者的角度，这个情节的设计大概有两层意味。一是间接表现谷大房的阴险；二是正面传达谷门墩家对惠杏爱的留恋。如果单纯是第一点，倒也无可厚非，但第二点就实在让人难以接受。出发点或者动机都可以理解，但是采取如此损害一个人尊严的无耻、强盗行为就有点不大真实，也让读者大跌眼镜。惠杏爱可是他们全家所爱之人啊！我们可以设想，使用其他挽留的办法，哪怕是谷门墩自残或者公公以死要挟或者小弟哭闹不止，以至全家人下跪求情都未尝不可，为什么非要用这种毫无人性的方式？也许，唯有一种解释尚有某些依据，那就是霸王硬上弓的野蛮民俗。的确，农村不乏这样的合家先例，但是毫不征询当事人的意愿，似乎不合常情，尤其与惠杏爱和谷门墩家所形成的良好关系大相径庭。

小说到这里又骤然而止，似乎给主人公惠杏爱又出了一个难题，她是再次留下来还是出走？答案留给读者去想象。作为一个中短篇小说，如此收束未尝不可，但作为一个长篇就不大合适，这个地方恰恰是作者需要正面用力的所在。在我看来，惠杏爱的第一次去留选择还带着无奈，那么这次选择对她来说才至关重要，这时的她已带领谷门墩家走出贫困，在理智上，在感情上，她都可以离开。可是，作者打住了。对于惠杏爱来说，一个非常富有表现力的情节被作者白白浪费。其实，作者只需让惠杏爱茶饭不思几天后突然从谷寡坡村消失就足矣，绝对比这个所谓“含蓄”的结尾更加合理合情。

也许因为让惠杏爱成为主角转移了我的注意力，我在第一遍的阅读中并未完全理解作者的真实意图，或者说理解偏了。《初婚》究竟要告诉读者什么？

间隔了大约两个多月，我再次拿起小说寻找答案。与上次不同的是，我这次首先翻到了作品的后记，尽管这样的读法不合常规，但我知道它能提供一些线索，我不会让作者牵着鼻子走。小说的主旨当然只能从作品的表现中去感受，作者的意图不妨参考。吴克敬是一个具有先锋思想的作家，他敏锐地捕捉到当下乡村面临的文化危机，从而发出了保卫乡村文化的呐喊。也许，这正是中国农民获得温饱后所面临的主要困境。

在当今描写农村题材的小说中，尚未见到有作家表现出这样的自觉与领悟。更没有人用小说传达出这种危机。吴克敬的这种意识与作为值得大书特书。只看到商品经济对农村的冲击所带来的村社文化的土崩瓦解，并表现出一种无奈的喟叹是远远不够的，贾平凹的《秦腔》就是代表。我们更期待正面的、建设性的拯救乡村文化的作品。《初婚》恰恰是做了这种开拓性的探索。而且，作者真实地选择了这个意图的担当者——谷冬梅和谷正芳，两个现代乡绅式的人物。的确，只有他们有能力、有意识完成乡村文化的恢复与重建。从这个意义上说，《初婚》的主人公并非惠杏爱，而是退休的谷冬梅与谷正芳。谷寡婆祠的重修与启用是这种精神的实践。

商品经济在冲击着美好的传统文化，如何保持善良、互助、自强的乡村传统，这是当代知识分子或者乡绅阶层共同思考的话题。乡村文化不能依靠乡民自身而需要有一定知识背景、一定经济力量支撑、一定声望和资历的人物来引导、提倡、推行。他们相对较早地觉悟，同时也有余暇。作为退休干部的谷冬梅与谷正芳刚好符合这种条件。谷冬梅在任的时候忙惯了，刚退下来还真不习惯，正愁着找不到有意义的事情做；谷正芳“右派”身份平反，心情大好，也想反哺村民。加之，他们都忧虑当下农村道德沦丧、祖宗精神难以为继的现状，两人一拍即合，商量重整谷寡婆祠。而且，立马动手，以惊人的速度，不到一个下午，就把谷冬梅家的闲房改成了祠堂，谷正芳献出了他偷藏的谷寡婆挂像以及祭器，村里同日结婚的三个新媳妇首先领受了谷寡婆精神的熏陶。村人为之振奋，好像过节一样，自发的锣鼓队前来助兴，家家门口燃起了鞭炮。是老百姓呼唤祖先的光荣传统还是单调的生活需要一些调剂？在我看来，也许后者的成分更多一些。普通村民其实是懵懂的，他们当然不拒绝美德的弘扬，可是他们不会如此自觉。清醒的只有谷冬梅和谷正芳等少数人。在这个过程中，惠杏爱的挺身而出恰逢其时，成了谷寡婆精神的现身说法，也成为谷冬梅与谷正芳推行乡村优秀文化的活教材。小说中有一个提法，惠杏爱就是谷寡婆的再生。这句话也曾经用到谷冬梅身上。如此说来，这两个女人身上都灌注了谷寡婆村的祖先精神，概括一下就是坚强、独立、良善、奉献。

但不用讳言，这种表现还有些遗憾。因为，惠杏爱这个榜样并不是谷寡婆祠树立的而是上官乐借助现代传媒宣扬的。虽然殊途同归，但作为乡村文化的自觉传承与发扬，谷寡婆祠就显得苍白无力。既然小说的主旨是鼓吹和重建乡村文化，作为活动的发起者和主人公却没有建设性的作为，这就让人不由得怀疑，到底谁是小说的主角？前文说过，从小说的客观情状，主角当然是惠杏爱；可是，从作者的主观意图看主角却分明是谷冬梅（谷正芳不过是个配角）。既然如此，谷冬梅的表现空间就得广阔，她的走向也应成为小说的主流，要为她量身打造更多的戏份。特别是在弘扬乡村文化方面，谷冬梅必须有正面的、丰富的表现。然而，我们看到的却非如此，谷冬梅的事迹在小说中主要是侧面描写的，是回忆性的补叙，是过去时态。她最多不过是惠杏爱的影子或者精神支柱。

乡村文化如何恢复与传承不只是建立一个宗祠或庙宇而是要在乡民的心里点燃道德的火种，要用实际行动惩恶扬善，要借助祖先的名义树立现代精神的楷模，要给惠杏爱一个好媳妇的民间称号。只有这样，谷寡婆宗祠才不会沦落为一个摆设。但是这一切其实都让位给政府的宣传部门，县委副书记带领妇联主席等有关领导到谷寡婆村为惠杏爱的孝行义举召开现场表彰会。不是说政府不应该插手这种民间活动，精神文明理应是政府分内的工作，但是相对而言，民间文化的主持者更应该有所作为，尤其是利用祖先的力量，甚至打着民间信仰的旗帜对村民的言行给予引导或矫正，最容易为民众接受，也能使这种精神的教化作用最大化。

不过有一个细节很值得玩味。传说中的谷寡婆是怀着身孕独自来到渭河滩边的这个村子并定居下来的，谷冬梅同样是怀着身孕从外地涉河来到这里的，她们都有着一段不为人道的情感辛酸，不难想象，让她们怀孕的男人绝对是她们不愿接受的对象，不然，她们也不会逃到异地他乡。所以，她们跨越历史的相似行为正好昭示着母性的情怀与追求独立尊严的愿望。这种情怀与愿望就是谷寡婆精神。但是，这种精神却没有在另一个谷寡婆的传人惠杏爱身上得到延续，因为作者没安排她出走！

选自《陕西新时期文学访谈及研究》，中国社会科学出版社，2019年

创作观念与创作实践的错位

——评高建群的《最后一个匈奴》和《统万城》

无论是二十多年前，阅读高建群的首部长篇小说《最后一个匈奴》，还是二十年后浏览他的另一部长篇小说《统万城》，笔者始终有一个困惑不得释然。为什么这两部小说从名字上都能勾起我强烈的阅读欲望，但最终掩卷却皆是失落。笔者曾经以为这是自己的阅读期待强烈受挫的缘故，事后发现，也不尽然。

大多数读者，也包括笔者，都企图从《最后一个匈奴》中看到一个强悍民族突然消失的过程与原因，但是，读到终了才发现，这部小说实际上并非描写这一内容，所谓“最后一个匈奴”不过是一个噱头，准确地说，是故事的某种背景或引子，主体情节完全与此无关。而《统万城》才是真正叙写最后一个匈奴的小说，按照高建群这本书的题记和尾歌所述：“这个来自中亚西亚高原的古老游牧民族，曾经深刻动摇过东方农耕文明和西方基督教文明的根基，差点儿改变历史的方向”，“统万城的修筑是一个大谜，匈奴民族在行将灭亡前的那天鹅一唱是一个大谜，宗教的创世纪亦是一个大谜”。由此可见，《统万城》企图破解这三个大谜，也就是，回答匈奴民族是如何影响农耕文明，如何差点改变历史的方向，佛教如何传入中国、改变中国。这是沉重的也是深刻的历史话题，但我们现在看到的文本却变成了最后一个匈奴王赫连勃勃与汉传佛教领袖鸠摩罗什的合传。

显然，从一开始，高建群就给我们一个严重的名实反差，所谓：文题不符。这也就难怪读者如我等有所失落。不过，这还不是要害，真正导致这两部小说不如人愿的实质是作者创作观念与创作行为的错位，具体到小说中，就是立意与文本的乖谬。

高建群具有很强的诗人气质，在很多宣传他的文字中也都有“浪漫主义文学的最后一位骑士”“中国文坛罕见的一位具有崇高感和理想主义色彩的写作者”的描述，由此可见，不管是同行还是高建群本人都早已将自己定位为浪漫主义作家。的确，他的才情或者禀赋更适合写诗和散文这类张扬理想、充分抒发作者主观情感的浪漫主义作品。所以，我们不时从小说中能发现作者的灵光闪耀，诸如机敏的顿悟、激情的迸发、辞藻的仓啷作响，包括一些零星的神来之笔。

在《最后一个匈奴》中有几个地方充分表露了高建群的浪漫主义强项。其一，他对陕北大文化包括匈奴民族中的悍勇本色以及他们张扬个性的自由精神的觉悟。他认为，“黑皮”性情就来自一种匈奴气质，“黑皮”是一句陕北方言，他的意思，大致与“泼皮”相近，也就是说，是无赖，但是在无赖的特征中，又增加了一点悍勇。①

> 在本书的上卷，伴随着革命苦难而又庄严的行程，我们注意到了，有一个若隐若现、时有时无，然而却不可或缺的副线贯穿其中，这就是陕北大文化现象对这场革命的影响……那么，是不是说，在温良敦厚的民族性格中，还有个性张扬的一种性格。②

而且他也给我们速写式地勾勒了这样一个人物——曹国舅，虽着墨不多，但他的所谓“狼狗哲学”，就是“黑皮”精神的一个方面。所谓：“咬人不咬人，先把尾巴乍起来。”③

其二，下卷中的主人公黑寿山也是作者把握得很好的一个角色。按

① 高建群：《最后一个匈奴》，作家出版社，1993年，封面勒口处文字。

② 同上，第489页。

③ 同上，第525页。

说，杨岸乡应该浓墨重彩，但从效果而言，黑寿山却熠熠发光。黑寿山作为陕北人的智慧、狡黠通过他平反杨作新的案子、治理沙漠、启动杏河子流域治理工程、安排自己的接班人等一系列动作，特别是离休后，跟着白云山道士为杨作新迁坟的细节，活灵活现地得到塑造。

其三，这部小说的神来之笔——为杨作新迁坟。似乎有点神神道道，但入情入理，特别是，此情节对小说开首的伏笔，做了完整的照应。这就是所谓陕北人“接石口窑”的理想：“杨干大想攒足足够的钱后，为祖上传下的这三面土窑接上石口。为窑接上石口，这是人老几辈的愿望。”①

但是，高建群的浪漫气质却与小说这种偏重叙事性的体裁不大匹配。我们当然没有浪漫主义原则不适合创作小说的意味，我们只是要强调，小说需要作者更加丰富且绵密的想象力，无论是历史还是现实的场景，都必须在作者的虚构下还原得细节逼真、线索清晰、故事充盈；但是习惯于创作诗与散文的作者，则往往止于即兴的灵感、粗线条的勾勒和主观的感情，对故事的过程以及细部不大关心，所以，高建群笔下的历史与现实状貌就显得散漫、干瘪甚至抽象。

《最后一个匈奴》更像是一篇抒情色彩浓厚的散文，作者对很多零散的资料并不进行有机地梳理与重构，只是觉得他们都围绕一个相同或相近的话题，于是就拿来作为支撑其话题的论据。这种创作策略或行为于散文是可以的甚至是优势，但与小说很不搭调。小说至少是一个完整的世界，哪怕是虚构的，也要与客观生活的步伐、节奏相一致，而不是完全主观的感叹。“陕北大文化现象”无疑是这部小说的主旨之一，高建群也自觉地选择了匈奴人与中原人的媾和传说、陕北人冬闲时节“下南路”的习俗、“黑皮”的民风、信天游的酸曲、剪纸艺术的超时代思维等等素材。然而，遗憾的是，这些原本很好的素材却被作为整个小说的背景因素，实际上，它们应该被内化为人物性格的成分。换句话说，小说的灵魂恰恰在

① 高建群：《最后一个匈奴》，作家出版社，1993年，第32页。

这些所谓背景的素材之中，作者应该泼洒笔墨去塑造陕北人的这种放达、悍勇、洒脱、浪漫，也就是通过这些承载着陕北大文化内涵的人物形象传达出这块神奇的土地的灵魂，而不是把他们作为道具、背景和衬托。高建群现有的这种处理等于是把原本需要转化的原材料直接作为商品零碎地出售，这就与他的创作初衷大相背离。他说：

> 本书旨在描述中国一块特殊地域的世纪史。因为具有史诗的性质，所以它力图尊重历史事实并使笔下脉络清晰，因为它同时具有传奇的性质，所以作者在择材中对传说给予了相应的重视，其重视程度甚至超过了对碑载文化的重视。①

于是他选择了依然风行于现代时间流程中的种种陕北大文化现象，作为人物活动的诗意的氛围和审美背景。他带领你结识了一群人物……他们隶属于四个家世迥异的家族，即吴儿堡与最后一个匈奴联姻的杨氏家族、自宁塞川南入高原的回族后裔黑氏家族、那古老的自轩辕氏时代就在这里定居的白氏家族，以及被我们戏称“赵半城”和“赵督学”的赵氏家族。

很显然，作者在情节的设计上就是明确地把“陕北大文化现象”作为人物活动的诗意的氛围和审美背景。“最后一个匈奴”的引子只是对这个杂合民族后代的一种血缘交代。他说：“这个家族故事，也许是对这一方人种形成的一个唯一的解释。”②而这个人种的特点就在于作者在小说中多处提到的具有“获得性遗传”③。

> 这话的意思是说，在人类漫长的行程中，它获得的一切，经验、智慧、苦难、失误、成功、屈辱、思考、教养、吃过的咸盐、跨过的桥梁、晒过的太阳，等等的这一切，并没有在一个人躺进棺材的时候，完全地带走，深埋于地下，他有可能通过遗传

---

① 高建群：《最后一个匈奴》，作家出版社，1993年，“后记”。

② 同上，第23页。

③ 同上，第295页。

基因，将这一切“获得”遗传给后世。[①]

也许在我们体内，真的有许多遗传的基因，他们来自我们上溯的每一位祖先的生命体验。大自然将这些获得储存起来，经过不知怎样的淘洗，在一定条件下，可能将它交给家族中的某一个以便去应对挑战。那些脚趾光滑的后裔，他们的性格像他们那眉眼分明的面孔一样，身上则更多地呈现出一种桀骜不驯的成分，他们永远不安生，渴望着不平凡的际遇和不平凡的人生。[②]

这也就是作者极力寻找和张扬的所谓匈奴人的野性。正如清朝光绪皇帝特使，翰林院大学士王培棻在《七笔勾》中的描述：“塞外荒丘，土鞑回番族类稠，形容如猪狗，性心似马牛，嘻嘻推个球，哈哈拍会手，圣人传道此处偏遗漏，因此上把礼义廉耻一笔勾。”[③]酸曲所传达的就是陕北人骨子里的奔放精神：穷欢乐，富忧愁，讨吃的不唱怕干毬。这种处理，在我看来，正好是本末倒置，如果反过来或许更理想。这就是高建群在小说立意与本文上的错位。另一方面，高建群的创作观念与其在艺术上的设计同样有所错位。他的创作观在《最后一个匈奴》中借杨岸乡之口有所表露：

小说艺术难道与人类的艺术实践者和理论总结者开了个玩笑，在经过几个世纪的探索之后，又不可避免地走成一个圆，转回到“讲故事”这个起点上去了吗？

而那些或者被他称为魔鬼或者被他称为天使的人物，他们既不是魔鬼也不是天使，他们是被自己命运的咒符所掌握的活跃在人生舞台上的芸芸众生。即便是最丑恶的人物，他也在字里行间为他的行为辩解，为他的行为的合理性搜肠刮肚地寻找最充分的行动根据，即便是最善良的人物，他也没有把他们写成理想的人

① 高建群：《最后一个匈奴》，作家出版社，1993年，第516页。

② 同上，第24页。

③ 同上，第491页。

物，他用调侃的揶揄的口吻，嘲笑着他们的无所作为。[①]

作者企图恢复小说讲故事的元旨，强调人物的平凡性。这就导致此书对事的重视，对人的忽略。《最后一个匈奴》中的人物除过黑寿山具有自身性格的逻辑运动及其血肉之外，其他人基本上只是个概念化的扁平符号。或者说，人物只是叙事的工具而已，而不是相反。而且，高建群的平凡人物的理念，也与他的浪漫主义风格不相合拍。浪漫主义风格小说中的人物恰恰应该是传奇性的，大善大恶，就像《统万城》中作者设计的赫连勃勃与鸠摩罗什。而《最后一个匈奴》中的杨作新、杨岸乡、丹华，包括黑寿山、杨娥子等却都是性格平凡的普通人。他们渴望以与生活同样朴素、同样多样性和同样多义性的状态表现出来，渴望突兀的峰巅与和谐的构建支撑起更大的空间；而作者本人思想的旗帜也渴望招展在更广阔的领域里，或者说有一块更广阔的草原以便作者精神上驰马。

作为高建群初试长篇小说创作的一番试探、一种追求，本无可厚非，但由于主客观的严重错位，作者企图"为二十世纪创造一部史诗"的宏图也就成了泡影。史诗主要在史，其次在诗。而且这里的诗也是泛义的文学，而不是诗本身。我相信，高建群不会犯如此低级的认识错误，但是，实际上，他确实在用诗的写法来构筑小说，这显然是违背文学创作自身规律的。我们不否认，有诗小说的体裁，但不是指用诗的方法、思维去写小说。每种体裁都有自己无法替代的特征，如果完全打乱，就不存在牛马之分了。

《统万城》的创作萌芽其实可以追溯到《最后一个匈奴》的写作时期，在这部小说的第383—384页，作者为了描述榆林城的三次搬迁，明确地提到了"统万城"以及赫连勃勃的故事。由此可见，陕北的这段传奇早就在他的脑海中储存了很久很久。但他的正式动笔却完全是一种偶然。在此之前，高建群把全部精力用在创作传记小说《鸠摩罗什》上，由于陕西

① 高建群：《最后一个匈奴》，作家出版社，1993年，第517页。

省政府拟将统万城遗址作为世界文化遗产申报，需要做某种宣传，他才答应写一个剧本《最后一个匈奴王》，恰在此时，《鸠摩罗什》的创作出现了瓶颈，用他自己后来的话说，有点写不下去，于是他“灵光一闪，何不把两段在时间上有交叉的故事融在一起呢？”所以，从一开始，《统万城》就是一部拼凑之作。笔者曾经问过高建群：“《统万城》是否达到了你的预期？”他说：“基本上达到了我之前的预想。不过，现在年龄大了，缺少写作《最后一个匈奴》时的激情，没有了倚马千言的感觉，写得很吃力，强自为之。”①

问题的根本还不在这里，而在于，即使写两个人的合传，也应按照他的设想，写出一个大智之花鸠摩罗什和大恶之花赫连勃勃。“我们的这部小说，是写一个大恶人的故事，这个大恶人叫赫连勃勃。同时，也是写一个大善人的故事，这个大善人叫鸠摩罗什。”②严格说，智与善是两个不同的性格特征。由此也不难发现，作者对鸠摩罗什的定位是不明确的，他并没有完全想清，自己应该侧重从哪一方面来塑造这个高僧的形象，是智还是善？也许有人会说，这两者并不矛盾，作为一个僧人，他的本性就是善的，他是既善又智。那就权当作者要同时描绘鸠摩罗什的智与善。但作品中的描绘却不能让读者信服，鸠摩罗什的智不如说是术，魔术，变戏法，障眼法。这种智不但让人怀疑，甚至无须推崇，因为其有伪善的成分在内。鸠摩罗什为什么不在前秦皇帝姚兴“使坏”，用宫女破他的修行时，就想方设法来化解？如果他事前就能成功地摆脱世俗的诱惑，那才真正显示他的智慧。可是，鸠摩罗什却是在破戒之后，面对文武百官、全体僧众的轻侮时，用一种魔法——吃钢针的行为来证明自己的修为。③这种情节的处理，自然是史出有据，但却与他的智与善毫无关系，一定程度

---

① 邰科祥：《陕西新时期文学访谈及研究》，中国社会科学出版社，2019年，第56—60页。

② 高建群：《最后一个匈奴》，作家出版社，1993年，第108页。

③ 同上，第130页。

上，近乎魔与怪。如此一来，就完全违反了作者良好的初衷。更何况，作者企图表现智与善以及恶的“大”。所谓超凡的智慧，极致的恶。然而，由于高建群过分拘泥于史实，不敢也没有充分地展开想象的翅膀，小说中的智与恶，基本上是我们在史料中，或其他作品、其他人身上常见的能力与行为。没有新的故事，没有新的发现，所以，这两个形象也就没有让人产生震惊的感觉。作者自己也不大满意：“歌者试图走近他，试图把这个草原英雄还原出他的真实……那么，歌者做到了吗？也许并没有。因为歌者更多地屈从于那些史籍和传说，而那些史籍与传说，从它产生的那个年代起，就已经有了许多的对当事人的偏见在内。”①

再进一步，我们期待从这部小说读到的是：强悍的匈奴民族究竟是因为什么情势，突然间从地球上消失？汉传佛教又是如何一步步为中国人所接受的？这两个历史之谜，是高建群对这部小说的初始设计，但最终我们没有得到答案。

有一番感叹，或只局限于灵感的闪现，对一首诗、一篇散文而言，大概从题材的容量上基本够了，但对一部长篇小说来说则显得特别单薄。故事，丰富的故事，哪怕这些故事完全虚构，但只要合情合理，一部小说才能完全立起来。

匈奴是千年行族，后来却建起了历史上唯一一座城堡，想变成永久居国。这说明，这个民族是在汉化中逐渐被消融的，匈奴的消失再一次证明了汉文明的强大。历史上的赫连勃勃对汉人中的知识分子大加重用，他也张口闭口就是汉典《诗经》，他为统万城东南西北四个城门所起的名字，包括自己的赫连之姓无不来源于汉文化，所谓：招魏门、朝宋门、服凉门、平朔门等，就是明证。

在《统万城》中，我们也看到这样的表述：“在那个年代里，草原民族以接受中原文化、洞悉中原文化、崇拜中原文化为时尚，我们的赫连勃

---

① 高建群：《统万城》，太白文艺出版社，2012年，第231页。

勃也不能免俗。”[1]当统万城建成，《统万城铭》揭牌时，“赫连勃勃摸着上面的字。仰天长叹曰：此石碑是一个历史的拐点，经典时间。千年行国，自此改换门庭，终于变成永久居国了。列祖列宗们有知，当含笑于九泉之下了。”[2]这就产生一个疑问，高建群究竟要传达一种什么思想：是匈奴民族的强悍、自由精神对汉民族温婉、保守传统的冲击还是汉民族的博大、包容、文明对野蛮、弱小民族的同化？根据历史的事实以及作者客观的描写无疑是后者，但从高建群对这本书的主题设计，又似乎是前者。“一部中华民族的历史，是以一种另外的形态存在着的。这另外的形态就是：每当那以农耕文明为主体的中华文明，走到十字路口，停滞不前，难以为继时，马蹄踏踏，胡笳声声，游牧民族的马蹄便会越过长城线呼啸而来，从而给这停滞的中华文明以动力和生机，以新的胡羯之血。”[3]

这不能不说是一个巨大的矛盾。无论是对最后一个匈奴的民族还是对最后一个匈奴王的迷恋与叙述，高建群的主观倾向都是很显然的，他赞美、呼唤匈奴民族的勃勃生机，他要把这个民族的优势与传奇呈现出来，这个愿望与雄心不能不让人敬佩与期待，然而，两部小说，时隔二十多年，换了角度，或者运用了多重视野仍然没有达到理想的效果，这不能不是一个大的遗憾。作者似乎没有进行过相应的反思，他甚至还沉迷在虚幻的洋洋自得中，以为这是自己最成熟的作品。也可能受到某些批评家的纵容，如李星先生所说：“上天生下高建群这个作家，就是为了让他写作《统万城》的。它将成就高建群的文学高峰。”

这本书出版以后，批评界有很多鼓励与肯定的声音。李星认为：“这是白话文以来中国小说真正意义上的史诗。”以前，大都是不符合史诗的文本。但《统万城》与西方荷马史诗的传统相连，是真正意义上的史诗体、圣经体，使用的是《圣经》《古兰经》的文笔，给人以崇高的感觉，

---

① 高建群：《统万城》，太白文艺出版社，2012年，第123页。

② 同上，第204页。

③ 同上，第232页。

而这一点正是中国文学最缺乏的。

很显然，高建群很自信《统万城》的史诗体，用他的话说是“歌行体”，但他恰恰忽略了史诗的核心是史而非诗。而且，他把史诗之诗也机械地理解为作为纯粹体裁的“诗”或抒情类形式，这显然也误导了他的创作走向。众所周知，史诗是指具有文学性质的历史描写，而非用诗写成的历史。大概正是这一点，让高建群把更多的精力花在小说的形式探索或创造方面，而对小说的内涵大大轻视，更重要的是，他的创作立意与文本的严重脱节。这就是这两部小说最终没有树立起来的根本所在。遗憾的是高建群始终没有这个意识。

选自《陕西新时期文学访谈及研究》，中国社会科学出版社，2019年

族长的形象自觉及其文化意义

——白嘉轩再论

在中国现当代文学史中，曾经有一类人物形象让读者记忆犹新，那就是地主。在20世纪80年代前，作家笔下的韩老六、杜善人、钱文贵、江世荣、冯兰池、黄世仁、南霸天、周扒皮等凶恶的地主形象早就固化在一代人的头脑中。所以，当《白鹿原》中的白嘉轩出现的时候，很多人不由得惊呼，“好地主”或者“新地主”出现了。

早在《白鹿原》出版的1993年，评论家蔡葵就说：“作品的新，表现在写了两个地主，作为主人公、正面人物，在新文学中很少见，这种全新的地主形象，我们能接受，有征服力。”[①]曾镇南也说：“作品主要写了两户地主和他的儿女们的命运，表面上消解了阶级斗争，实际上有更深刻的阶级对抗。”[②]

直到2008年，还有评论者林觉民以《好一个“大写”的地主——试析〈白鹿原〉中白嘉轩形象的创新意义》为题来表述白嘉轩的形象。此文说：“白嘉轩的形象颠覆了长期以来我们在文艺作品中司空见惯的‘贪婪、吝啬、凶残、狠毒、淫恶’的地主形象，而给读者一种耳目一新的阅

---

① 人民文学出版社编辑部编：《〈白鹿原〉评论集》，人民文学出版社，2000年，第431页。

② 同上，第435页。

读感受；同时，白嘉轩还以其独特的地主身份和经历，引发当代读者对地主这一特殊阶层的重新审视和评价。”[1]然而，笔者在2009年采访作者陈忠实时，他却这样回答：

很多评论者都提到白嘉轩是一个好地主、新地主形象。如果放在文学史上地主类人物的形象画廊中去看，他的确与以往的形象大为不同。但是，实际上一开始我根本就没有这个意识，我没有想着去塑造一个新地主的形象，更没有想着把白嘉轩与南霸天、黄世仁等有意区别开来。[2]

也就是说，在作者自觉的创意中，“好地主”或“新地主”的概念就不存在，他根本不想从这个视角去塑造他笔下的主要人物。陈忠实说：

我没有自觉地反叛以往地主类形象的写作意识，而且在我的观念里，我并不否认现实中真有黄世仁之类的地主。我只是不想用以往的阶级斗争观念去描写人物，如果非要说有反叛的话，这一点可能是明确的，即我在上世纪80年代中期接受了一个文艺理论家的文化心理结构学说，我是用这个理论来塑造人物的。[3]

二

陈忠实非常明确地告诉我们，他塑造白嘉轩这样的人物，是摒弃了以往的阶级斗争观念，而用他所认同的文化心理结构学说作为理论支撑。

而且，他也着意选择了一个新的字眼或概念来给他笔下的人物命名，这个字眼就是“族长”。“我没想着写一个地主，而是要写一个

① 林觉民：《好一个“大写”的地主——试析〈白鹿原〉中白嘉轩形象的创新意义》，载《名作欣赏》2008年第2期。

② 邰科祥：《创作成就取决于作家的敏感、深刻和独特——陈忠实先生访谈录》，载《文艺研究》2009年第11期。

③ 同上。

族长。”①

当笔者从他口中听到这个名词时有点意外，但更多的是困惑。在我最初的期待中，希望他承认白嘉轩就是一个好地主或新地主的形象。然而，陈忠实不但明确否认其具有这个意识，而且还要换一个名词我内心当时觉得他有点故意标新立异，或者说玩文字游戏。直到很久之后，我才意识到，族长的称谓有其非同寻常的意义。

族长与地主根本不能画等号。它与经济实力有关也无关，不是谁地多业大就能成为族长，除了地多，还要有其他方面的资质。正如作品中的朱先生提醒白嘉轩说：“房是招牌地是累，攒下银钱是催命鬼。”拥有过多的土地，成为地主，早已不是实践朱先生思想之白嘉轩的目标。《白鹿原》中的鹿子霖从土地的拥有量上说不弱于白嘉轩，甚至几度都超过他，而且从本心里，鹿子霖也特别想做这个族长，但事实是他就是做不成。用陈忠实的话说：“也不是谁都可以做族长，一般来说族长不会是穷人，当然也不一定是大地主，常常是我们称作财东的人为多。”②

族长不是一级行政官吏，不是政治身份的标志，他没有行政权。“他们没有国家赋予的行政权，他们主要依靠一个宗族自己制定、延续的‘乡约’来规范约束族中人的行为，这个‘乡约’其实是儒家思想的通俗化。”③所以，族长其实就是一个文化符号，是民间乡约、秩序的代表，是族众自发推举或拥戴的精神领袖。他们在乡村的地位凌驾于同层次政治与经济人物之上。“在乡村最有权威的人是宗族势力，它的代表人物就是族长。”④

族长是一个历史概念，它具有鲜明的时代印记。在封建制度延续的时代，它是一直通用并具有实际功能的民间自治领袖。但在民国之后就逐渐

① 郜科祥：《创作成就取决于作家的敏感、深刻和独特——陈忠实先生访谈录》，载《文艺研究》2009年第11期。

② 同上。

③ 同上。

④ 同上。

被淡化，直到新中国成立后就再也不复存在。地主的形象虽与之有一定重合，但地主这个阶级概念的出现已到了20世纪20年代之后。所以，要描述新旧交替时代区间的这类人物就只能用族长的称谓。

另一方面，对《白鹿原》主旨的设计同样呼唤着族长的形象。陈忠实说："我所想最多的是，处于封建制度解体、民国建立这种改朝换代的特殊区间的中国人到底做了什么，我们传统人格中一个完整的人是什么样的？"①

在这个改朝换代的特殊区间的中坚人物就是族长，正是他们承袭着老祖宗的文化基因，艰难地维持着家族的稳定。同样，传统人格中完整的、理想的代表仍然是族长。所以，陈忠实倾其心力塑造了白嘉轩的形象。

在陈忠实看来，只有族长的形象才能够完整地显现中国传统文化或者价值观对个体性格的塑造过程与结果。白嘉轩是传统文化的践行者，儒家思想的精华与糟粕在他身上完整地得到体现。他做到了非礼勿视，非礼勿听，非礼勿行。他做事光明磊落，从不偷偷摸摸；他为人言出必行，说到做到；他对所有人都一视同仁，对儿子犯错从不护短，对长工鹿三敬重如兄；他疾恶如仇，见善必迁，连他的腰也总是挺得很直，让黑娃一辈子都感到敬畏。可以说，做一个君子似的好人和洞达世事之人是白嘉轩的理想与信念，当然也是小说作者陈忠实的希冀与追求。

白嘉轩的君子之风无需多言，但对他圆融通透的行事准则还要多提几句。众所周知，朱先生是《白鹿原》这部小说的灵魂，更是白嘉轩的人生导师。他以大儒的睿智，同时也以兄长的丰富阅历和人生体悟指点白嘉轩："房是招牌地是累，攒下银钱是催命鬼，房要小，地要少，养头黄牛慢慢搞。"他传递的是儒家中庸思想的精髓，所谓：不过亦不能不及，不贪或知足常乐是幸福的真谛。

当时，处于盛年的白嘉轩还想发家致富，振兴家族，所以似乎不愿

① 郎科祥：《创作成就取决于作家的敏感、深刻和独特——陈忠实先生访谈录》，载《文艺研究》2009年第11期。

接受这种有度发展、见好就收的提醒。他更没有充分意识到这句话的文化分量，直到他进入暮年方逐渐领悟。他劝做了县长的儿子白孝文要有所收敛，不要张扬。尤其是小说结尾的描写既展现了白嘉轩经历了气涌头顶、血蒙双眼的巨大刺激后对人生的顿悟过程，也曲折传达出作家陈忠实的某种价值象征——世事似应糊涂过，睁一只眼，闭一只眼。白嘉轩重新出现在白鹿村村巷里，鼻梁上架起了一副眼镜。这是祖传的一副水晶石头眼镜，两条黄铜硬腿儿，用一根黑色丝带儿套在头顶，以防止掉下来碎了。白嘉轩不是鼓不起往昔里强盛凛然的气势，而是觉得完全没有必要，尤其是作为白县长的父亲，应该表现出一种善居乡里的伟大谦虚来，这是他躺在炕上养息眼伤的一月里反反复复反思的最终结果。微显茶色的镜片保护着右边的好眼，也遮掩着左边被冷先生的刀子挖掉了眼球的瞎眼，左眼已经凹陷成一个丑陋的坑洼。他的气色滋润柔和，脸上的皮肤和所有器官不再绷紧，全都现出世事洞达者的平和与超脱，骤然增多的白发和那副眼镜更添加了哲人的气度。他自己一手拄着拐杖，一手拉着黄牛到原坡上去放青，站在坡坎上久久凝视远处暮霭中南山的峰峦。

总之，儒家思想的精髓及其价值观念主导着白嘉轩一生的行止。由此可见，陈忠实有意区分“地主”和“族长”的人物称谓显然不是简单的用词之别，而是蕴含了他自觉的思考。

二

族长形象的塑造尽管是对中国当代文学人物画廊的一个崭新贡献，但它的意义却不限于此，我们还可从更广阔的背景上加以思考。

首先，族长的形象塑造有助于揭示中华民族生生不息的源泉。《白鹿原》中的族长不能单单理解为白、鹿两族的首领，实际上，在作者的思考中，它也是中华民族世代脊梁的代表。陈忠实显然不是讲述一个家族的故事，而是反思整个中华民族延续几千年而不衰落的原因。为什么作为世界上四大古文明之一的中华民族，其历史唯一没有间断，就是依靠着像族长这样的精英和脊梁才得以持续。所以，白鹿家族是中华民族的缩影，白鹿原的族长也是中华民族世代英雄的化身。

陈忠实还特别指出，延续几千年的传统文化中尽管有腐朽的基因，但主要是优良基因在发挥着作用。“我有一个很清醒的理念：那就是如果传统人格、文化全是腐烂的、糟朽的，在乡村具有重大影响的人都是黄世仁、刘文彩，那封建社会还能延续两千年吗？虽然有些朝代的皇帝昏庸无能，但总体的传统文化精神未变，绝不能简单地用腐朽一词来概括。王朝更替，人的文化心理结构不变。准确地说，支撑我们民族延续几千年的文化因素是最优良的基因与最腐朽的基因的结合物。”①

新中国成立后，受阶级论观点的影响，封建制度被视为腐朽透顶的制度，没有任何正向的价值可言，这种简单的文化虚无主义导致了较长时间内中国人对自己历史传统的严重误解甚至全盘否定，实际上也给自己造成一个难以自圆其说的巨大困惑。按照一般的逻辑，一个制度中如果没有进步的、合理的因素，它怎么能存在几千年之久？然而，很长时间以来，没有人愿意或敢于认真地思考这个问题。《白鹿原》应该是在文学领域最早直面这个话题的作品。所以，在一定程度上，陈忠实是为封建主义唱了一首赞歌。这一点，其实在《白鹿原》出版的当年，费秉勋就专门指出过，可惜没有引起很多人的注意。费秉勋说：“对于中国封建制度生命活力和长命因缘的揭示，也应成为中国文学用武的一个领域。白嘉轩这一人物的塑造，就不期而然地做了这种独特的工作。”②

这种“生命活力”或优良基因实际上已经内化为中国人心理的深层结构，成为左右中国人几千年行为的集体无意识。“文化心理结构在我看来是一个深层的人性特征。中国人和西方人在外形上好辨别，差异不大，无

---

① 郃科祥：《创作成就取决于作家的敏感、深刻和独特——陈忠实先生访谈录》，载《文艺研究》2009年第11期。

② 费秉勋：《谈白嘉轩》，载《小说评论》1993年第4期。

非一个是黑眼睛、黑头发，一个是蓝眼睛、黄头发。这些很表面，真正的差别在心理结构，尤其是做人。《白鹿原》中提到的‘乡约’实际上就是普及到中国乡村的心理结构，它能判断人和事的好坏、高下、是非。”①

这个集体无意识具体地说就是以儒学思想为主体的价值观，不论是改朝换代还是政党纷争，不管是作为个体的为人处世的准则还是作为协调人际关系的基本规范，几千年来，都是它在一直发挥着支配性的作用。

其次，族长的形象的成功塑造揭示了推动历史发展的内在动力。在《白鹿原》之前的同类题材的作品中，意识形态的立场成为作家审视世界的唯一工具：一方面沿用阶级分析的观点，对人群进行简单的归类；一方面局限于历史教科书的材料，对众所周知的事件给予人云亦云的解释。尤其是涉及中华人民共和国成立前国共两党的敏感话题，就更没有作家敢于跳出这个阈限。

但《白鹿原》则试图站在民间的立场，为中华民族书写一部人类的秘史。这部秘史并非轶闻趣事，更非宫闱私密，而是中华民族的心灵史。此前的历史教科书以及历史小说，大多注目表层的社会事件和领袖人物而忽略或无视人心的轨迹以及普通民众的生活。这样的历史叙事无疑只能就事论事，浮于表面，难以挖掘出历史背后的动力。我们常说一句熟语：人民是历史前进的动力。这当然没有问题，但人民的“什么”在推动历史才是我们更加关心的问题。这个问题数千年来没有人主动回答或去自觉地探索，《白鹿原》借助族长这个形象的塑造正好回答了这个问题。一个家族的兴盛有赖于他们数代祖先所总结、流传下来的经验，就像白家的“匣匣经”保证了他们家族的不败和强大。一个民族的昌隆同样有其被时间反复验证的优良传统。《白鹿原》中有这样一段话：

白嘉轩从父亲手里承继下来的，有原上原下的田地，有槽头的牛马，有庄基地上的房屋，有隐藏在土墙里和脚底下的用瓦罐

① 郃科祥：《创作成就取决于作家的敏感、深刻和独特——陈忠实先生访谈录》，载《文艺研究》2009年第11期。

装着的黄货和白货，还有一个看不见摸不着的财富，就是孝武复述给他的那个立家立身的纲纪。[1]

白鹿宗族繁衍不乱的传统就是这个内在的“纲纪”和我们在前文反复提到过的乡约：德业相劝、过失相规、礼俗相交、患难相恤。那么，中华民族几千年屹立于世界民族之林而不倒的精神支柱无疑就是“仁义礼智信”等等优秀的传统价值观。《白鹿原》通过白嘉轩作为族长的正面形象以及鹿子霖作为“乡约”的负面形象完整地演绎了人性的内在动力。

陈忠实以一部长篇小说为自己赢得生前身后名，《白鹿原》之所以长销不衰并逐渐地成为当代文学经典，其奥秘恐怕都在这里。中华传统文化的精华，尤其是儒家思想的价值观至今还在支配着华夏儿女的思维和言行，它已经内化为中国人的集体无意识。党的十八大以来，社会主义核心价值观得到重新表述，更具时代特色，但不管是从国家层面、社会层面或者个人层面，其精神指向依然与传统价值观一脉相承。所以，我们凸显《白鹿原》借助“族长”形象的塑造所传达的深层意义也正是在反溯现代价值观的根系，从另一个侧面为“爱国、敬业、诚信、友善”等核心价值语汇提供思想的支撑。

原载《商洛学院学报》2019年第3期，原文无副标题

（本文系与李继高合作）

① 陈忠实：《白鹿原》，人民出版社，1993年，第300页。

多点并证是研究路遥的正途

从微信朋友圈看到《中华读书报》2019年8月28日刊载的李建军博士《路遥有没有说过那句话？路遥兄弟失和的原委》的文章，起初，笔者很惊讶他做学问的细致，感觉到他似乎说清了路遥研究中一个大家忽视的小问题，但时隔半天之后，笔者却越想越不对劲。

论据的取舍

面对李博士引证航宇《路遥的时间：见证路遥最后的日子》（以下简称《时间》）一书中所提供的最新论据，我们该做何解释？这就涉及学术研究中一个普遍的问题：如何判别资料的真伪？尤其是在缺乏物证或当事人亲言的背景下，面对不同旁证，我们应该如何取舍？具体到"王天乐是否去过火车站？"目前涉及三个直接证人，其中两人发了声，一个是航宇，一个是王天乐，但他们彼此的说法截然相反。在这种情况下，按照最简单的办法，我们如能听到第三者的声音，这个问题似乎就能解决，但实际上并没这样简单。因为，远村说：

> 我真的想不太清了，最近老有人问。我这个人记忆太差，自己的诗都记不住。当年整天跟路遥在一起，没有刻意去记那件事。年深日久，更为模糊。①

① 笔者与远村的微信聊天记录。

既然远村不表态，我也没有办法。不过，我却在远村回忆路遥的文字中找到两段很有意味的记述：

> 我在路遥最后的几年，跟他交往颇多，他在西京医院住院时，我既要照看他女儿的生活，还要每天去医院，跟九娃轮换着伺候路遥。[①]

《病中的路遥》一文中，远村对他照顾路遥的时间说得更加具体：

> 我是在1992年10月2日开始，每天去医院侍候路遥，一直到他去世的那一天。[②]

然而，我们在航宇的书中只看到1992年10月11日，远村带路遥女儿来西京医院看望路遥的记录，而且，航宇还说：

> 九娃的到来使路遥十分开心，不像在延安时那么排斥他了，他也觉得在医院里光我一个人不行。[③]

很显然，航宇说在九娃到来前，是他一个人在医院。那么，是远村的记忆有误，还是航宇的记述不符合事实？或者两人都有问题？

由此看来，王天乐去没去过火车站这个问题是难以说清了。三个当事人中，王天乐说他去了，但是王天乐已经去世，再无法辩白。健在的两人中航宇说他没见王天乐，远村说他记不起来了，而且远村与航宇在回忆路遥某些重要事实的记载上出入很大，那么他们类似言论的可信性就不能不让我们有所怀疑。

那么，李博士只以航宇的言论为据就断定王天乐没去火车站，显然缺乏说服力！因为仅有一面之词明显契合了学术研究中最基本的“孤证不立”原则。

况且没见不等于没去，这是两回事。也许他们兄弟可能背着航宇他们见过面，也许王天乐把送钱的时间或地方记岔了，也许根本就不存在航宇

① 远村：《路遥二三事》，载《各界》2003年卷首。

② 远村：《病中的路遥》，载《喜剧世界》1993年第12期。

③ 航宇：《路遥的时间：见证路遥最后的日子》，人民出版社，2019年，第314页。

送路遥到火车站这件事，这所有的可能性谁也不能否认。

既然王天乐去没去火车站的情形难以说清，我们不妨从“路遥是否收到王天乐所送的5000元钱”这个关键疑问入手另路考察。关于这个问题，我们能找到很多旁证，遗憾的是李博士却视而不见。

叶广芩在1992年4月2日从日本回到西安去看望路遥，路遥曾说：“奖金一万块，还没出北京，一半就请了客。”[①]白烨回忆：

> 我至今记忆犹新，那个时候的茅盾文学奖，奖金只有5000元。领完奖，路遥约了在北京文学界的陕西乡党在台基厂附近一家饭店聚餐庆贺，因不断有人加入，一桌变成两桌，两桌变成三桌，结果一顿饭把5000元奖金吃完了。[②]

李天芳在《财富——献给路遥》一文中写道：

> 在外界一片纷纷扬扬的赞誉声中，我们都知道路遥认真干的一件事，则是把北京和省里给他的奖金，以孩子的名义存进银行。两笔奖金不多不少，恰是一万元整。这一万元，也成了他身后留下的唯一一张存单。[③]

现在让我们梳理一下这几个旁言中对“5000元”这个关键数字所印证的结论：1.路遥从北京只领了5000元奖金；2.路遥领完奖（金）后请客花了5000元；3.路遥临终前的唯一存款是北京茅奖的5000元加上陕西省政府奖励的5000元。由此可见，路遥在北京请客的花费根本没有动用北京奖金中的一文钱，那么，请客的5000元钱由何而来？李建军与航宇都无法回答，然而，王天乐却有说法：

> 当我把路遥目前存在的困难向他说明后，……他立即找来一个人士，说先拿5000元，立即送给路遥……我拿着5000元赶到西

① 叶广芩：《琢玉记·清涧路上》，北京十月出版社，2015年，第367页。

② 白烨：《是纪念，也是回报（序二）》，见马一夫、厚夫、宋学成主编《路遥纪念集》，人民文学出版社，2007年，第12页。

③ 李天芳：《财富——献后路遥》，见李建军编《路遥十五年祭》，新世界出版社，2007年，第139页。

安，这时路遥已到火车站。[①]

很明显，路遥在北京请客花费5000元的数目与王天乐送给他5000元钱的数目完全吻合。有人可能会说，这会不会是路遥自己此前的存款？但是根据我们掌握的资料，当时的路遥可以说分文不具，5000元在1991年相当于路遥整整三年的工资。路遥当时的工资是“文艺11级，每月140元”[②]。而他从1985到1991年六年间的稿费收入是三万元左右。不算他给大家和小家的支出，单就他本人的日常消费就不够用。

> “哥哥虽然写了不少作品，但生活一直很清贫，写书赚的稿费还不够日常生活开支。”王天笑说。路遥喜欢抽好烟和喝咖啡，路遥喜欢的是一种叫恭贺新禧的烟，这种烟在那时是8块多钱一盒，路遥离开了烟和咖啡什么也干不下去。[③]

有人简单算了一笔账，路遥写《平凡的世界》洋洋百万言，花费了六年时间，每天平均两包烟，二十元钱上下，六年就抽掉四万余元，按当时的稿酬，完全不抵烟钱。[④]就连航宇也转述路遥本人的话说：

> 我不是在你跟前哭穷，就茅盾文学奖那点奖金，我在北京请几个朋友吃饭，一顿饭就吃得没几个了。你不知道，我的稿费也没挣到多少，前前后后折腾了六年时间的《平凡的世界》，稿费也就三万来块，这些都能算出来。[⑤]

这些数字，只需简单地加减即知，路遥在1991年左右的所有收入总和与他日常的全部支出数额应该是基本持平或者可能还是负数。也就是说，1991年3月进京领奖的路遥的确分文不具，那么他请客的5000元钱最可能的

---

① 王天乐：《苦难是他永恒的伴侣》，见马一夫、厚夫、宋学成主编《路遥纪念集》，人民文学出版社，2007年，第329—338页。

② 王刚：《路遥年谱》，北京时代华文书局，2016年，第270页。

③ 秦绪芳：《家人追忆路遥的世界》，来源：半岛新闻网，2007年11月23日，网址：http//news.bandao.cn/newsprint.asp?id=545597。

④ 张艳茜：《路遥传》，陕西人民出版社，2017，第276页。

⑤ 航宇：《路遥的时间：见证路遥最后的日子》，人民出版社，2019年，第108页。

来源就是王天乐所说从“公家”筹措而来。

而这一点在王天笑那里也得到了明确的佐证。这一点非常关键！因为李建军所引航宇转述王天乐“到处伸手向人家要钱，他要的钱都哪里去了”的直接话源就是九娃（王天笑——笔者注）。然而，在接受记者采访时，王天笑明确说出了这个钱的去处。

> 路遥的生活经常到了山穷水尽的地步，兜里没有一分钱。当年去北京领茅盾文学奖，路费是自己借的，请客吃饭的钱是让王天乐去借的。①

两个王天笑，我们该信哪一个？对笔者来说，当然信后者，因为记者是旁观者，与航宇和王天乐两位当事人都无瓜葛！而且记者又是直接采访。

那么到这里，我们还有什么理由怀疑王天乐所记载的那句话呢？5000元钱与“日他妈的文学”这句话是一种不可拆分的紧承关系，既然5000元存在，为5000元生发感叹就顺理成章。

可李博士却自始至终坚信航宇单方的言论，哪怕航宇的言论有很多漏洞和矛盾也在所不辞，这不能不让我反思，为什么航宇的言论就如此可信，而王天乐的言论就一钱不值？

论证的实施

李建军博士在这篇文章中除了引用这则新发现的资料，还选择了三种论证的技巧来强化他的中心观点。

首先，他从修辞角度，考证“日他妈的文学”这句话太粗野，故认为不会出自热爱文学的路遥之口。

> 让我尤感困惑的是：一个对文学如此热爱和虔诚的作家，一个苦行僧般的文学圣徒，怎么会如此粗野地问候文学的“母

① 秦绪芳：《家人追忆路遥的世界》，来源：半岛新闻网，2007年11月23日，网址：http//news.bandao.cn/newsprint.asp?id=545597。

亲”？就我所知，古今中外，似乎没有一个作家如此轻慢地抱怨文学。[1]

这个“困惑”很有意思。爱一个东西就不能抱怨，就不能说粗话，说粗话就是不爱？“日他妈”是一句粗话，它往往在民间被广泛用来表示一种很难用现成言语传达的感情，而且用在特定的时刻和场合下，这个词似乎最有力度。所以，我们不能因为它是国骂就简单地视它为粗俗、肮脏。假如我们把“日他妈的文学”这句话替换成“文学这个妖魔”似乎文雅些许，却失去了“日他妈的文学”所具有的情感冲击力，也不适宜在口语中使用。

陈忠实面对一个不懂文学的领导曾说：“你懂个锤子！”邹志安说：“文学是个毬。”[2]而这些不雅的词语如今都成了传播广泛的名言。那么，这句如此经典的“日他妈的文学”，为什么就不可能从路遥嘴里说出？

恰恰在航宇的《路遥在最后的日子》[3]一文中，我们不时看到，路遥常常脱口而出：“日他妈”这句口头禅。

“哎呀，我日他妈的，得花这么多钱。”

“噢，日他妈，一天过得真快。”

“哎呀，吃美了，这一天他妈的总算过去了。”

“日他妈的，把我整扎了。”

既然如此，路遥在那种尴尬的情境下向他热爱的文学爆出粗口不是顺理成章吗？文学事业对路遥来说既是快乐的也是痛苦的。所以，他既喜也恨，正是这种爱恨、苦乐交织的复杂情感才使他有可能随口而出这句表

---

① 李建军：《路遥有没有说过那句话？路遥兄弟失和的原委》，载《中华读书报》2019年8月28日。

② 邢小利：《从夏天到秋天》，见李建军编《路遥十五年祭》，新世界出版社，2007年，第73页。

③ 航宇：《路遥在最后的日子（节选）》，见李建军编《路遥十五年祭》，新世界出版社，2007年，第89-123页。

面粗俗的言语。曾记否？在他为《平凡的世界》一书“画上了最后一个句号。几乎不是思想的支配，而是不知出于一种什么原因，我从桌前站起来所做的第一件事，就是把手中的那支圆珠笔从窗户里扔了出去”[①]。他还说：

> 我已经有一些所谓的“写作经验”，但体会最深的倒不是欢乐，而是巨大的艰难和痛苦：每一次走向写字台，就好像被绑赴刑场；每一部作品的完成都像害了一场大病。[②]

这种扔笔的行为和写作经验如果不用“苦恶”的情感来注释还能用什么？在20世纪90年代，路遥从物质上非但没从文学中得到任何好处，反而在经济上常闹饥荒。当一个作家面对这种精神上富有、物质上贫穷、既光荣又有失尊严的两难处境时，我不知道除此之外还能用什么更恰当的语言表达这种复杂的感觉呢？

其次，李建军博士利用别解王天乐言论的方式为自己的观点积攒证据，再用“心迹对照”的方法证明这句话不像是路遥所言而更像王天乐本人的臆造和虚构。

他专门列举出王天乐不懂文学、仇恨文学的言论。这其实涉及对别人言论的解读问题。李博士是一位文思缜密、感觉敏锐的批评家。但我感觉他对一些公认的明显意义却常常有与大众背反的理解，而这种理解并不是独特的而是怪异的。

王天乐说“最伟大的作品就是父亲种过的地”“我会恨它一辈子”。这两句话如果掐头去尾地看还真有这个意思：他恨文学，但我们还原这两句话言说的语境恐怕就不会得出这种结论。

> 有一次我对路遥说，你为什么要当作家，好好当个《延河》杂志的编辑，吃得白白胖胖……你看现在，咱俩过的是牛马一样的生活……你会累死的。等你写完《平凡的世界》后，我再也不

---

① 路遥：《早晨从中午开始》，西北大学出版社，1992年，第146页。

② 同上，第36页。

想文学这件事了。我要回家半年，帮助父亲种地去呀……我认为最伟大的作品就是父亲种过的地……我认为文学是无比博大的，但是我恨它，我会恨它一辈子……[①]

通过这一段引述，我们马上明白王天乐并非恨文学本身，而是恨文学给兄长带来的痛苦与劳累。他通过对路遥创作过程的长期观察，深刻体验到从事文学事业所要经受的艰辛与灾难，尤其是目睹路遥身体因此被疾病“吞噬”，过着牛马一样，甚至比牛马更苦的生活，他就更加反感和厌恶这种有名无实的“东西”，他宁愿去像父亲一样种地。这就是他说“最伟大的作品就是父亲种过的地”“我会恨它一辈子”这两句话的由来，难道不正常吗?

李博士应该是没有认真阅读王天乐这篇信息丰富、价值非常的原文，只是根据厚夫《路遥传》中的间接陈述就断章取义地做出这种别解，这显然是有失严谨的。让我们再看李博士如何解读王天乐的另一段话。王天乐说路遥：

你就是个弱智。你想过没有，我好不容易争取的这么点时间，赶快采访一两篇稿子，你怎么就把这么些不上串的事打电话叫我跑来，别人知道后肯定会认为咱们是精神病。[②]

这段话，从常人的角度看，就是表明一种生活立场，与文学无关，可是李博士却解读为：

就文学来看，王天乐实在算不上路遥的知音，也算不上能与路遥产生深刻共鸣的精神上的兄弟……路遥郑重其事地将田晓霞的死讯，告诉自己的弟弟王天乐，也就不是什么“弱智”和“精神病”，而是一个优秀作家极为正常的心理反应和情感表现。[③]

---

① 王天乐：《〈平凡的世界〉诞生记》，载《榆林日报》2000年10月28日。

② 王天乐：《苦难是他永恒的伴侣》，见马一夫、厚夫、宋学成主编：《路遥纪念集》，人民文学出版社，2007版，第334页。

③ 李建军：《路遥有没有说过那句话？路遥兄弟失和的原委》，载《中华读书报》2019年8月28日。

这与文学的“知音”和“共鸣”有何关系？王天乐只是对路遥生活上的弱智行为表示愤怒，认为路遥没有必要把一个公务在身的人从遥远的地方随便唤来专为听他的情感表达。

而且路遥因为陷入文学太深而在生活上变得弱智也是事实。路遥亲口承认：

> 我由于隐入很深，对于处理写作以外的事已经失去智慧……直至全书完结，我的精神疲惫不堪，以致达到失常的程度，智力似乎像几岁的孩子，连马路都得思考半天才能决定怎样过……我离开他几乎不能独立生活，经常是个白痴或没经世面的小孩一样紧跟在他后边。[①]

但就是那么一段浅显直白的生活言语，却被李博士别解为王天乐不懂文学，真有点令人惊诧！

再次，李博士因人及言，由王天乐“高估自己”“不懂得感恩”以及“跟别人伸手要钱”等演绎出其言论不足为凭。

他找出王天乐记述路遥文章中的明显漏洞以佐证王天乐的言论“不是事实”。具体表现在王天乐说错了《人生》构思的时间。

> 他有时极大地高估了自己，认为自己在路遥的创作中起到了重要的作用，例如，他说，《人生》的“全部构思”，就是在1980年5月底，路遥与自己“三天三夜没睡觉”“长时间对话”之后完成的。然而，王天乐所说的这个“激动人心”的事情，并不是事实，因为，现有的资料证明，路遥早在1979年就开始创作这部中篇小说。[②]

从引文的注释来看，李博士所说的这段话显然转引自厚夫的《路遥传》，厚夫在这里也是比较粗心，也许王天乐真的把自己招工的时间记错了，厚夫通过调查纠正为1980年秋天。但是王天乐提供的谈话时间分明是

① 路遥：《路遥全集·早晨从中午开始》，北京十月文艺出版社，2010年，第30—31页。
② 厚夫：《路遥传》，人民文学出版社，2014年，第134—135页。

1979年古历八月。而李建军博士不查原文以讹传讹，这就等于自己堵了自己的嘴巴。原文是：

> 这次对话结束后，也就是1979年古历八月底，我被招到了铜川矿务局鸭口煤矿采煤四区。①

那么，这个冤案就该平反了！王天乐没有“高估自己”，看走眼乱说话的恰恰是李建军！特别是，李博士推测路遥因为王天乐“借着自己的名义跟别人伸手要钱”而跟他断交的缘由根本没有实证。要钱之事，如果仅仅是指路遥领奖时所借的5000元钱，那么，前文已经做了详细的考证。在我看来，王天乐没有否认，更没有私吞，他转交给了路遥。至于他是否还向其他人和单位“伸手”过，李博士没有提供证据，我们也不能乱猜。

李博士还觉得王天乐“不懂得感恩”，尽管这点在他看来还不是让路遥愤怒的主要原因，但还是列举出来。然而，这些感觉与列举，在我看来，都不符合事实。的确，王天乐能有正式的工作包括后来一些工作的调动都可能与路遥的帮助有关，但对此王天乐从未忘记，也没有忘，他陪伴路遥十多年，连自己本身的工作也耽误不少，这不是感恩吗？他帮助处理路遥生活中几乎所有杂事，这是谁都不能否认的事实。王天乐回忆，为了协助路遥体验农民工的生活，他结婚前一天还与路遥在一起，婚后第二天又不陪新婚妻子而去陪伴路遥，这在常人的生活中恐怕非常少见。

> 我回铜川拿三十元去结婚，路遥住在铜川宾馆。头一天结婚，第二天就返回陕北和路遥一起去揽工。②

而路遥对王天乐的巨大帮助和无私奉献也给予过浓墨重彩的肯定与赞扬，甚至在书的扉页上专门加上一句“献给我的弟弟王天乐”。路遥说：

> 我得要专门谈谈我的弟弟王天乐。在很大的程度上，如果没有他，我就很难顺利完成《平凡的世界》……所有我来不及或不能完满解决的问题，他都帮助我解决了。在集中梳理全书情节的

① 王天乐：《苦难是他永恒的伴侣》，载《榆林日报》2000年10月14日。

② 王天乐：《〈平凡的世界〉诞生记》，载《榆林日报》2000年10月28日。

过程中，我们曾共同度过许多紧张而激奋的日子……尤其是他当过五年煤矿工人，对这个我最薄弱的生活环境提供了特别具体的素材……有关我和弟弟天乐的故事，那是需要一本专门的书才能写完的。①

也许，唯一能被李博士对王天乐加以诟病的就是他在路遥病危期间离开了二十多天，但是，这一点王天乐从未掩饰，更没否认。而且是王天乐本人最早公开了他们兄弟之间的这点“嫌隙”，我想，他之所以主动公开这件事，就说明这并非什么见不得人的龌龊，它只不过是路遥与他之间发生的一次严重的情感波折或短期的生活误会而已，并不能用“兄弟失和”四字来描述。因为专指的“兄弟失和”是两人永远不再往来，但是路遥与王天乐没有断交，他在去世前三天曾主动派九娃去铜川叫王天乐回来，这是航宇也没否认的事实。

由此可见，不管这个分离和别扭究竟因何而起，最终路遥与王天乐并未断绝来往，所以，这与周氏兄弟的老死不相往来完全是两回事。

综上所述，李建军博士尽管运用了修辞考证、“心迹”模拟以及人格演绎的技巧，也难以让读者接受他的这个奇崛之见，这不只是因为他对王天乐失之公允，而且由于他对某些资料怪异的解读，当然最主要的是，他不愿采纳多方合理且充分的证据，只把航宇《时间》一书作为唯一采信的渠道。这种情况恐怕在李博士多年的学术生涯中也属个例，真不愿这种情况再次发生。

原载《中华读书报》2019年11月27日

---

① 路遥：《路遥全集·早晨从中午开始》，北京十月文艺出版社，2010年，第30—31页。

路遥研究的失范与荒唐

2019年下半年，路遥研究领域发生了一起醒目却又滑稽的事件，这就是航宇《路遥的时间：见证路遥最后的日子》（以下简称《时间》）一书的出版与讨论。

说其醒目，是因为这本书的出版者是圈内最具权威的人民文学出版社，而且该出版社还联合中国社会科学院文学研究所，遍请全国研究路遥的专家，为此书组织了一场大型推介活动。参加活动的专家有三十余人，包括臧永清、周明、白描、李建军、程光炜、吴俊、赵勇、鲁太光、仵埂等。吴俊从“批评家的眼光”“作者为人”“写作伦理”三个方面，对航宇高度赞扬[①]。周明则说得更详细：

> 航宇身为路遥的同事和朋友，在路遥生命最后的两年，如亲人般照顾路遥，也见证了路遥病重期间最后的无奈、沉重和抗争，记下了他对人间痛苦的承受与搏斗。由于作者与路遥的特殊关系和特别友谊，本书讲述了路遥许多不为人知的细节，可以作为研究路遥的第一手资料。……本书取材和描写客观公正，为广大读者还原了一个真实的路遥。[②]

一些专家把这本书重点叙述的“兄弟失和”事件作为路遥研究的新话题，或专门强调，或著文讨论。李建军率先在《中华读书报》刊文《路遥

---

① 《老朋友们齐聚忆路遥》，来源：“人民文学出版社”微信公众号，2019年10月23日。

② 《还原真实的路遥》，载《中国新闻出版广电报》2019年10月25日。

有没有说过那句话？路遥兄弟失和的原委》，直接认可“兄弟失和”的故事并加以张扬。白描继续加码：“哥俩不是失和，是反目。”①

程光炜在《南方文坛》2021年第1期上发文《路遥兄弟失和原因初探》，认为《时间》是“这方面的又一新成果”，尽管他指出航宇“有一些本来可以避免的漏洞”，但“根据就近观察据实写出，不存在作家亲属所说给天乐名誉抹黑的不良用意”，并且对笔者已经厘清的王天乐关于5000元钱用途的结论继续存疑。赵勇则对航宇在《时间》中描述路遥婚姻和兄弟关系的言论全部采信：“……从此开始，路遥对王天乐似再无好感，王天乐对路遥似也颇多成见，兄弟二人的情谊也就此终结在西安医院的病床上。”②

在《时间》的首发式上，高建群也说了一段不着边际的话：

> （《时间》）具有文学史料的意义。路遥最后的那几个月，路遥是怎样的状态，最后见了什么人，航宇是最权威的见证者。所以航宇把他的这种经历最后变成一本书，这也是给咱们当代文学研究、给读者的一种奉献。③

按说，从新资料中引申出新的话题是非常正常的学术行为，但滑稽的是，这些专家对此书不认真详细地阅读，对其所依据资料的真伪不进行必要的辨识，对书中太多明显的漏洞视而不见，对作者的底细不进行探查，却反过来为写作伦理甚至写作资格都存在严重问题的作者吹喇叭。

据笔者初步甄别，此书中的错讹内容至少有四五十处之多，具体表现为或明显不实，或自相矛盾，或令人生疑，甚至有拼接和虚构某些关键细节的行为。航宇打着“非虚构写作”的名头，以所谓亲历人的身份，采用小说的笔法，玩弄了一出杜撰故事的把戏，不但使许多人竖大拇指，而且

---

① 白描：《什么是路遥的精神？》，载《文学自由谈》2019年第6期。

② 赵勇：《路遥有其复杂性——遥望路遥之一》，载《博览群书》2019年第12期。

③ 航宇：《我写出了真实的路遥》，来源：“人民文学出版社”微信公众号，2019年7月31日。

连严肃的组织机构和著名的路遥研究专家也争相为之背书，这不能不说是当代出版界和学术界的一大悲哀或笑话。

《时间》的爆料难以为据

受篇幅限制，《时间》中太多的错讹，恕难一一列举，这里只以最核心的问题为例，对航宇爆料的不实与自相矛盾现象加以指谬。

1. 用半真半假的思维欲造作者在场的证明，致使路遥与王天乐的所谓“断交”背景出现错位，时间也不吻合。

按航宇的记述，“断交”时间大概在1992年9月23日或9月29日。之所以有两个时间，是因为航宇在1993年出版的《路遥在最后的日子》（以下简称《日子》）中提到的时间是9月23日[①]，而到了2019年的《时间》中，则成为9月29日；背景是路遥妻子林达离开西安，他奉路遥之命从医院回作协落实其女儿找保姆的事情[②]。但王天乐提供的时间节点则是路遥逝世前二十多天，亦即1992年10月25日左右。

> 就在这二十多天里，路遥是十分痛恨我的。他没有想到在这个时候我离开了他，当他知道林达早已离开西安的实情后，立即让弟弟找我，此时，我知道他要向我说些什么。我让弟弟先回医院，两天后，我就赶来……但是晚了，就在准备起程时，路遥走了。[③]

“10月25日左右”这个时间，在航宇的叙述中也得到支持：

> 也许，九娃（即王天笑——笔者注）还不知道，在他离开医院后，他的两个哥哥发生了非常不愉快的事，直至现在，他哥的

① 航宇：《路遥在最后的日子》，陕西师范大学出版社，1993年，第125页。

② 航宇：《路遥的时间——见证路遥最后的日子》，人民文学出版社，2019年，第334—336页。

③ 王天乐：《苦难是他永恒的伴侣》，见马一夫、厚夫、宋学成主编《路遥纪念集》，人民文学出版社，2007年，第314页。

病房里再没有出现过他四哥（即王天乐——笔者注）的身影。[①]

在这里，王天笑离开医院回老家的时间成为一个关键的参照点。正好远村对此有明确的记录："10月18日，他的小弟王天笑回陕北老家给他寻些粮食去了。"[②]

从以上三人的描述所得到的互证，不难推导出路遥与王天乐兄弟所谓"断交"的时间是10月25日左右，而不是航宇所说的9月23日或9月29日，背景则是九娃回家，而不是林达去京。可问题是，航宇为了证明自己当时在场，却硬生生地把这个时间提前了一个月左右。这种做法显然是对事实的扭曲，也是对当事人与读者的不尊重。

2. 用移花接木的手法，拼接或虚构作者与路遥两人1992年11月14日在病房里整整谈话一天的故事。

不会有同一天同一个时段，航宇陪路遥说话、远村陪路遥睡觉这两种截然不同的情形，而且关键是，这一天照顾路遥的是远村而不是航宇。可航宇却这样记述：

> 我说，你输液也不输液，电视也没好节目，这一天在病房里做什么？总不能这样干坐着？路遥说，咱俩可以说一会儿话……[③]路遥问我现在几点了？我说，快十一点了，现在吃饭还有点早，再等一会儿。路遥说，我给你把我的恋爱故事讲完再说吃饭的事情……[④]路遥差不多已经跟我说了一上午的话，很快就到中午吃饭的时间了。[⑤]

远村记述：

> 11月14日上午，路遥又开始不能进食，他要我给霍世仁挂电话，说让他来请中医科的一位大夫给他看看胃……路遥在这一天

① 航宇：《路遥的时间——见证路遥最后的日子》，人民文学出版社，2019年，第344页。

② 远村：《病中的路遥》，载《喜剧世界》1993年第5期。

③ 航宇：《路遥的时间——见证路遥最后的日子》，人民文学出版社，2019年，第346页。

④ 同上，第364页。

⑤ 同上，第372页。

没有输液，上午睡得很香，醒来之后，问我他睡着了没，我说睡得鼾声震得房顶响，他说睡了多久，我说两个多小时，他就一脸轻松地说："啊，舒服，睡美了，一满不要吊针多好。"①

特别是，航宇自称的他与路遥在这一天的合影，拼接痕迹明显。他这样记述这张照片的由来：

路遥那忧郁的心情，一下让这些女大学生渲染得烟消云散。可是病房里没有专业照相人员，我主动担当起了摄影师的角色，为路遥和女大学生们一一照了相。就在我给这些漂亮的女大学生照相的时候，路遥挥着手喊我，让我到跟前来。我不知他是什么意思，赶紧走到他跟前。他拉住我的手说，咱俩也照一张，患难相处。就这样，我俩拍下了这一珍贵合影。然而，我万万没有想到，这张珍贵的合影竟是我们永别的留念。②

照片的真实性可能问题不大，但拍摄时间绝非他强调的1992年11月14日下午7时，因为同时同地的其他照片中的背景、路遥的睡姿、口罩都与之不同。在总后女实习生以及九娃与路遥的合影中，都没有输液杆，但在床头柜上有一盆黄色的菊花，而且路遥未戴口罩，仰面躺在床上。航宇与路遥的合影中，床边有输液杆，且正在输液，无黄菊花，路遥还戴着口罩，并且是侧躺着。另外，航宇记述他拍王天笑与路遥的合影时，路遥特意要王天笑搂着他的脖子，但实际的照片中，王天笑并非这个姿势，而是把手放在路遥的头边。

作为一组同时同景同机拍摄的五张照片，怎么会有如此明显的差别？四张照片的背景完全相同，唯有航宇与路遥合影的这一张不同。而且航宇在此书中反复强调，11月14日这天，路遥不用输液，可以轻松一天，这是路遥向医生专门争取来的便利，所谓隔天输一次。远村的回忆也能证明这一点。这样说来，这张照片和它的说明文字应该是做了"拼接"，至少

① 远村：《病中的路遥》，载《喜剧世界》1993年第5期。

② 航宇：《路遥的时间——见证路遥最后的日子》，人民文学出版社，2019年，第382页。

是航宇把其他日子拍摄的照片有意标注为这一天，因为，这一天对航宇来说太重要了！九娃去铜川叫王天乐回来是这天，揭出王天乐没给路遥5000元钱的信息也是这天；路遥要和航宇谈论很多故事是这天，路遥的情绪大变、病情剧转也是这天。还有一点，这一天可证明，航宇在路遥逝世前两天还在西京医院陪护，然而，事实上这一天他却不在医院。由此，航宇此书中的很多言论恐怕都要打上问号。

3. 阳奉阴违，既想爆料，又要做好人，导致“兄弟失和”事件的描述形成自我否定。

“兄弟失和”在此书中更多被表述为路遥与王天乐两人“断绝关系”或“绝交”。天乐说：“你不知道，路遥现在一满就不是一个正常人，是个疯子，刚才我去医院，还没顾得跟他说一句话，他就狗血淋头地把我臭骂了一顿，把他写小说的那些精彩语句全部用来挖苦我，说我背叛了他，他没我这个弟弟，以后再不想看到我，而且跟我断绝了关系……”[①]航宇自己说：

> 此时此刻，我的脑海翻江倒海一般，觉得天乐如此反常让我不得其解，究竟是什么原因？我搞不清楚。应该说，九娃是你亲弟弟，在路遥痛苦的日子里，他承担了全部责任，甚至化解了兄弟之间的矛盾，你理应感激他。[②]

航宇明确指出，九娃在路遥活着时，就已经帮两位兄长化解了矛盾；也就是说，不存在“兄弟失和”的情形。但他又要把此事作为最大的爆料，这不等于自己打自己的嘴巴吗?

4. 假托九娃和路遥之口，企图抹黑王天乐，不料自己却替天乐解了围。

> 九娃说：其实我四哥做事也有点过分……一去医院就跑到洗手间洗手……好几次我哥在我跟前说，你看你四哥一满变得不像亲弟兄了，别的朋友来医院看他都不这样，就天乐一个人嫌他，

① 航宇：《路遥的时间——见证路遥最后的日子》，人民文学出版社，2019年，第335—336页。

② 同上，第445—446页。

好像他的病就传染给他了。[1]

但前文，航宇却描述他亲眼看到王天乐给路遥满头大汗按摩后背的情节：

我从病房门外走进去，看见王天乐正在床上给他哥的后背按摩，而且按摩得非常卖力，他的头上已经是汗水淋漓了。[2]

这种自相矛盾的描写，使我们不明白，航宇到底要借九娃的口传达什么？

5. 有意篡改路遥从延安转院西安时搀扶者的姓名，想不到航宇早先的记录出卖了自己。

这段话曾被李建军专门引来作为路遥“兄弟失和”的证据：

路遥觉得天乐对他不像原来，怨气越来越大，而他的这种怨气和不满在西安火车站广场表现得尤为突出。就在从火车站的广场往停车场走的时候，他宁愿让林达去搀扶，也不让天乐靠近他身边，几次甩开天乐搀扶他的胳膊。[3]

但这个情景在航宇1993年2月出版的《日子》中，却是如此记述的：

路遥由晓雷和王天乐搀扶着艰难地走下了火车，向来被称为大姐姐的李秀娥，看着疼痛而呻吟的小老弟路遥，止不住泪流满面，不停地重复：“他怎成了这样？”[4]

同样的场景到了2019年7月出版的《时间》一书中却变成：

那时多么刚强的一条汉子，可是现在突然变得弱不禁风，基本上连路也走不稳了，摇摇晃晃，一直由接他的晓雷和林达搀扶……此时的李秀娥泪流满面，她紧紧地跟在被她称为小老弟的路遥身后，看着消瘦且不停呻吟的路遥，不断重复着一句话，他怎成了这个样子？[5]

---

① 航宇：《路遥的时间——见证路遥最后的日子》，人民文学出版社，2019年，第387页。

② 同上，第306页。

③ 同上，第304页。

④ 航宇：《路遥在最后的日子》，陕西师范大学出版社，1993年，第118页。

⑤ 航宇：《路遥的时间——见证路遥最后的日子》，人民文学出版社，2019年，第302页。

相同的内容却有两个不同的版本。为什么搀扶路遥的“晓雷和王天乐”要悄悄改为“晓雷和林达”？这不就是为李建军所引用的那段特意虚构的情节做铺垫吗！

无需再列举了。核心事件的描述尚且如此漏洞百出，自相矛盾，甚至有篡改事实或虚构情节的故意，其他内容就更可想而知了。笔者不免奇怪，这样一本不合格的书，竟能得到顶级出版社的认可，甚至还要专门召开全国性的高级别研讨会为之推广，路遥研究专家们又确信不疑并大加赞赏，说什么作者是“权威的见证人”，取材和描写“客观”“真实”，是“研究路遥的第一手资料”，等等，这难道不滑稽吗？如果笔者再进一步指出，此书的作者曾发生过被路遥兄弟赶走的情形，估计很多人更要大跌眼镜了。

航宇作为“亲历人”身份质疑

王天乐在《苦难是他永恒的伴侣》一文中这样写道：

> 作家协会给路遥先安排了一个人看护，没想到路遥把我叫去，说这个人根本不行。他说此人太势利，根本不把他当人看，有一次把他从厕所里提得摔到床上。他说这个人看他不行了，没用了。他让我再不要离开他，看得把他送走……就在这时，我的另一个弟弟赶到医院里，把作协派的那个人赶走了。①

这里提到的被赶走的人就是航宇，真名张世晔。这段文字公开发表于2000年10月，后被多种路遥研究资料收录，航宇不可能看不到。但是近二十年，他没有作声，没有反驳，没有追究；当路遥三兄弟都不在人世，他却用大量的故事描写王天乐的“问题”，这不是很有意思吗？

如果说航宇与王天乐两人有“积怨”，王天乐的话不能完全相信，那

① 王天乐：《苦难是他永恒的伴侣》，见马一夫、厚夫、宋学成主编《路遥纪念集》，人民文学出版社，2007年，第337页。

么，王天笑的妻子雷竹梅的一段话，则从侧面证明王天笑也曾表达过对航宇的不满，或者说，王天笑与王天乐两兄弟共同证实了航宇被赶走的事实：

> 我是文中路遥五弟王天笑的妻子，看到这篇文章后感到十分愤怒……以这个航宇为例，本是省作协派去照顾路遥的工作人员，在路遥病情恶化后懒散怠慢，而后被我丈夫赶走，却装作他是陪伴路遥最后的人。诸多事情我不一一列举，总之希望各位关注路遥的读者可以明辨是非，不要被这些人混淆视听。①

航宇在此书中始终借王天笑的口言说王天乐的不义，可是王天笑不但从来没因之怪罪王天乐，反而是他们两兄弟感情一直很好，且在很多问题上的言论也不谋而合。包括《时间》一书中指责王天乐到处向别人要钱又不交给路遥的“罪证”，也直接遭到过王天笑的否定。

再退一步，王氏兄弟的话也暂搁一边，其他当事人若能证明路遥住院期间发生过陪护人被赶走或被替换的事实，那么，航宇作为路遥最后日子的亲历人身份就要大打折扣。笔者为此专门访问了当年负责路遥住院治疗的康文臻医生和魏兰娉护士长。康医生说：

> 除了老九还有一个文联的人陪护了很久，不记得真名，笔名叫航宇，好像是他写了《路遥在最后的日子》。对，还有一个是远村。两人都是守在床前的，一个陪了一段时间他们不太满意，我记不很清，应该最后陪着的照顾他不错。我记得当时长期住在病房陪路遥的只有三个人，远村、航宇和老九。②

魏兰娉也说：“我模糊地记得路遥当时对陪护问题有些心寒。”③再结合前述相关资料，我们大体可以判断出，航宇恰恰就是先照顾路遥而被远村替换的那个人；也就是说，他只照顾了路遥四十六天，即延安医院

---

① 摘自雷竹梅在李建军2019年8月28日在《中华读书报》刊文《路遥有没有说过那句话？路遥兄弟失和的原委》下的留言。

② 笔者与康文臻的微信聊天记录。

③ 笔者与魏兰娉的微信聊天记录。

二十一天，西京医院二十五天。

航宇1993年版的《日子》中，曾有这样一段话，可算作他对自己照顾路遥全部时间的一个部分招认："9月29日下午，路遥因诸多事情，情绪变得异常糟糕，饭也不吃，悲苦地流着眼泪。这种情绪延续到1992年11月14日。"①

为什么一笔带过了一个半月的时间？笔者以为就是由于航宇这段时间不在医院。在《日子》和《时间》两书中，从9月29日至11月14日之间也确实未见航宇任何记述路遥在医院的文字。航宇亲自承认，他在九娃到达医院大约半个多月后，被路遥派去陕北，为他的文集出版征集印数：

> 九娃来西安没半个月的时间，路遥就交给我一个非常特殊的任务，去一趟陕北。②
>
> 路遥在我回陕北以后，又在西京医院传染科住了有十来天的时间，他现在的一切情况，我一点也不知道。③

更主要的是，接替航宇照顾路遥的远村在两篇文章中，把航宇离开的时间说得特别具体：

> 我是在（19）92年10月2日开始每天去医院侍候路遥，一直到他去世的那一天。在此之前，我只照顾她女儿的生活，每天只是抽时间去医院看看他。10月1日路遥打发航宇去陕北，一方面跑他的五卷本《路遥文集》的征订，另一方面去搞偏方。所以，路遥就要我去医院看护他。④
>
> 路遥在西京医院最后的47天，是我和王天笑（九娃）两人侍候，路遥给我俩分工，晚上由九娃照看他，白天由我来照看，好让九娃去休息，吃饭……⑤

至此，我们可以确定，1992年9月30日之后，航宇已不在西京医院照顾

① 航宇：《路遥在最后的日子》，陕西师范大学出版社，1993年，第126页。
② 航宇：《路遥的时间——见证路遥最后的日子》，人民文学出版社，2019年，第314页。
③ 同上，第321页。
④ 远村：《病中的路遥》，载《喜剧世界》1993年第5期。
⑤ 远村：《路遥说：写作跟种地一样》，来源："远村诗书画"公众号，2020年5月1日。

路遥了，所以，他此后关于路遥在西京医院中的叙述，就只能是虚构或道听途说。不排除他偶尔去看望路遥的情形，但每天坚持陪护的情况已经不复存在。因此，航宇根本谈不上是路遥最后日子的亲历人；换句话说，他连回忆的资格也不十分具备，因为他缺乏最基本的非虚构写作伦理——客观记录，朴素叙述。

路遥研究的失范与当今学术的浮躁

单凭此书爆料“兄弟失和”事件存在造假的事实，以及航宇使用多种小儿科的伎俩有意误导读者这两点，任何稍有常识的普通读者都会对此书的写作伦理产生严重的怀疑。然而，蹊跷的是，那些著名的路遥研究专家、博士生导师，却对此书的内容完全采信。这不能不让我们感叹当今学术的浮躁。

二十一年前，王天乐在《苦难是他永恒的伴侣》一文中所提到的陪护人被赶走的信息，路遥研究专家们不应该没有留心，但为什么他们就不能与《时间》产生必要的联想，并做进一步的探究？

《时间》中无数叙述的前后矛盾，只要稍微细心就不难发现，但是却没有一个专家指出；相反，几位专家却把这些难以为据的资料或文学化的描写当作宝贝，以为找到了新的“学术增长点”。

这一切，太令人惊诧和悲哀！不能说学者们丧失了良知，也不是专家未受过严格的学术训练，而是他们抢占资料、争发文章、急出成果的功利欲望过分强烈。

作为一个领域的专家，如果只是为了实现这种狭隘的功利目标，甘愿被一个业余作者不负责任的文字所愚弄，那就会有损学术研究的公正性，不只会贻笑大方，甚至会被外行讥嘲！

原载《文学自由谈》2021年第3期

从林达的五封手书管窥情感的波折对路遥及其创作的影响

路遥与妻子林达的关系至今还保持着隐秘，双方似乎早就形成了高度的默契，不在公开场合互议对方，这就导致很多不明内情的人任意猜测他们的关系甚至把不实的想象和传言当真，这种结果一方面对当事人很不负责，另一方面也扰乱了读者的视听，影响了路遥相关研究的基本判断。

尽管夫妻之情无论谐与不谐都与他人无关，但对作家路遥，研究者却有必要探究他精神中最重要的内容——感情，这种心理因素如何影响了他及其创作并达到何种程度。

根据目前发现的一封“离婚协议书”和四封林达给路遥（2封）、陈行之（1封）、王天乐（1封）等人的书信，辅之王天乐以及其他了解路遥夫妻关系的朋友回忆，我们对路遥与林达的感情波折，可以基本还原一个大概，由此既可破除以往很多资料对他们关系的不实传言，也能纠正现有路遥传记中的某些错讹，为路遥生平研究提供可靠的信息支持，更有助于解开他作品笼罩悲凉色调以及更多小说细节和人物命运的谜底。

需要说明的是，这五封手书中的两封已经公开，一封在陕西清涧县路遥纪念馆展出，另一封曾在“孔夫子旧书网”上张贴多时并已公开拍卖，笔者有幸在此网下载了其影印件。另两封信及一封协议书目前尚未公开，现存于王天乐妻子梁志女士处，经授权引用。

路遥病重期间在离婚协议上签字的隐情

路遥生前与林达的正式离婚手续并未办理，从法律上，他们依然是合法夫妻，所以，路遥去世后多年，林达仍能继承路遥的版权。很多人最常诟病林达的是，路遥从1992年8月8日住进延安医院，至9月5日转到西京医院，直至11月17日逝世，林达都没有正经地侍候过路遥一天，反倒催促病危的路遥在离婚协议书上签了字。在一些人看来，即使夫妻感情已经发生严重危机，但是在离婚手续还未办理而路遥又重病在床的情况下，无论如何，林达都有责任陪伴路遥度过这段特殊的时期，而不能“落井下石”催促他签字，因此林达的举动既不符合常情，也有违基本的人伦道义。

然而，这么简单的道理，林达何尝不懂？她也曾想着去陪侍路遥，但最终没有成功，有她1992年9月22日写给路遥的信为证：

> 路遥：你不幸而患重症，我很难过，并真诚愿望你早日康复。作为法定妻子，我是该留守西安坚持服侍、守护的……①

事实是，1992年9月5日，路遥由延安转往西安时，接站的人中，林达就在前排，并同其他亲友、同事护送路遥到西京医院，此后，林达又多次去医院探望路遥，之所以在9月22日匆匆离开西安，原因如下：

其一，西京医院住院部有规定，院内不许陪人留宿，白天也只准一个亲属或同事等协助护理，即每位病人只有一张陪员证。之所以后来路遥的五弟王天笑能与路遥同住在一个套间病房，那是因为时任陕西省委有关领导关照后，医院破例为路遥开的绿灯。而陕西省作家协会起初安排临时工航宇（真名张世晔）专门陪护并给他发放工资，所以就客观情况，确实无须也不允许林达在身旁侍候。

> 由于你已有专护，我在无陪员证的情形下，仍坚持每日探

① 林达致路遥书信（1），1992年9月22日，影印件，原信存梁志处。

视你；[①]

这说明，在路遥转院到西京医院初期，林达不止一次去过医院，并非如某些报道说的，她连一次都没去过。

其二，医院护士等人怪异的眼光，尤其是路遥冰冷的态度让林达进退维谷。为什么会造成这样的氛围？很可能与路遥对他们夫妻紧张关系的公开表露有关，不然医院中的人怎会了解只有他们两人才知的隐秘，从而传播对林达不友好的言论。

> 我很快发现，我其实只是一个无益而多余的角色，传染科医护人员对我的态度以及我去探视时被拒之门外不准入屋，都说明这一点。[②]

> 风传的流言蜚语，以及来自医院的不符事实的中伤之词，我都不放在心上。[③]

从林达的描述中不难发现，在西京医院，她明显感觉到自己是一个无足轻重或不受欢迎的人。

其三，林达借调北京的手续已经办好，她必须按时去上班，不然就会面临新工作不保的风险，这无疑是最客观也最要紧的原因。

> 在你病重期间，我写此信烦扰你，是不得已的事。还望你宽谅！……按我们之间早已协商好的办离时间安排，我从京回厂后便将借调手续递交厂组织部人劳处，经厂方、文学部研究同意。我借调时间从十月份正式算起，临时工资关系也正转至北京方面，我的工资从十月份由北京借调单位付。从经济来源和我不能失去此次唯一进京机会的角度考虑，我都必须去北京上班。对借调之事，我已一拖再拖，你很清楚，这是我后半生的立身之地、

① 林达致路遥书信（1），1992年9月22日，影印件，原信存梁志处。

② 同上。

③ 林达致陈行之书信，1992年9月22日，影印件，由“孔夫子旧书网”下载，原件被未知者收藏。

养生之源。我没有理由将宝贵的工作机会白白失去，这些道理我曾多次向你陈述，想你应能理解。[①]

其四，林达已经对他们的夫妻感情伤心透顶，想尽快做个了断，因此有意造成与路遥两地分居的事实，从而加速离婚手续的办理。还有第五个原因目前不便引出，为避免伤害少者。她说：

这块土地给予我的苦痛和伤害远远超过了它给予我的关切。我已无留恋，心如止水。我过好地估计了对方，以致我目前身处进退维谷的两难处境……我不能为此空耗时间，我（有部分文字为笔者根据上下文猜补，因下载件中此处被遮挡，下同。——笔者注）决定立即赴京先上班，造成分居事实以待解决现状，既不致失去中新社的工作，也会在某种程度上促动最终事情的解决。[②]

所以，传言林达根本没有照顾路遥的心思与行为显然是违背事实的，应该说是路遥的冷漠或其他复杂的心理逼迫林达临阵退却并过早地离开。

正因为这样，海波在回忆路遥去世不久，他见到林达时的一段莫名其妙的对话也就有了答案：

那天我进城去，在大街上遇上了林达，她开口的第一句话就是："听说你也在背后说我的不是，别人不知道路遥，你也不知道吗？"问得我"丈二和尚——摸不着头脑"我问她听说了什么，她仍然没有回答，只说："我也想你不能说不负责任的话。"说完就走了。[③]

林达对海波的质问或试探，说的正是周围人对林达不好的传言。客观地说，在路遥病重期间，林达之所以没能实质地照顾路遥，双方都是有责

① 林达致路遥书信（1），1992年9月22日，影印件，原信存梁志处。

② 林达致陈行之书信，1992年9月22日，影印件，由"孔夫子旧书网"下载，原件被未知者收藏。

③ 海波：《我所认识的路遥》，长江文艺出版社，2014年，第96页。

任的，路遥的冰冷态度推拒林达于千里之外，林达替自己生计考虑从而先离后告。可能，更多时候，林达是有苦难言，这才有了给路遥所献花圈的挽带上那句意味深长的话：路遥，你若灵魂有知，请听听我们的哀诉……这明显不是悲痛的怀念，而是有哀难言的委屈。

这场婚姻的悲剧的确给路遥和林达都带来一场持久的折磨，至少长达八年，林达已经忍无可忍。她给路遥说：

> 你愿履行我们之间的君子协定时，请通知我，那时我会返回西安。我希望我们迅速了结离婚手续。无谓的拖延和伤害都是愚蠢而荒唐的，也是远离现代文明的。[①]

林达亲自起草好《离婚协议书》[②]，据说路遥已在上面签字（也许这封签字件目前在林达手里，根据笔者与陕西省作协办公室副主任王根成的访谈，他提到林达当时如果没有离婚证明，北京的新单位就不会接收，因为当时的调动政策是尽可能解决两地分居同时不再制造新的两地分居，而路遥迟迟不办理正式离婚手续，这才导致林达不得不要求路遥在离婚协议书上签字），不过，笔者目前看到的是林达手写的一封没有路遥签字的协议文本，据林达说当时一式三份，一份准备交和平路街道办事处，她保存一份，留给路遥一份。[③]

不难看出，林达的离婚决心是坚决不可动摇的，而且离婚协议的具体内容也是两人早就商量好的，只差双方签字。因为他们不想走法律判决的程序，但是林达还是做好了协议离婚不成就走法律程序的准备。她在给王天乐的信中说：

> 我想，如果这桩普通的本完全可以和平、私下协议解决的离婚事件仍然被无理拖延或受阻，我必会在短时间内向法院起诉离婚。[④]

---

① 林达致路遥书信（1），1992年9月22日，影印件，原信存梁志处。

② 离婚协议书（林达手写），影印件，原件存梁志处。

③ 同上。

④ 林达致王天乐书信，1992年9月22日，影印件，原件存梁志处。

而这个“离婚协议书签字事件”发生在路遥病危的时段，完全是一种巧合。也就是说，不是林达非要在这个时段逼迫路遥在离婚协议书上签字，而是离婚的时间、方式都是他们两人在1992年初就商定好的，是早就应该落实的，只是由于路遥的拖延，再赶上路遥的病情突然加重从而把病危与离婚重合在一起。更重要的是，林达的借调手续刻不容缓。

所以，从这些意义上，我们实在没有指责林达的理由。幸亏，林达非常智慧也是煞费苦心地为自己预留了三份证明材料。她也许预见到自己与路遥的离婚事件会被不明内因的人误传甚至把责任完全推到自己一边，所以，她就把自己离婚的艰难过程及其原因给三个不同的人都写信做了说明，即保存了三份见证。一是王天乐，虽然他是路遥的亲兄弟，但是他们叔嫂之间的关系一直很好，她信任王天乐，因此把女儿的生活也托付给了他；另一个是陈行之，同是北京知青，又是她与路遥共同的朋友；第三，她还把给路遥与王天乐的信让时任陕西省作协办公室副主任王根成看过。林达明确说：

> 我托王根成转交我给你与路遥分别写的信。这既符合向组织及亲属个人都有交代的原则，也基于我防范和自卫的心理。[①]

而林达致陈行之的信之所以被公开拍卖，笔者估计不是陈行之的真实意图，可能此信无意丢失，被有心人得到后传到网上，从而给研究者提供了一份珍贵的原始资料。

林达与路遥情感破裂的时间追溯

路遥与林达能走到夫妻形同陌路的地步显然不是一天两月的事，而是延续了漫长的时间。有研究者推测，他们的感情危机始自1987年左右，实际上很不准确。他们的依据很可能来自王天乐的这段话：

① 林达致王天乐书信，1992年9月22日，影印件，原件存梁志处。

路遥写到第二部完稿时，忽然吐了一口血……路遥当时就把我从延安叫到了他身边……我们就在西安的护城河边漫谈了一个晚上，我认为，让路遥还是先离婚，再不要维持那个有名无实的家庭了。[①]

因为《平凡的世界》第二部完稿的时间就是1987年，但这个时间已经是他们的婚姻彻底维持不下去的时间节点并非破裂的起点。只有当有名无实的家庭已经对路遥产生诸多不便，即吃穿无人照顾，夫妻生活不存，且路遥的病情已发出危险的信号时，王天乐才会建议路遥先离婚，而不是先治病。王天乐知道自己虽然可鞍前马后替路遥打理很多日常事务，但他的照顾毕竟代替不了妻子的照顾。但是，王天乐文章中提供的其他线索则显示最迟在1985年左右，他们两人的感情已经亮起了红灯。

路遥终于在1986年夏写完《平凡的世界》第一部……离第二部开工还有一个月……他接着满眼泪水对我说，天乐，你知道吗？我半年都没有一次性生活了……[②]

也就是说，1986年初或1985年冬，路遥与林达已经不再有夫妻之实。也正是在这个时候，他开始与另一名女性谈恋爱，具体为1986年秋，他对王天乐说“我恋爱了”，并在《平凡的世界》第二部写完后，与王天乐同去了那位女士所在的城市，并住了七天，半年后，这段感情又无疾而终。[③]关于路遥在婚姻维系期间有过女朋友的事实，雷涛的回忆可以佐证，他说，路遥在去世前曾给霍绍亮留下一封绝笔短信，大意是：

绍亮：你是我最忠诚的朋友之一，我已经明显地感觉到不行了，我现在没有什么牵挂，我要给你讲的是：我有一个女性的好朋友，我对不起她，也没有办法照顾她，请你无论如何安排好她

---

① 王天乐：《〈平凡的世界〉诞生记》，载《榆林日报》2000年10月28日。

② 王天乐：《苦难是他永恒的伴侣》，载《榆林日报》2000年10月14日。

③ 王天乐：《〈平凡的世界〉诞生记》，载《榆林日报》2000年10月28日。

的工作，照顾好她……[1]

至于那位女朋友是否就是雷涛提到的这一位，不好说，但王天乐没有瞎编故事则毫无疑问。王天乐之所以支持大哥在与林达尚未离婚的前提下就谈恋爱，是“因为我知道他和嫂子林达离婚已成定局，只是时间问题，双方早就准备协议离婚了”[2]。

只有两人较早明确地达成分手协议，路遥才可能大胆地与另一位女士无所顾忌地谈恋爱，因为，即使此事让林达知道也不担心会受到指斥，也许林达自己也可由此得到解脱。那么，这个“早”到底能早到何时？按路遥所说其夫妻生活的空缺时间往前推半年，就到了1985年，再往前推，那就更早。

有人试图根据林达给路遥的那封已经公开的信[3]进行反向推断，即证明在那个时段路遥与林达关系尚好，仍有交流，其实这只是表象。因为这封已公开的信所显示的内容，主要是两人此时的一些欠款信息，并无其他深意。而这种经济上的关系一直延伸到路遥去世之前一个半月，林达离开西安的前一天，也就是1992年9月21日，她那天曾经领过路遥的稿费“今领到路遥写××稿费壹仟元整”。同年10月1日，路遥又向作协打了一张借条“今借到创作之家壹仟元整”。据晓雷解释，这两张条据相关费用，原是林达赴京调动工作、安排女儿上学等急用，临时领取稿费；稿费不够，又不得不再次借款。[4]航宇也曾记述，1992年8月初林达在北京丢了火车票和钱包，曾向路遥发电报要1400元钱。[5]所以，从这封信中难以看出两人感情的好坏，因为此时路遥与林达还未发展到连话都不说的地步。

而且此信只有7月29日的时间却没有年份，有人推断其为1987年夏天，

---

① 雷涛：《感悟路遥》，见申晓主编《守望路遥》，太白文艺出版社，2017年，第6页。

② 王天乐：《〈平凡的世界〉诞生记》，载《榆林日报》2000年10月28日。

③ 林达致路遥书信（2），1983年7月29日，影印件，原件在陕西清涧县路遥纪念馆展出。

④ 晓雷：《破碎的借条》，见申晓主编《守望路遥》，太白文艺出版社，2017年，第166—167页。

⑤ 航宇：《路遥的时间：见证路遥最后的日子》，人民文学出版社，2019年，第170页。

似乎不太确切。理由如下：

林达信中提到“家具的玻璃都已安好，但家具木头还未结账”的信息，这显然与乔迁新居有关。那么，搬家的时间是哪一年呢？通过访问王根成，我们得知，路遥生前有过三次搬家的经历，第一次是1981年4月，第二次是1982年8月，第三次是1992年2月，第三次搬家前的7月路遥正在西安，故无需考虑。第一次搬家的房子是一室半，面积小，为此打许多家具也不现实，那么就只有第二次搬家比较吻合。据查，1982年作协调整给路遥一个63平方米的三室一卫单元房，同年8月17日左右，他搬进这个新家。有路遥给阎刚的信为证：“收到你八月十七日的信时，我正在搬家，里外一片混乱。”[①]而这个时间，与林达在信中说的预计从北京返回的时间（8月15日左右）也正好契合。

可是这个时间，信中提到的帮她买票的郑文华还未到作协，档案显示郑文华到作协正式报到的时间为1984年11月。而且笔者访问郑文华时，他又提到另一个人——王观胜，说是当时林达先找的王观胜，王观胜又推给了他。而档案显示王观胜到作协的时间为1985年9月。可是，据郑文华自己以及其他同事回忆，二人其实早在1983年左右已先后到作协上班。如此说来，1983年紧邻的几年都有可能，但若是更晚，房子的装修经过很长时间就显得不大合理了。所以，最合适的时间应该是郑文华到了作协，而路遥又刚搬了新家，再就是当时路遥正好在外地。经查，符合这三个条件的时间有三：1983年、1985年、1986年。

1983年8月3日，路遥与李小巴在延川曾采访北京知青孙立哲[②]，同年盛夏，路遥与《人生》电影剧组在陕北跑了二十多天；1984年7月路遥的轨迹目前不详；1985年7月下旬，路遥来到铜川煤矿，并带去陕西省煤炭厅的一

① 路遥：《路遥全集·早晨从中午开始》，北京十月文艺出版社，2013年，第588页。

② 王刚：《路遥年谱》，北京时代华文书局，2016年，第175页。

份公函。[1]1985年8月13日至8月30日，路遥一直在外地[2]，但1985年7月底他是否在外地目前尚无资料证明，然而，1986年7月21日，林达曾帮助路遥给谢望新转过三张照片[3]。1986年7月27日，路遥正在延安文联与张永革赶做《平凡的世界》的封面设计。[4]

因此，综合以上信息，笔者基本可以推断，这封信最合理的写作时间为1983年7月29日或1986年7月29日，相对而言，前者的可能性更大，也与后文将要论及的两人感情发生危机的时间完全一致。这封信写作时间若是后者，也就意味着林达与路遥的关系当时仅维持在类似同事或朋友的情形，毕竟有共同的女儿在。大约到1990年，两人才渐渐互不说话，如同路人。据陕西省作协办公室副主任王根成先生回忆，他和办公室的其他同事后来常常充当路遥与林达的传话者，因为他们两人不愿面对面交流。海波[5]与何志铭的回忆也能证明这一点。[6]

弄清这个时间的意义在于：一方面，可纠正一些研究者明显的误判，对某些史料的背景做出更准确的描述；另一方面，可以掌握路遥与林达感情波折持续的时长；当然，更重要的是帮助读者理解他小说创作时的复杂心态。

以往的研究者们谈到路遥与林达感情破裂的原因时大多从四个方面给出解释。一是日常生活习惯的反差，如林达与路遥的饮食喜好不同、作息时间严重颠倒，家务活都是林达包揽，路遥常常是甩手掌柜。

> 有一天下午，他坐在那把烂藤椅上，对我和观胜说，像我们这种人，专心致志去干一件事情，把它干好，小事情压根就不要

---

① 张俊杰：《忆念路遥》，载《当代矿工》1998年第4期。

② 厚夫：《路遥文学年谱》，载《东吴学术》2019年第6期。

③ 同上。

④ 路遥：《路遥全集·早晨从中午开始》，北京十月文艺出版社，2013年，第611页。

⑤ 海波：《我所认识的路遥》，长江文艺出版社，2014年，第96页。

⑥ 何志铭：《琐忆路遥》，来源：何志铭博客，2014年11月17日，网址：http：//blog.sina.com.cn/sxmve。

去管它，琐碎的事情不是我们干的，就是油瓶倒了都不要去扶。正说着，林达端着一簸箕蜂窝煤从院中走过，往后院家属楼她家的楼上搬运，很显然，林达买了一车煤，三轮车进不了院子，必须一簸箕一簸箕往楼上搬运。见状，我说你还不快去帮嫂子搬煤，他说我刚说过，你咋就忘了。我表示要去帮忙，路遥说，怎么翻译家也是死脑筋。①

二是老家的拖累太多，他们经常向路遥要钱。“我问他为什么和嫂子闹得这么僵，他告诉我，他兄弟姐妹多，他们在陕北日子过得很穷，谁揭不开锅了，都要来省城找他们的大哥，都是手足，找到大哥，大哥能不管吗？这个来了，给200块，那个来了，给200块，如遇家里有大事，要花钱，那就给得更多。时间久了，林达就有了意见。”②

三是两人都有独立的个性，谁也不想做对方的附属。林达作为知识女性怎么可能放弃自己的事业完全做一个家庭妇女？路遥也不可能成为一个理想的丈夫。雷涛说：“在林达看来，她希望有一个体贴自己能够保持正常的夫妻生活的好丈夫，而不是一个不管家，甚至一个不管她的丈夫……路遥希望妻子是一位对自己能体贴入微，对自己的学习、工作，都能够有所帮助……”③

两人谁都不愿意妥协，林达更不愿意沾路遥的光。白描回忆：“单位派她出门办什么事，别人介绍她‘这是路遥夫人，关照点吧’，她就特别反感，似乎她办事必须凭路遥的面子而不是凭自己的能力。”④

四是感情基础不牢。路遥最初功利的婚姻观，导致对林达的感激大于爱情。路遥对朱合作说：“我当时的想法是，谁供我上大学我就和谁

① 孔保尔：《与路遥交往的日子》，载《延河》2007年第9期。

② 同上。

③ 白描：《路遥身后的故事》，见申晓主编《守望路遥》，太白文艺出版社，2017年，第4页。

④ 白描：《为作家母亲画像——路遥身后引出的故事》，来源：搜狐号“微风轩书香”，2017年7月27日，网址：https://www.sohu.com/a/160336101_818396。

结婚。”[①]同样的意思海波也能证明：“有一次他和我谈到自己的婚姻，说：还得找一个北京知青。”海波劝道：“还是找一个本地人比较稳妥，知根知底，有挑有拣。”但路遥一听居然很生气，反问道：“哪一个本地女子有能力供我上大学？不上大学怎么出去？就这样一辈子在农村沤着吗？”[②]

路遥给申晓也说过类似的意思：“我问：路遥，你咋找北京的女娃娃，找个本乡田地的婆姨多好，咱陕北的女人乖嘛！唉，申晓，你解不开，咱家穷嘛！穷亲戚再套上个穷亲戚，那咱是把穷根扎下了，几辈子也翻不了身……”[③]

但这一切其实都是表象，深层或根本的原因可能是路遥与林达在感情上曾经遭遇了一次前所未有的重大危机，而这个危机的发生应是路遥与林达感情破裂的真正标志。

根据笔者得到的资料印证，这个危机爆发的时间明显在1985年以前，即1983年冬或1984年初。除了上文所提供的信息以外，另一个重要的资料是王天乐在《〈平凡的世界〉诞生记》开头的文字：

> 八十年代初的一个隆冬……由于我立马横刀，使路遥又度过了一个重大的人生危机……不久，我调到《延安日报》当记者。[④]

这里提到两个时间参照点，一是“八十年代初的隆冬”，另一个是王天乐调入《延安日报》的时间。80年代初，一般是指1984年以前，而王天乐调入延安日报社的时间是1984年秋，那么依此推理，王天乐所记述的路遥人生的重大危机发生的时间就在1983年冬。

这个危机的具体内容目前不太好说，但严重程度却触目惊心，已到

---

① 朱合作：《本色路遥》，见申晓主编《守望路遥》，太白文艺出版社，2017年，第226页。

② 海波：《人生路遥》，广东人民出版社，2019年，第28页。

③ 申晓：《兄弟情深》，见申晓主编《守望路遥》，太白文艺出版社，2017年，第233页。

④ 王天乐：《〈平凡的世界〉诞生记》，载《榆林日报》2000年10月28日。

了威胁路遥生命的地步。1983年11月21日路遥曾给王天乐发去了一封急信，催促王天乐由铜川赶快来西安，在信末，他连用几个“快来！快来！快来！”[1]这样的惊叹词，而且“快来”两个字越写越大！可见此事非同小可。王天乐记述：“就在这个时候，路遥生活中发生了一件重大事件。这个事件差点要了他的命，一直到他生命终点，这件事还使他揪心万分。”[2]

正因此，王天乐迅速赶到西安并妥善处理好这个危机，他把自己的行为用了“立马横刀”这个特别的词加以描述，路遥也曾为此危机的解除紧紧地拥抱他以表感谢。而这个时间正是1983年末，是路遥正式构思《平凡的世界》之时。那么，这个重大事件与前文所提到的重大危机应该是同一件事。

还有一个旁证，高建群回忆：“1983年秋末冬初，路遥回到延安，他面色铁青，他说，这些天来，他脑子里只回旋着一句话，就是‘路遥啊，你的苦难是多么深重呀！’……一些天后，我为他写了一首诗《你有一位朋友》（其中有两段）：自然，我们的生活无限美好，/歌声总多于忧愁。/但是，谁能保证说，/我们没有被命运嘲弄的时候。/有一天早晨一觉醒来，/生活突然出现了怪诞的节奏，/你的妻子跟着别人走了，/一瞬间你是多么孤独！”[3]

这个让路遥深感痛苦的事件同样发生在1983年冬。所以，笔者可以基本认定，1984年初是路遥与林达关系走向危局的起点，之后，这种尴尬的感情一直拖延了八年。当然，也有知情者指出，其实在1982年两人就出现了问题，白描就说：

> **其实早在路遥去世前十年，两人的矛盾就曾闹得很厉害，甚**

---

① 路遥致王天乐书信，1983年11月21日，影印件，原信存梁志处。

② 王天乐：《苦难是他永恒的伴侣》，载《榆林日报》2000年10月14日。

③ 高建群：《扶路遥上山》，见申晓主编《守望路遥》，太白文艺出版社，2017年，第18页。

至考虑过是否分手……这实在是他们性格的悲剧。[①]

白描还提到一件事：

有一次他说我现在有一个大的行动，我要粉碎林达的事业心。林达那时候工作忙顾不上家庭，有一次林达回来晚了，他知道林达与竹子（《野山》的作者）有亲密关系，路遥一下冲进去说，你知道我怎么来的？我坐出租车来找你的。远远在家里饿了，没人做饭。他就掰住林达的手腕，问她回家不回家。当时没有钱，坐出租车是了不得的事情。[②]

总之，一位在创作上获得巨大成功的著名作家，经过八年的恋爱长跑终于结成正果，却在婚姻上没有逃脱“七年之痒”的魔咒，然后又经受八年冷战的折磨，至死也未完成正式离婚的手续，回想起来，真让人唏嘘再三。

感情破裂对路遥及其创作的影响

林达与路遥感情的波折如此漫长，无疑会对路遥的身心及其创作产生不可低估的影响。路遥虽然没有非常明白地谈论过这个话题，但是他间接的感情流露以及作品中许多有违初衷与常理的情节设计都能证明这一点。

首先是路遥身体与心理的病态由此加重。1987年夏是路遥病重吐血的时间，而在此之前，两人的感情已经出现明显裂痕，病重固然主要是生理的原因，但生气伤肝的道理，大家都懂。路遥是一个能憋得住气的人，这在做事上是优点，稳重成熟；但从健康角度说，却存在很大的弊端，郁气不得正常宣泄，必然会在一定程度上加快或加重肝病。路遥非常自尊，就

① 白描：《为作家母亲画像——路遥身后引出的故事》，来源：搜狐号“微风轩书香”，2017年7月27日，网址：https：//www.sohu.com/a/160336101_818396。

② 陈超：《白描谈路遥：他的作品和他都是复杂的》，来源：千龙网，2019年11月1日，网址：http：//culture.qianlong.com/2019/1101/3434843.shtml。

连日常的不痛快都不愿对人倾诉，那么夫妻间的隐痛，他就更不能也不愿给别人诉说，只有深深地埋藏在心底，从病理学角度，这当然会影响一个人的生理健康。

与此同时，由于与林达严重的隔膜致使路遥的日常生活得不到必要或足够的料理。“早晨从中午开始”固然是路遥本人的原因，但衣服自己买或让朋友代劳，饮食没有规律，缺乏营养，长期凑合，难道与感情的不和没有干系？

贺艺回忆自己的老婆曾给路遥织过四件毛衣。1985年“夏去秋来，天气渐渐冷了起来，我穿上了一件杂色毛衣外套，路遥看见了，问是从哪买的，当我告诉他是李文艾织的时，他说：‘干脆把这件给我穿，让她给你重织一件。’”①

郑文华也回忆：“1986年初夏，我穿了一件肥大宽松的深奶油色衬衣，路遥见了，说：‘文华，脱下让我试试。’路遥把我的衬衣穿在身上，十分合适，周围的同事都说不错。路遥说：‘文华，给我好啦，我给你钱，你再去买一件行了。我没时间去商店，再说，我买的衣服总感觉不合身。’”②

我们可以理解林达不会织毛衣，但是林达不会帮着买吗？为什么路遥要抢别人的衣服穿，并说自己不会买衣服？路遥的同学回忆：“大学同学都知道，路遥身上的衣服都是由林达打理的。”③可见，此时的林达已经不像从前那样愿意照管他这些日常事务。

至于心理上的孤独或变异更是明显。可以说《平凡的世界》三部的创作都是在这种心理阴影下完成的。虽然此时，他们没有办理离婚手续，但爱情明显早已死亡。也许有约定，两人各走各的路，互不过问，互不干

---

① 贺艺：《我所认识的路遥》，见李建军编《路遥十五年祭》，新世界出版社，2007年，第158页。

② 郑文华：《记路遥的几件小事》，见申晓主编《守望路遥》，太白文艺出版社，2017年，第84—85页

③ 张艳茜：《平凡世界里的路遥》，陕西人民出版社，2013年，第139页。

涉。所以，在心理上，路遥早已是孤家寡人。路遥此时究竟孤独到什么程度，王天乐的一段记述非常清楚：

路遥在广州写满了一个笔记本后，对我说……记住，今后每当我在一个地方写上20天左右，你就来看一看我，那时，我就停下笔和你说说话，这是最好的休息。①

正因为路遥找不到一个倾诉的对象，唯有让亲弟弟隔一段时间来看望一下自己，缓解一下这种长期压抑的苦闷。按常理说，亲人中关系最密切的应该是自己的爱人，但显然，他已经没有这种福分，甚至二人连正常的交流都达不到。

路遥是悲苦的、压抑的，他不只承受着普通人的难过，还要背负着名人称号下"家丑"不能外扬的压力。按当今心理学和病理学的概念，他早已经患上重度心理疾患，所谓焦虑和抑郁同时共存，他若没有坚强的毅力恐怕很难支撑那么长的时间。在《早晨从中午开始》一书中，我们不时感受到路遥严重的焦虑与孤独。

《人生》成功后，路遥马上对自己提出更高的要求，要超越十三万字，超越自己，即使1987年在已经吐血并且查出病因的情况下，他仍然不选择暂停写作去治疗、休养而是宁愿死去也要完成《平凡的世界》。他最担心这部长篇与前辈一样成为半部残卷。所以，他很焦急。

老实说，我之所以如此急切而紧迫地投身于这个工作，心里正是担心某种突如其来的变异，常常有一种不可预测的惊恐，生怕重蹈先辈们的覆辙。因此，在奔向目标的途中不敢有任何松懈，整个心态似乎是要赶在某种风暴到来之前将船驶向彼岸。心越急，病越重。②

而孤独的心境就更明显：

写作中最受折磨的也许是孤独……极其渴望一种温暖，渴望

① 王天乐：《〈平凡的世界〉诞生记》，载《榆林日报》2000年10月28日。

② 路遥：《路遥全集·早晨从中午开始》，北京十月文艺出版社，2013年，第75页。

一种柔情……写不下去，痛不欲生；写得顺利，欣喜若狂。这两种时候，都需要一种安慰和体贴。[①]

路遥需要的安慰与体贴毫无疑问首先来自爱人和家庭，但是从《平凡的世界》的写作开始，他已经没有了这种幸运。目睹着别人的全家团圆，其乐融融，他只有羡慕：

尤其是每个星期六的傍晚，医院里走得空无一人。我常伏在窗前，久久地遥望河对岸林立的家属楼。看见层层亮着灯火的窗户，想象每一扇窗户里面，人们全家围坐一起聚餐，充满了安逸与欢乐。[②]

这种强烈的羡慕和渴望使路遥甚至产生了瞬间的幻觉：

有一天半夜，当又一声火车的鸣叫传来的时候，我已经从椅子上起来，什么也没有想，就默默地、急切地跨出了房门……（但）四周围静悄悄的没有一个人。[③]

这显然不是路遥神经错乱，而是他情感极度空虚，婚姻处在无法挽回却又要尴尬维持的窘境中。所以，他接着说：

我明白，我来这里是接某个臆想中的人。我也知道，这虽然有些荒唐，但肯定不能算是神经错乱。我对自己说："我原谅你。"[④]

是原谅自己？还是原谅林达或者其他的人？我们不得而知，但是这种情感的强烈渴望是真实存在且无可置疑的。

尽管在《早晨从中午开始》中，路遥有两次描写过对家的想念，但这个家中，没有林达，只有女儿。他写道："为了亲爱的女儿，我也得赶回去——其实这也是唯一的原因。"[⑤]

如果说，物质之苦是外在的肉身之苦，那么，感情的缺失和婚姻无法

① 路遥：《路遥全集·早晨从中午开始》，北京十月文艺出版社，2013年，第49页。

② 同上，第50页。

③ 同上，第50页。

④ 同上，第50页。

⑤ 同上，第51页。

挽回的伤感则是内在的辛酸，也是难以向他人言说的大悲。

其次，路遥关于女性的理想形象开始回归。很长时间，城市女性所代表的时代文明、视野开放、知识渊博以及对底层人的平等和尊重等品质是路遥心目中最理想的女性内涵。田晓霞无疑是这种理想化女性的化身，但是当自己的感情生变且无法挽回时，路遥则把目光投回故乡，陕北的女性才是他当时心目中最完美的形象。王天乐回忆，路遥在1986年秋天，曾经谈过一次恋爱：

> 不到半年，路遥说那个“媳妇”不行了，和他告吹了。在洛川县城边上的一个沟畔上，我和路遥谈了一个下午。最后的结果是，路遥认为只有他《人生》中的“刘巧珍”可能是他自己最好的“媳妇”。[①]

邢小利记述1992年夏天，他与路遥的一段对话：

> 我说：大都市的姑娘给人的感觉要么冷漠，要么虚伪，要么矫揉造作，而小城的姑娘纯朴热情，给人感觉既自然又亲切。路遥很同意我的观点，他说陕北姑娘待人极好，她要是爱上你，即使后来有情人未成眷属，她也一辈子忘不了你。什么时候，只要捎个话，她就是借个盘缠也来看你。路遥后来感叹地说：那是真爱，不是为了什么才爱的。[②]

1991年6月10日，路遥在西安矿院回答学生提问：谈一下像巧珍这样一些妇女，请问你是不是在农村就遇到过巧珍？他回答说：

> 不是，因为这个人我可以说，她就是整个陕北劳动妇女的一种形象……我的目的就是写得叫人们爱她，同情她，永远留在人们的心里。这就是陕北农村的劳动妇女，就是这么一种形象，漂

① 王天乐：《〈平凡的世界〉诞生记》，载《榆林日报》2000年10月28日。

② 邢小利：《从夏天到秋天——路遥最后的岁月》，见《陕西作家与陕西文学》，陕西人民出版社，2017年，第201页。

亮、美好、不幸。①

陕北农村的姑娘虽然生活不幸却心灵美好，城市女性尽管令人艳羡却不适合过日子。相对而言，路遥现在更看重这种有缺陷的美好，而不是所谓“一片繁华”的“花裙子”。

> 我内心最大的安慰就是我终于让人们知道了曾经和我一块生活过的这些人是怎样的人，看到了遥远的偏僻的土壤上也有好多美好的人情，也有那么美好的悲剧，而不是仅仅只看到城里的一片花裙子和城里的一片繁华。②

路遥“曾对朋友透露，婚姻不能图形式，而重在内容，我虽有一个北京知青老婆，但我并不是十分幸福的人”③。这也就是说，以往对城市女性的青睐更多侧重了形式，但现在他从自己的情感经验中体悟到，婚姻的内容即拥有真爱才是本质。路遥与航宇有一段对话，更具体和明白地道出了这种感悟：

> 他比较认真地给我说，我觉得你找一个陕北女娃娃挺好。我说，为什么？你能找一个有文化又漂亮的北京女知青，我就不能找一个城里的姑娘？路遥说：这个你不明白，农村女娃娃淳朴善良，只要跟了你，就会死心塌地，哪怕是寻吃拉棍也不变心。其实，人在年轻谈恋爱时，脑子都一满不怎么精明，有些糊里糊涂，光看人家漂亮不漂亮，不漂亮就不行，真正到一块，漂亮不漂亮就不是很重要了。考虑的是柴米油盐，讲的是儿女情长。④

京夫则回忆：

> 路遥因《人生》和《平凡的世界》大获成功时，他不乏自己

① 路遥：《路遥全集·早晨从中午开始》，北京十月文艺出版社，2013年，第236—237页。

② 同上，第238页。

③ 雷涛：《感悟路遥》，见申晓主编《守望路遥》，太白文艺出版社，2017年，第4页。

④ 航宇：《路遥的时间——路遥最后的日子》，人民文学出版社，2019年，第95页。

的追星族、崇拜者，也不乏与他走得很近的女子，他已到了可以荒唐的人生阶段，也不是没有荒唐的可能，他偶尔的放纵来得夸张而奔放，但他在心目中，却把身份高贵心仪已久的女性只当作自己的异性偶像，他只远远地敬慕并描述赞叹她或她们的美丽高雅……[①]

所谓路遥偶尔夸张的放纵，尽管语焉不详，但大概指的就是与陕北籍女子的相好，孔保尔曾亲自听路遥对他说过，他有三个陕北情人[②]，不管其是指婚前还是婚后，但相好是确实存在的，用路遥的话说，那是谈恋爱。也就是说城市女性只是心目中向往的对象并不适宜于过日子。

又次，平复感情的创伤成为路遥《平凡的世界》的部分创作动机。路遥的初恋给路遥留下了终生也未痊愈的创伤，与林达婚姻的冷战更是激发了路遥扬眉吐气的渴望。《平凡的世界》的部分创作动机就混合着这个潜意识。李天芳作为熟悉路遥的朋友和同行，曾分析过他的整体写作动机：

不管日后人们将怎样评说路遥，也不管学者和评论家将怎么研究他的人生和作品，在我看来，路遥拼命搏击的一生中，潜意识里一直有个支撑点，那就是要完全彻底地摆脱苦难和贫穷的童年带给他的诸多屈辱和阴影，但最终他也未能完全如愿。[③]

海波回忆1987年春自己在北京鲁迅文学院学习期间，路遥来京办理出访德国的手续，有一天曾专门去了一趟王府井的东安市场，说要找一个“七女门市部”，路遥的初恋林红就在那里上班。回到住处后，路遥很激动，海波问他为什么，路遥说：

难道不应该激动吗？你知道她是在什么情况下抛弃我的吗？你知道这种抛弃意味着什么吗？你知道雪上加霜吗？你知道一个

① 京夫：《孤独的路遥》，见申晓主编《守望路遥》，太白文艺出版社，2017年，第72页。

② 孔保尔：《常人路遥》，见申晓主编《守望路遥》，太白文艺出版社，2017年，第212页。

③ 李天芳：《财富》，见申晓主编《守望路遥》，太白文艺出版社，2017年，第157页。

人在最困难的时候身边的“反手一刀”吗？你知道我为了证明自己吃了多少苦，受了多少罪，咬了多少回牙吗？[①]

王天乐在《苦难是他永恒的伴侣》一文中揭秘：路遥即使死去也要用作品为父亲挣一个更大的名声。

我们去医院查出了他吐血的病因。结果是十分可怕的。路遥必须停止工作，才能延续生命。但路遥是不惜生命也要完成《平凡的世界》第三部。我能理解他的这一选择，因为他活得太累了，太累了……为此，我和他无数次地辩论，不能这样，必须先保身体，后搞创作，看人家贾平凹，得了病写文章向全社会宣布，他把某种压力给了读者，自己一定会轻松得多。但他流着泪告诉我说，这个世界上只有你一人知道我为什么这样做。对此，我们两人都是幸福的。我走后，父亲就靠你了，过去一直也是你关照他，将来我走后，你就会更轻松地把他完满地送上山。他一生只给他老人家挣了个名声，他在我这里没有得到过应该得到的实惠……[②]

在《早晨从中午开始》中路遥又一次间接提到自己拼命完成《平凡的世界》意图之一，是为了让女儿以后会因自己的奋斗而感到自豪。

是的，孩子，我深深地爱你，这肯定胜过爱我自己。我之所以如此拼命，在很大的程度上也是为了你，我要让你为自己的父亲而自豪。[③]

这些话基本上都是一个意思，路遥要通过自己的创作改变王家几辈人经济窘困的命运，要给自己和家人挣得一个大大的名声，向别人，特别是无视或小看自己的人证明自己的能力，从而驱走童年的屈辱并赢得全社会的尊敬。那么，把这个意思稍做延伸，路遥此时的写作难道没有向林达

① 海波：《我所认识的路遥》，长江文艺出版社，2014年，第160—161页。

② 王天乐：《苦难是他永恒的伴侣》，载《榆林日报》2000年10月14日。

③ 路遥：《路遥全集·早晨从中午开始》，北京十月文艺出版社，2013年，第81页。

再次证明自己并通过这种特殊的“报恩”方式以挽回岌岌可危情感的意味吗？仍然是海波的两段话能支撑这个猜测：

> 我同时认为，在总体上讲，路遥也没有辜负林达对他的爱，他用惊人的毅力、忘我地劳动和（令）世人瞩目的成就实现了给林达的承诺（如果有承诺的话），用事实证明了林达是一个有眼光的女人。[①]

> 报恩的最好办法是，努力地写东西、出作品、出名声……如果我写的作品能说出他们的真处境、真感情、真期望，那么，这恩就报深了，不但他们能感觉到，他们的儿孙也能感觉到，历史也能感觉到。[②]

再次，路遥笔下青年男女的感情大都蒙着一层悲凉的阴影。《平凡的世界》从进入谋篇布局到写作全部完成的三年时间里，路遥正处在感情极度痛苦和矛盾的阶段，所以他这种复杂的、悲剧性的情感体验怎么可能不带到小说之中？所以，我们发现小说中几乎所有女性的婚姻都不如意，或者全部是一种残缺的感情。就连孙少平最后舍弃金秀的追求而导向惠英也蒙上一层悲凉的色彩，更不用说孙少安与秀莲看似完满的感情在最后竟以秀莲患上肺癌收场。

田润叶与孙少安青梅竹马并未结成连理；田润叶与李向前结婚多年还分床而居，直到李向前发生车祸摔断了腿，田润叶才由于歉疚与他生活在一起；田晓霞与孙少平是广大读者都期待成功的一对知音，也是路遥心目之中理想的婚姻样板，但却以田晓霞的牺牲结局；惠英嫂与王世才恩爱有加，王世才却突遭矿难；郝红梅先被男朋友顾养民厌弃，另嫁的乡村教师又突然患病而亡；金波与藏族姑娘相爱并为此被取消军籍，此后再也没找着那位姑娘；孙兰花与王满银的婚姻磕磕绊绊，王满银甚至把野女人带回家；地区团委书记武惠良竟遭遇妻子杜丽丽的出轨；等等。

---

① 海波：《我所认识的路遥》，长江文艺出版社，2014年，第97页。

② 同上，第152页。

怎么可能所有的主人公都会在感情上如此不幸或坎坷？这显然不是生活中的众多巧合，而是与作家路遥潜意识中所经历的情感波折不无关联，换句话说，自身情感的悲凉与曲折不自觉地流露在他描写人物的笔下，或者说导致了他对人物命运的设计下意识地注入了苦难与不幸的血液。尽管，这些阴影在这些人物的生活中只持续了一段时期，很多人物的结局最终都有改观，但是每个人物身上遗留下的伤痛却难以抹去。

不妨与此前路遥的其他小说中的情感描写做个对照，1984年前，路遥中短篇小说中的女性大多阳光向上、品质高尚、情感纯洁。无论是《风雪腊梅》中的冯玉琴还是《青松与小红花》中的吴月琴、《夏》中的苏莹、《姐姐》中的姐姐、《月夜静悄悄》中的高兰兰，甚至包括《生活咏叹调》中的小萍、无名女护士都是这样的形象，而且从题材上看，尽管有几篇涉及男叛女、女弃男的情形，但也只停留在男女恋爱的阶段，应该说是因为路遥初恋失败的情绪还未散尽。所以，《平凡的世界》中所笼罩的情感阴霾应该与路遥与林达的情感波折密切相关。

复次，路遥笔下的城市女性类型趋向复杂化。路遥笔下的城市女性形象比较单一，更多呈现为理想型，比如黄亚萍、吴亚玲、田晓霞等，但是在《平凡的世界》第三部中却出现了一个杜丽丽的形象。这个人物非常特殊，她应该是路遥自身的情感发生危机后对城市女性的另一种思考，如果说，田晓霞等是一种简单的理想型女性，那么，杜丽丽就代表着路遥塑造城市女性形象中的复杂类型。

可以说，在路遥与林达感情和谐期间，他作品的基调包括对城市女性形象的描写大都带有肯定和理想的色彩。无论是《人生》中黄亚萍，还是《在困难的日子里》的吴亚玲、《平凡的世界》中的田晓霞等，她们都寄寓着路遥对现代家庭理想伴侣的期盼。她们身上城市文明的时尚与先进气质以及对精致、浪漫生活的追求，善解人意的聪明，以及对弱者的尊敬和平等意识都是路遥欣赏的。而这些女性形象的原型无疑与作为路遥妻子的林达有很大的关系，林达的知识分子家庭出身以及在经济上的相对优裕，特别是她所传承的优雅和大方，必然会在无形或潜意识中影响路遥对以上女性形象的塑造。

换句话说，黄亚萍、吴亚玲与田晓霞三人其实出自一个模子——林达，田晓霞就是吴亚玲的更名，是黄亚萍的发展，无论是各自具有的男性化气质还是帮助高中同学打工的情节都很相像，他们都不愿伤害男同学的自尊，而是平等地对待他们。所以，路遥在作品中对人物的赞美在一定程度上也就是对林达在他们婚姻前期所有言行的肯定。下面一段心理描写既是对吴亚玲说的，也可以理解为是路遥对林达早期的表白。

> 吴亚玲的行为无疑给我的精神世界投射了一缕阳光。人要是处在厄运中，哪怕是得到别人一点点的同情与友爱，那也是非常宝贵的。有的人会立即顺藤摸瓜，把别人的这种同情和友爱看作解脱自己的救命稻草，一旦抓住了就不松手。而对我来说，只觉得应该珍惜这种美好的人情，并以同样高尚的心灵给予回报。①

林达作为北京知青之所以愿意嫁给路遥，除了看好路遥的潜力，欣赏他传奇的经历，钦佩他不满现状、奋力拼搏的精神之外，那就是她自己对世俗的大胆反叛和作为城市知识青年对所有人的尊重和平等意识，她不因为路遥的农民身份嫌弃路遥，她还要帮助路遥从失恋以及被免职的双重困境中振作起来，正是这样，她才能心甘情愿地等待路遥八年，并从精神与经济上给他支持。

在这一点上，路遥是永远感激林达的，也许这就是他迟迟不愿离婚的原因之一。当然推迟离婚的原因非常复杂，为女儿的未来考虑，以及其他更难以言传的理由等等。不过，路遥始终怀揣着对林达的歉疚而放不下应该是一个重要的因素，也就是说，路遥即使不忌讳偶尔的犯错，但是负义的背叛却是他不愿承担的名声。林达为他牺牲得太多了，不只是首都之家不能回归，也不只是门第等差距所带来的诸多烦恼，更是二十多年大好青

① 路遥：《在困难的日子里》，见陈泽顺选编《路遥中篇小说名作选》，陕西人民出版社，1993年，第194页。

春的流逝。两个冤家也许正是在这种仍然牵挂却又不能原谅的境地之中一拖再拖，从而给各自造成长达八年的折磨。而这种复杂的心境就在《平凡的世界》里杜丽丽与武惠良的情变中得到曲折的反映。

这段描写透露出路遥自己感情上的迷茫与痛苦。武惠良与杜丽丽的感情产生危机的原因似乎主要在女方一边，而且这个原因在那个时代过于前卫，是当时道德背景下普通人难以接受的。他们两人有一段对话：

> 丽丽平静地说："我不应该骗你。我爱你，也爱他……你虽然知识面也较宽阔，但你和我谈论政治人事太多了。我对这些不感兴趣，但我尊重你的工作和爱好。我有我自己的爱好与感情要求，你不能全部满足我。"
>
> 武惠良说："难道你既不和我离婚，又和古风铃一块鬼混吗？"
>
> "怎能用这样粗鲁的话评论我们的关系？你现在的思想还停留在过去的年代。你现在很痛苦。我理解你的痛苦，我也痛苦。我的痛苦你未必理解。这既是我们个人的痛苦，也是现代中国的痛苦。我相信有一天你会理解并谅解我，因为你自己也许能找到一个你满心热爱的女人。"①

从路遥本人的道德倾向来说，他无疑是较为传统的，但也不能否认作为作家的路遥具有更加开放的婚姻观念。我们无意对此观念的对错或高下进行评判，但是问题的提出却值得我们深思并难免产生某些联想。

最后，田晓霞的提早谢幕与孙少平的保守选择反映了路遥个人情变之后的心态。

> 真正的爱情不应该是利己的，而应该是利他的，是心甘情愿地与爱人一起奋斗并不断在自我更新的过程；是融合在一起——完全融合在一起的共同斗争！你有没有决心为他（她）而付出自己最大的牺牲，这是衡量是不是真正爱情的标准，否则就是被自

① 路遥：《路遥文集》（3，4，5合卷），陕西人民出版社，1993年，第217页。

己的感情所欺骗。[1]

这段话摘自小说《平凡的世界》中田晓霞的日记，它代表了作品中人物的爱情观，同时也表达了路遥的爱情理想，是他对自己理想伴侣的希冀。

正因此，田晓霞在小说中才必须提前谢幕，只有让她牺牲，路遥的情感理想才能保持，小说的题旨也能完整，情节的发展更加顺畅，作品的感染力自然增强。反之，小说非常难以推进，虽然，让孙少平与田晓霞结合未尝不可，但那样处理就与大众的婚姻观念相悖，而且还会弱化主题。

尽管，路遥对田晓霞是那样的不舍，以至写到田晓霞死去的时候，路遥把王天乐从外地喊来，大哭着告诉他这个情节处理的结果，但他又不能不让她死去。这种伤心而有矛盾的插曲，不能简单地以为只是路遥沉迷在创作过程中难以自拔的一段写作佳话，也应该看作路遥家庭变故的情感折射，也就是说，路遥以此在向自己死去的感情告别、致祭！理想的爱情受到自身婚姻与生活的双重拷问，那么，是遵从生活的轨道还是坚持作家的理想？路遥选择了前者。因此，孙少平的感情选择似乎成为一种倒退。

不少读者会觉得这种处理与孙少平的性格主调有点矛盾。他的不满现状，决定了他的人生走向一直是向外延伸，包括他的婚姻，在有了田晓霞的先例之后是不可能倒退的，就像路遥一样，初恋是北京知青，失恋后仍然要娶一个北京知青，这不单是虚荣的心理，更是他的心性追求，他只能保持现状或超越现状，他不可能后退，也就是他只能找条件更好的，绝不可能找一个不如前者的。但是，《平凡的世界》第三部中的孙少平似乎做了一种保守的选择：他在与惠英嫂走近。

为什么要做这种处理？路遥从小说情节发展的逻辑角度做过解释，他说："孙少平最远只能走到煤矿，如果进了大城市我就管不住了。"[2]但这并非全部，笔者以为，路遥与林达感情的现实悲剧同样为此变化提供了

① 路遥：《路遥文集》（3，4，5合卷），陕西人民出版社，1993年，第280页。

② 王天乐：《苦难是他永恒的伴侣》，载《榆林日报》2000年10月14日。

助力。

理想终归是美好的愿望，现实永远是琐碎的鸡毛，大多数人只能一步步脚踏实地地改变自己的生活，王子与乞丐的故事毕竟是童话。门当户对的观念固然陈腐，但男女双方在经济上太大的落差仍然不太现实，北京知青嫁给陕北农民的结果大多以悲剧收场。

因此，在感情的现实与理想之间，路遥果断地选择了现实，但这不是他的退却和屈服而是他忠实生活的必然。路遥的伟大就在这里，就像有人质问他为什么让高加林有恋土意识，路遥回答“不是我让，而是生活”。

是谁让高加林们经历那么多折磨或自我折磨走了一圈后不得不又回到起点？是生活的历史和现实原因，而不是路遥。[①]

同样，对孙少平婚姻的最终选择也不是路遥主观的人为安排，而是生活与艺术的必然逻辑。有人质疑路遥的这种处理：

按孙少平的性格，他的结局，不是死在路上，就是还在路上；不是死在理想与现实的剧烈冲突中，就是还在追求远方理想的路上。他不应该是现在这样的归宿：安于当一个矿工，娶一个寡妇。他的性格应该与哥哥形成反差。

站在今天的历史节点来看，煤矿被关闭，孙少平将向何处去？他跟寡妇结婚，日子过得幸福吗？这一切，难道就是孙少平最终要追求的？我总觉得，小说最后所写的孙少平对自己工作和婚姻的选择，既不符合这个人物的性格逻辑，也削弱了这个人物的力量和意义。[②]

但这种质疑是不能成立的，无论从孙少平作为矿工的现实处境出发，还是考虑他受伤后容貌有损的自卑心理，包括惠英嫂对他的体贴与依赖等，孙少平选择照顾惠英嫂和明明都是最合理也最自然的决定。但这个照顾，并不等于孙少平要和惠英嫂结婚，路遥根本没这么写，很多人只是从

---

① 路遥：《路遥全集·早晨从中午开始》，北京十月文艺出版社，2013年，第59页。

② 邢小利：《回望路遥》，载《文学自由谈》2020年第4期。

《平凡的世界》书末的那段暗示做了常规的想象，是高明的作者“迷惑”了很多粗心的读者。其实，路遥给孙少平留下了无限的空间，生活在继续，什么都可能发生，一切也都可能变化。孙少平有可能与惠英嫂成家，孙少平也可能再寻找更理想的对象。路遥说：

> 孙少平的生活并没有完，说结局是不准确的……他回到煤矿并不是说生活已经完蛋了，不是这样……至于爱情生活方面，前面他有几个都没有成功，这个不要紧，他肯定能找到对象。[①]

所以，孙少平最终选择回到煤矿并照顾惠英嫂与明明，并非改变了他一往无前、不甘现状的性格，而是他在生活的突变面前所做的暂时休憩与调整。刚刚经历过灾难与挫折的孙少平此时最需要的当然是一种平等的关切与家庭的温暖，那么他走向惠英嫂就很正常。路遥当时自身生活的尴尬和情感的悲苦处境不是在做这种心灵的强烈呼唤吗？

平凡世界中普通劳动者的日子始终围绕着油盐酱醋的苟且，诗与远方常常在艺术和理想之中闪烁。三十年的岁月已过，路遥与林达的情感恩怨早已消散，希望林达能为读者和研究者亲自提供更详细和鲜活的资料。

原载《中国当代文学研究》2021年第4期

① 路遥：《路遥全集·早晨从中午开始》，北京十月文艺出版社，2013年，240—241页。

一篇路遥研究的重要遗文

伴随路遥十三年的王天乐是路遥研究中不可忽视的重要人物。他生前发表的《苦难是他永恒的伴侣》和《〈平凡的世界〉诞生记》两文已成为路遥研究者不得不参考的必备资料。

但很多人不知，王天乐还有一篇重要的未刊文稿也特别有价值。这篇遗文从手稿上看，曾拟用两个名字，分别是《我的父亲和他的儿子路遥》和《父亲、姐姐和路遥》，最终，他确定以三人并列的形式出现，即《父亲·姐姐·路遥》。

这个微小的变化，其中潜含着作者构思的轨迹。显然，王天乐最初只想写父亲与路遥的关系，中间才加上了姐姐，最后又想在这篇文章中，既叙述父亲、姐姐对路遥的影响，同时为三人分别速写一个肖像。

为了帮助读者了解这篇文稿的完整内容，经王天乐妻子梁志女士授权，现全文整理于此：

父亲·姐姐·路遥

路遥去了，对于我们这个家庭来说，就如一颗太阳在正中午突然消失了。这绝不是因为他是一个名人能给我们涂上一丝半点的余晖，更重要的还在于他是我们众多兄妹中的大哥，我父亲的长子。

路遥走后的那一天，尽管有很多悲壮而杂乱的事我要着手处理，巨大的悲痛和难言的心境还不至于把我当时击垮在地。唯有一块心病就像当天阴沉沉的天气一样压得我透不过气来，那就是我的父亲。是的，我亲爱的父亲再也经不起如此惨痛的打击了。他是一位地地道道目不识丁的农民，在陕北那块支离破碎的土地里，靠他惊人的勤劳拉扯大了我们兄妹八人。当他看到儿女们逐渐在庄稼林里成长并由拖累变成帮手的时候，父亲曾在月光地里淡淡地笑过一回。这是我刚从山里拾柴禾回来看到的，当时差点兴奋地掉下了眼泪。我14岁了，看见父亲头一回笑。（但）苍天也许为了回报这带有可怜的一笑，在当年就夺去了我27岁姐姐的生命。我向人间做证，我的姐姐是被饿死的。

她11岁上为了挖一把糊口的野菜从山崖上摔下来，当时吐了一口血，后来就一躺不起。她为了让弟妹们多吃一口饭，每当我们在仅有的一孔破旧的窑洞里吃饭时，她总是悄悄地站在院子的角落里等待大家吃完了才挣扎着回来洗锅刷碗。把剩下的饭在灯光的背后偷着吃了，如果没有剩饭就装得像吃过饭似的不停地干活。那时，我曾看见父亲眼里的泪水。后来她为了给家里少一张吃饭的嘴，本来得的病是不能结婚的，但她还是头也不回地去了。嫁出去的第二年，姐姐就去了。她在我父亲的怀抱里永远地睡着了。我帮着我的父亲给我的姐姐穿好衣服，共同把我们最心爱的人安放在父亲耕种过的土地里。过了一年，我父亲的头发白了三分之二。

不久，我就离开家门，发誓要出去挣钱，为父亲箍几孔新石窑，并让他在后半生把猪肉吃够，白酒喝足，最好是让他老人家醉上三天三夜。

1979年盛夏，这是一个难忘的季节，我在延安揽了两年工以后见到了被父亲7岁上送给延川给我大伯当儿子的路遥。我们本是亲兄弟，但又是那样地陌生。过去相互都知道，但说话不到10句。没想到我们一见面就是三天三夜没睡觉。他当时刚写完中篇小说《惊心动魄的一幕》，精神状态极好。那一次，我的哥哥告诉我，7岁上，父亲送他给别人当儿子时，怀里头揣着一角五分钱，步行了200多华里路，只吃了一顿饭。这就是用一角钱买了两碗油茶，都让我哥喝了。父亲剩下的5分钱是返回时的路费。

当路遥听说我离开家的理想是箍窑卖猪肉买白酒时，他没有笑我“农民意识”，却像朋友一样紧紧地抓住了我的手。

“哥哥，我不可能成为一个什么人物，我只想用我的苦力改变咱那个不成样子的家。这一生就是卖掉裤子也要保住父亲的尊严。”

“侯曼（我的奶名），我必须要成为一个人物，而且最好是文化上的大人物，我要写厚厚的一本书，告诉世人，我们不是祖宗五代是文盲，这一代要改换门庭了。”

这就是我们那一次分手时的相互赠言。我去了铜川煤矿掏炭去了，他到甘泉县开始写他的《人生》，当时的书名叫《沉浮》。在以后10多年的岁月里，我和路遥共有300多次的相互通信，在不少信件里，都谈到了我的父亲和姐姐。

今天，他比我的父亲先去了，我再也不想让父亲又一次为他的亲骨肉送行了。赶忙发电报让其他家人做好他老人家的工作，绝对不能让他来西安。

我和路遥1991（年）彻底地周游了一回故乡。当我在一个小镇子上找到我父亲，让他一块上车坐在后排，大约走了四五华里路时他突然指着坐在前排的路遥，悄悄地对我说：“那是谁？”路遥又一次转过脸来让他看了半天，父亲还是没有认出因写《平凡的世界》变得向稿纸永恒佝偻下身子的路遥。父亲不会知道他的儿子此时早已染上了乙肝，而且是“老三阳”。此时，路遥向我看了一眼，眼睛里肯定有泪水。因为，我们家里再没有人像我对泪水如此敏感了，于是，我对着父亲“介绍”道：“这是你的儿子，路遥。”父子俩奇迹般地就在车里握了一下手，父亲并把我的手也拉过去，又一次紧紧握在一起。这是我父亲对他两个儿子的第一次也是最后一次礼节。我们是父与子，兄与弟，但现在成了朋友了。

1988年5月28日，路遥带着刚刚写完的《平凡的世界》第三部，我们一起去太原找作家郑义，有要事商谈。顺路回到家里，（路遥）指着厚厚的10本稿纸说：“爸爸，这是我写的书。”只见我父亲在纸上摸了摸说：“你受苦了。”路遥一下就感动得把身子转过去了。我知道，《人生》《平凡的世界》一二部发表后，评论家们写了那么多高深的理论，但加起来的分量也没有我父亲赞美路遥这般深刻。我半开玩笑地说：“爸爸，你现在把猪肉吃够了没有？”我父亲说：“不爱了。”我一下子紧紧地将只有1.50米的父亲抱在怀里。从小在我眼里那么高大的父亲，此时在我怀里就像一个孩子一样。亲爱的父亲，你知道吗？我和路遥1985年初，在兰州火车站散步的时候（我和路遥多次都是在到西安火车站以后才决定去什么地方），谈起你的辛劳。我们都失声地哭了。路遥也就在那一次说：“爸爸一生留给我们唯一的财富就是吃苦！今天，我一百万字的长篇小说的人物草图和地形草图绘完了，不久就要进入实战，要用父亲的精神去完成这部需要牺牲全部青春的作品了。小说一完，我就步入中年了。”在抄写《平凡的世界》第二部时，他和我的姐姐一样吐了一口血，他有一种预感，实际上是心灵深处的恐惧。为这一神圣的暗示，他在后来的《早晨从中午开始》中用了大段文字谈到了他对死亡的感受，没想到中年已经成了他的终年。

我站在省作协招待所的窗前，看着院子里摆的花圈，泪水静静地流在肚里。我曾在我的姐姐的墓前发过誓，从今后，我已无泪！姐姐，你去是无奈的，大哥，你呀，你！！！

爸爸来了，他还是从千里之外赶来为他的儿子送最后一程来了。当他突然被别人架扶在我的面前时，我惊呆了。脑子里的第一个反应是：送完他的儿子，他还能顺利地返回陕北吗？

房子里的友人和家人都很快出去了，他们都知道我要和我的父亲单独悲痛地呆（待）会。“爸爸，你哭吧，你就在我的怀抱里放声地哭吧。”我紧紧地搂抱着他说。我的父亲不仅没有哭，而且有力地对我说：“你哥的任务完成了，今后家里的大梁就靠你一个人挑了，你是在我面前从不流眼泪的一个儿子，这多年，也受了不少的苦，今天你就痛痛快快地哭一场，不然会病的。”

这就是我的父亲，这就是我的连他自己的名字也不认识的父亲。我真想跪倒在他面前，满足他的愿望，但我怎能呢？

爸爸，你是了解我的，我14岁开始就站在你的身旁，和路遥一起帮扶着你老人家度过一个一个天灾人祸的难关，今天一场黑雪又下在我们的头上，你担待我，我会把一切都处理好的。我不哭，我永不哭！我又一次紧紧地抱住了我的爸爸。

我曾和路遥无数次规划过带着父亲到大城市去，让他坐火车、坐飞机，这是父亲第一次来西安。爸爸，你永远也不会真正理解我和路遥对你的敬重和对我姐姐的思念！

后来，爸爸平静地对我说，把路遥的遗体运回陕北由他亲手安葬。我对他说，要火葬。父亲问：“你哥能不火葬吗？”我说，不能，这是公家的规定。当他知道公家有规定时就悲哀地告诉我，那就一切按公家的来。一切按公家的来，这就是我父亲一生对这个社会的信念。他外部平静内心带着刀割的悲痛回陕北去了，不久，他又该下地了。

我静静地在路遥的骨灰前抽了一盒烟。我和他整整相处了13

年，这是一个一言难尽的历程，我们一母同胞，情同手足，但我们兄弟也有任何人不可调和的矛盾。只有我知他知，（真实的内容，真谛、原因）这是常人难以理解的矛盾冲撞。

我们兄弟俩曾是我父亲精神和物质上的左右大将，现在我只能（用富兰克林·罗斯福的一段话）对他说：“亲爱的哥哥，（虽然上帝安排你先走一步，那你就去吧！等我办完我应该办的事后）自然，上帝为你安排的宴席让你先走一步，那你就先走吧。我深信那里还有很多空着的位子，我干完我应该干的事后，也会如此赴宴的。现在我不能去的原因之一就是，我要在适当的时候给（人间，活着的人，这个世界，喜欢你的读者）留下一个真实的路遥并真实地告诉我们兄弟之间所发生的一幕幕悲喜剧。

“你放心，他们会喜欢，肯定甚过《人生》和《平凡的世界》。要让你和你用生命换来的《人生》和《平凡的世界》一同在人间永生。安息吧！我心爱的早去的两位亲人。”

补记：近日有人因完成路遥未动笔之作品和以悼念路遥周年为名拉赞助而挣了不少钱，甚至有人还把悼念路遥的文章打上广告字样在报纸上刊发，以此来推销自己的作品，这里一并，我表示祝贺。路遥贫困一生，但他的内心还是希望有的人富起来的。这里要劝告这些早日想成名和致富的人们，不要欺骗读者，不要违法，更不要吃“蘸有人血的馒头”，因为路遥历来视读者为上帝！把尊严当生命！请你们饶了他吧！请你们饶了他吧！

此文的写作时间与背景

从此文补记中提到的时间来看，其大概动笔于路遥逝世不久，而完成于路遥去世一年之际，即1993年11月左右。是王天乐发现社会上有人借纪念路遥逝世一周年之名挣钱而联想到路遥生前的经济拮据以及他们家长期的贫困情形，从而悲伤而深情地写下了这篇文字。

他所谓有人借路遥逝世周年之名拉赞助者应该是曾出版过《路遥在最后的日子》的航宇，因为航宇自述由他发起并举办了路遥逝世一周年纪念会。

> 我多次找西安电影制片厂导演何志铭，向他讲了我的不成熟想法，想把《路遥在最后的日子》改编成电视片，争取在路遥去世一周年时播出……而我的任务，不仅要承担《路遥》电视片的撰稿，还要筹措拍摄经费，如果经费落实不到位，一切都是纸上谈兵。①

为此，航宇找榆林地委领导帮忙获得赞助3000元②，又通过时任延安大学校长申沛昌得到赞助3万元③，最后终于赶在1993年11月17日，于西安秦大饭店，隆重举行了纪念作家路遥逝世一周年活动。④由此可见，王天乐所言非虚。

然而，此时王天乐的身体欠佳，精神状态更差，他在手稿中多处涂抹的印迹以及某些地方的语无伦次就是最具体的表现。但即使这样，他仍然对利用路遥的名义发财致富的人表示祝贺，并劝告他们不要欺骗读者，要遵守法律，不要吃“蘸有人血的馒头”。这是多么宽阔的胸怀。两相对照，我们就不难发现航宇在二十年里用两本书伤害路遥以及王天乐是多么狭隘和不友善。

当然，写作此文的主要原因是，王天乐试图把仅仅二十七岁就已早逝姐姐的苦命与勤劳一生为儿女受苦、忧伤而坚强的父亲，以及敏感、坚毅的大哥路遥，这三位亲人的形象轮廓素描在读者面前。

---

① 航宇：《路遥的时间：见证路遥最后的日子》，人民文学出版社，2019年，第454页。

② 同上，第457页。

③ 同上，第459页。

④ 同上，第464页。

姐姐和父亲的素描

父亲和姐姐曾是路遥和王天乐兄弟俩一生的牵挂，也在路遥的创作之中经常出现并作为他写作的动力和源泉。

王天乐的姐姐，即路遥的大妹，小名叫荷，大名王秀莲，出生于1951年，1978年去世。荷是他们兄弟心中永远难忘的亲人，特别是她被饿死这种残酷的结局给路遥和王天乐的精神造成了难以磨灭的刺激。路遥一直想以他的大妹为题材写一部小说。晓雷回忆道：

> 他（指路遥——笔者注）为我描述他的因贫困和疾病而受尽磨难从而早夭的妹妹的故事。他描述他家乡那黄土沟壑中的一棵老槐树。他把妹妹的故事和老树的故事编织在一起，就要写一部20万字的长篇小说，题目就叫作《生命树》。[①]

但路遥又沉痛地表示，这本书必须在他五十岁以后才能写。

> 路遥对我（王天乐——笔者注）说，一定要写出姐姐壮丽的人生悲剧，但这部作品必须得到了五十岁以后才能写，否则，承受不了这么大的悲伤。[②]

王天乐则因为姐姐的被饿死而发誓不在农村生活，一定要出去闯荡，从而改变家庭的贫困。

> ……我向人间作证，我的姐姐是被饿死的。不久，我就离开家门，发誓要出去挣钱，为父亲箍几孔新石窑，并让他在后半生把猪肉吃够，白酒喝足，最好是让他老人家醉上三天三夜。

尽管，王家的物质生活后来在兄弟们的共同努力下有所转机，但是姐姐的故事却由于路遥的过早病逝并未呈现在读者面前。不过，在《平凡的

① 晓雷：《故人长绝——路遥离去的时刻》，见李建军编《路遥十五年祭》，新世界出版社，2007年，第176页。

② 王天乐：《苦难是他永恒的伴侣》，载《榆林日报》2000年10月14日。

世界》中，我们仍然看到了她的大名秀莲，只不过路遥把这个名字给了孙少安的妻子，同时也把妹妹的善良、吃苦、牺牲等精神赋予了她。正如王天乐在这篇未刊文中所描述的：

> 她为了让弟妹们多吃一口饭，每当我们在仅有的一孔破旧的窑洞里吃饭时，她总是悄悄地站在院子的角落里等待大家吃完了才挣扎着回来洗锅刷碗。把剩下的饭在灯光的背后偷着吃了，如果没有剩饭就装得像吃过饭似的不停地干活。那时，我曾看见父亲眼里的泪水。

而路遥的生父王玉宽同样是路遥和王天乐以及他们所有弟妹都很热爱和尊敬的人物，路遥与王天乐都曾用大段的文字表达过对他的赞美。路遥说：

> 再一次想起了父亲，想起了父亲和庄稼人的劳动。从早到晚，从春到冬，从生到死，每一次将种子播入土地，一直到把每一颗粮食收回，都是一丝不苟，无怨无悔，兢兢业业，全力以赴，直至完成——用充实的劳动完成自己的生命过程。我在稿纸上的劳动和父亲在土地上的劳动本质上是一致的。由此，劳动就是平凡的劳动，而不应该有什么了不起的感觉。①

王天乐则说：

> 父亲就那么点个子，往地里一站，你就觉得他是一位真正的伟大的艺术家。用他那粗糙的双手，在土地上展示出他内心无边深刻的博大世界。大哥，你知道吗？这个世界上我可以小视很多伟大的人物，但我不敢小视父亲。假如他是知识分子，他就一定会站在北京大学的讲坛上，点评古今，纵论全球。假如他是个政治家，人民群众永远就不会忘记他。假如他是个作家，你路遥根本不是他的对手。可他是农民，一个字也不识的农民。为了孩子们，受尽了人间的各种苦难。②

---

① 路遥：《路遥全集·早晨从中午开始》，北京十月文艺出版社，2013年，第87页。

② 王天乐：《〈平凡的世界〉诞生记》，载《榆林日报》2000年10月28日。

路遥父亲对所有儿女的爱，尤其是他两次白发人送黑发人的惨痛经历，让王天乐很担心他能否在参加完路遥的追悼会后从西安顺利返回清涧，但事实是，他以侏儒的身高承受住了这沉重的打击，他还反过来安慰、鼓励王天乐要挺住。也许正是这种内在的顽强和坚韧使他赢得自己所有儿女的尊重。她的小女儿王瑛回忆：

不只是我大哥（路遥——笔者注）和四哥（王天乐——笔者注）喜欢我爸爸，我们做儿女的都喜欢他。九娃（王天笑——笔者注）在我爸去世，棺材要合盖时，专门还要亲一口我爸爸，并说，下一辈子仍然做你儿子。由此可见，爸爸在我们兄弟姊妹心中的位置。

我爸爸憨厚、老实，与人不争，对生活也没有挑剔，任劳任怨，他一辈子唯一的喜好就是劳动，而且很会务弄庄稼，他把种地当作侍弄花一样，非常认真、精心。他给我们说，只有劳动才能忘掉痛苦的事。但即使这样，当我们兄弟姊妹到了能够帮他干活的年龄，他却从来不让我们下地干活。用我妈的话说，上一辈子儿女少，这一辈（子）就对儿女特别好。[①]

特别是路遥死后，一个父亲对儿子回归故土的个人心愿与了解国家政策之后识大体的举动，把一个大字不识的农民所同时拥有的传统观念与对政策的遵从意识真实地表现出来。

路遥父亲王玉宽的影子同样在他的很多小说所描绘的父亲形象中时露痕迹，《人生》中高加林的父亲高玉德、《平凡的世界》中孙少平的父亲孙玉厚的名字就都用了“玉”这个字，关键是他热爱劳动，对庄稼一丝不苟并力求完美的精神影响了路遥的人生与创作。

① 郃科祥：《路遥家人访谈录》，见《大西北文学与文化》第3辑，作家出版社，2021年。

路遥生平与性格的罕见细节

这篇文章中有几个细节非常珍贵，它不但是我们了解路遥性格和生平的鲜活资料，而且还能在一定程度上纠正社会上关于路遥生平的某些不正确传言。

1. 1991年，路遥由于身体的原因，加上写作的辛劳，其面容改变得连自己的父亲都不认识。这是一个多么让人感伤而又震惊的细节啊！此前从未有人提供过这样的资料。

> 我和路遥1991（年）彻底地周游了一回故乡。当我在一个小镇子上找到我父亲，让他一块上车坐在后排，大约走了四五华里路时他突然指着坐在前排的路遥，悄悄地对我说："那是谁？"路遥又一次转过脸来让他看了半天，父亲还是没有认出因写《平凡的世界》变得向稿纸永恒佝偻下身子的路遥。

父子对面相逢，且同车行走了四五里路，竟然不敢相认。创作的辛苦与疾病竟把一个作家折磨到这种失形的程度。读者常常羡慕一个作家的风光，却少有人看到他们也有别人无法经历的凄惶。

2. 路遥父亲对《平凡的世界》的评价，仅仅四个字，却让路遥感动不已。

> 1988年5月28日，路遥带着刚刚写完的《平凡的世界》第三部，我们一起去太原找作家郑义，有要事商谈。顺路回到家里，（路遥）指着厚厚的10本稿纸说："爸爸，这是我写的书。"只见我父亲在纸上摸了摸说："你受苦了。"路遥一下就感动得把身子转过去了。我知道，《人生》《平凡的世界》一二部发表后，评论家们写了那么多高深的理论，但加起来的分量也没有我父亲赞美路遥这般深刻。

路遥的父亲看到儿子写完的《平凡的世界》手稿，只说了一句话：

“你受苦了。”这四个字竟让路遥感动不已，他感觉这是对自己创作的最大肯定和最走心的理解。路遥曾说：“爸爸一生留给我们唯一的财富就是吃苦！”他也一直把受苦或吃苦的精神落实到他的创作过程中，甚至提炼出“如果不能重新投入严峻的牛马般的劳动，无论作为作家还是一个人，你真正的生命也将终结”的名言。“受苦”在陕北话中指的就是劳动。白描曾这样描述：

> 陕北黄土高原，基本靠天吃饭……他们把劳动叫“受苦”，上山受苦——拿镢头刨地去，带上种子播种去，然后看苗儿怎么出土，看庄稼怎么成长。[①]

所以，“受苦”是路遥生父发自内心的对劳动本色的理解，是他感同身受劳动成果得来的不易与欣慰，尽管，他上升不到劳动就等同于创造的高度，但是，他与儿子路遥之间确有内在的心通。正因此，路遥才有点羞涩地把身子转了过去。

路遥在某些文章中也的确曾把“劳动”与“创造”等同并把劳动作为自己的幸福观。

> 真正有出息的人，理解了人生的人，他不在乎自己是干什么的，就是我要劳动，我要靠我的双手创造生活[②]……有人曾向我提出，什么是世界上最大的幸福……我的回答是劳动。一个人只有辛勤劳动，才能感到幸福[③]……最伟大的作家常沉浸于创造和劳动，劳动自身就是人生的目标。[④]

他曾经回忆自己生活中最幸福的时光就是：写作《人生》的那二十多天时光，或者扩大一点，写作《平凡的世界》的六年时间。

> 人生最大的幸福也许在于创造的过程，而不在于那个结

① 白描：《什么是路遥的精神？》，载《文学自由谈》2019年第6期。

② 路遥：《路遥全集·早晨从中午开始》，北京十月文艺出版社，2013年，第231页。

③ 同上，第230页。

④ 同上，第7页。

果……我渴望重新投入一种沉重。只有在无比沉重的劳动中，人才会活得更为充实。这是我的基本人生观点。细细想来，迄今为止，我一生中度过的最美好的日子是写《人生》初稿的二十多天。①

为什么劳动最幸福？就是因为自己的劳动或创造已经物化，作家的理想得到实现，与此同时，他还享受到了这种劳动与创造带来的喜悦，即美感！这其实就是人生的根本意义所在。人类是为美而生，为美而活！路遥如此，所有人也都一样。正因此，当《平凡的世界》初稿摆在自己面前时，路遥激动不已，这种激动并非只是对自己劳动成果的目睹或观照，更是对自己思想与感情的物化或对象化的咀嚼与回味。

面前完成的稿纸已经有了一些规模。这无疑是一种精神刺激。它说明苦难的劳动产生了某种成果。好比辛劳一年的庄稼人把第一摞谷穗垛在了土场边上，通常这个时候，农人们有必要蹲在这谷穗前抽一袋旱烟，安详地看几眼这金黄的收成。有时候，我也会面对这摞稿纸静静地抽一支香烟，这会鼓舞人更具激情地将自己浸泡在劳动的汗水之中。②

3. 路遥七岁时被父亲领到延川交给大伯抚养，在路上，他父亲买了两碗油茶的故事，曾经有很多版本，但在这篇文章中所提供的无疑是最可信的版本。航宇曾记述路遥被送养途中的见闻：

我看见一个老汉在街上买油茶，一声又一声地吆喝，父亲就用一毛钱给我买了一碗，我抓住碗头也没抬一下，几口就把油茶喝光了。然而，当我抬起头再看父亲时，父亲可怜巴巴地站在我跟前，我觉得奇怪，父亲为什么不喝油茶？因此，我就问，你怎不喝一碗油茶，父亲说，我不想喝。我后来才明白，并不是父亲不想喝，而是他口袋里再一分钱也掏不出来了。唉，你说，那

① 路遥：《路遥全集·早晨从中午开始》，北京十月文艺出版社，2013年，第5页。

② 同上，第44页。

时，我们家穷到什么程度了，只有一毛钱就敢上路。路遥说到这里，突然停下来，有些伤心地伸出手擦了一下他的眼泪。①

厚夫在中央电视台2019年10月20日《故事里的中国》节目中再次复述了这个故事：

他父亲是领着他从清涧的老家走到清涧县城的，一直到第二天早晨才到，父亲拿着一毛钱给他买了一碗油茶，他吃得很香，在喝完后他望着父亲说："爸爸你也喝一碗"，爸爸说："我不渴。"临去世时，路遥说："我终于想明白了，（当时）我爸爸手里其实只有一毛钱。"

西影导演何志铭有一段回忆也差不多，估计沿用的仍是常见的剧本：

表现当年路遥与父亲王玉宽，从王家堡步行到清涧县城喝了一碗油茶的故事，九岁的路遥在去伯父家的途中，父亲用仅有的一毛钱让他喝了这一碗油茶，父亲把他留给了在延川县郭家沟大伯父家中。②

然而，与路遥熟悉的摄影家郑文华对其中的某些表述却很不认可，因为他有过类似的艰苦经历。他说，1960年代，一碗油茶只有五分钱，一毛钱可以买两碗，而不是一碗油茶一毛钱。③虽然这只是一个细节，却反映着中国20世纪五六十年代的真实历史，五分钱当时就很值钱。正因此，王天乐记述他父亲当时共有一角五分钱，花了一毛钱，买了两碗油茶，留下五分钱作为回家的路费就显得客观而准确。他说：

7岁上，父亲送他给别人当儿子时，怀里头揣着一角五分钱，步行了200多华里路，只吃了一顿饭。这就是用一角钱买了两碗油茶，都让我哥喝了。父亲剩下的5分钱是返回时的路费。

---

① 航宇：《路遥的时间：见证路遥最后的日子》，人民文学出版社，2019年，第250页。

② 何志铭：《琐忆路遥》，来源：新浪博客，2014年11月17日，网址：http：//blog.sina.com.cn/sxmve.

③ 笔者采访关文华录音记录。

也由这个细节修补了航宇与厚夫所广为传播故事的某些失真。

4. 这篇文章最有价值的是王天乐亲口说出了他与路遥的矛盾所在，这在一定程度上也解开了近两年学术界关于路遥“兄弟失和”问题的困惑。笔者曾专门著文否定存在路遥“兄弟失和”的情形，但并不等于说路遥与王天乐就无矛盾。王天乐在这篇未刊文中专门有一段话：

> 我静静地在路遥的骨灰面前抽了一盒烟。我和他整整相处了13年，这是一个一言难尽的历程，我们一母同胞，情同手足，但我们兄弟也有任何人不可调和的矛盾。只有我知他知，这是常人难以理解的矛盾冲撞。

那么，这个不可调和的矛盾是什么呢？是不可告人的还是可以公开探讨的？在笔者看来，当然是光明正大的。我们可以从他们生前留下的线索做一个追溯和判断：他们的矛盾是人生观与价值观的冲突。王天乐之所以说不可调和，就是两人各自坚守自己的价值观而不让步，谁也说服不了谁。

路遥的人生观是为了自己的事业（创作）可不惜牺牲生命，充满着豪迈的英雄主义和理想主义色彩。他回忆《平凡的世界》写作：

> 这是一次漫长的人生之旅。因此，曾丧失和牺牲了多少应该拥有的生活，最宝贵的青春已经一去不复返。当然，可以为收获的某些果实而自慰，但也会为不再盛开的花朵而深深地悲伤。生活就是如此，有得必有失。为某种选定的目标而献身，就应该是永远不悔的牺牲。①

所以，王天乐非常感叹，姐姐的死是无可奈何的，但路遥则完全可以选择不死，或不那么速死。他不愿意看到路遥为了创作不惜生命的抉择：

> 路遥必须停止工作，才能延续生命。但路遥是不惜生命也要完成《平凡的世界》第三部……为此，我和他无数次地辩论，

---

① 路遥：《路遥全集·早晨从中午开始》，北京十月文艺出版社，2013年，第86页。

不能这样，必须先保身体，后搞创作，看人家贾平凹，得了病写文章向全社会宣布，他把某种压力给了读者，自己一定会轻松得多。但他流着泪告诉我说，这个世界上只有你一人知道我为什么这样做……我走后，父亲就靠你了。[①]

王天乐的人生观非常现实，也很世俗，他坚持普通人的生活观，认为付出应该与回报成正比例，而不是只有受苦。他的目标是让自己的亲人过上好的生活。

我当时平静地对父亲说……总有一天我会让他变成村里最享清福的农民。我就是为了这一理想离开故土的……我这个人理想很小，不想出名，不想当官，最大的愿望是努力工作，让我的父亲由于我而活得光辉灿烂。[②]

当路遥听说我离开家的理想是箍窑卖猪肉买白酒时，他没有笑我“农民意识”，却像朋友一样紧紧地抓住了我的手。

事实上，这种世俗的理想，路遥也曾经生发过，并且在“文革”中把猪肉吃到见了想吐的程度。王天乐则帮助父亲实现了这个愿望，他用自己在煤矿上几年攒的工资为家里的土窑接了砖口，他也让父亲把猪肉吃得不想再吃了。

我半开玩笑地说：“爸爸，你现在把猪肉吃够了没有？”我父亲说：“不爱了。”

他们兄弟的差别就在于王天乐求实，路遥逐名。他曾给王天乐交心：

侯曼（王天乐的奶名），我必须要成为一个人物，而且最好是文化上的大人物，我要写厚厚的一本书，告诉世人，我们不是祖宗五代是文盲，这一代要改换门庭了。

但在《〈平凡的世界〉诞生记》一文中，王天乐却为此明确表达了对大哥路遥的不满：

---

① 王天乐：《苦难是他永恒的伴侣》，载《榆林日报》2000年10月14日。

② 同上。

> 作为儿子，你不让父亲享几天大福，我觉得干出再大的事业也是虚伪的。我敢说，这个世界上我算是读懂了父亲的一个儿子。人各有志趣，形形色色。对于我这样的人来说，我清楚自己的职责……我承认，我非常爱路遥，但我更爱父亲。如果有人要让我在他们之间选择一个，我肯定选择父亲！

这些文字似乎讨论儿子对父亲的义务，实际上却显示了路遥兄弟不同的价值观。在王天乐看来，务实、勤劳、世俗的父亲王玉宽是他人生的榜样和典范，他宁愿像父亲一样做一个普普通通、知足常乐的农民，也不愿做一个像路遥一样世人皆知，却一生潦倒，用生命去追求事业的名人。

这种价值观的严重分歧在一定程度上也改变了《平凡的世界》中孙少平性格的原初设计。以往的路遥研究只注意到王天乐的经历是孙少平故事的原型，却忽略了王天乐的价值观才是路遥下决心改变孙少平人生轨迹的契机。孙少平不只有农村部分青年不甘现状、精神独立、向外追求的性格，同时也残留传统农民务实、庸俗、崇尚物质文化的观念。孙少平是一个复杂的人物，而不是路遥一味肯定和推崇的现代农民。也许，这就是王天乐这篇未刊之文最重要的价值。

无疑，在王天乐与路遥之间还有很多鲜为人知的故事，王天乐也曾发誓要完成一部展现路遥全面形象的《路遥传》，然而由于他身体的原因，这个目标最终没有实现，但稍令读者欣慰的是，他毕竟给学术界留下了三篇文章，它们是路遥研究中非常有价值的参考资料。其分别从路遥的人生观、价值观以及创作过程中的艰难处境与复杂心理等角度，为读者记录了路遥生活与性格的细节。若结合路遥的自传性作品《早晨从中午开始》，我们就会对路遥有更全面和深刻的认识。

原载《南方文坛》2022年第1期

路遥文论的智慧与其作品的常销缘由

路遥的生命虽然短暂，他的创作却很成功，不但在生前得到专家学者的肯定，就是在他离世三十多年的今天仍然为广大读者所追捧。他的成功并非来自曾经的误读遭到纠偏，而是得益于他在文学理论方面的智慧闪烁。

路遥在1992年曾打算单独出版一本文论集，此书当时拟“名为《作家的劳动》约十五六万字，包括以前的一些文学言论（七八万字）和有关《平凡的世界》的一篇大型随笔（六万多字）”[①]，但终因种种原因，并未实现。不过，这些内容，现皆已收入《早晨从中午开始》中。

路遥的这些文论很长时间被人们当作他为自己的现实主义创作原则所撰写的辩护词，然而当《平凡的世界》常销现象引发关注并出现评价高估的情形之后，学者们才意识到他的诸多言说包孕着不可小觑的理论光芒，而路遥对自己的理论修养也很早就充满自信：

> 我认为，我的生活底子，我的语言能力，我的理论基础按说是很厚实的。特别是在理论方面，要比同时代的作家扎实得多。[②]

一

路遥强调作家要有满足读者需求的自觉意识，注重作品认识生活的深

① 路遥：《路遥全集·早晨从中午开始》，北京十月文艺出版社，2013年，第614页。

② 王作人：《难忘路遥》，见申晓主编《守望路遥》，太白文艺出版社，2007年，第178页。

度，把文学的经世致用，即对人的品性塑造看作文学最根本的目标。在第三届茅盾文学奖颁奖仪式的致辞中，他说：

> 我们的责任不是为自己或少数人写作，而是应该全心全意全力满足广大人民大众的精神需求。①

这种口号式的话语听起来分外耳熟，似乎是《在延安文艺座谈会上的讲话》精神的翻版，但实则是路遥心底之音与伟人精神的文字偶合，是他透彻文学使命后清醒、真诚的写作宣言。

只不过，他的“人民大众”并非意识形态的厘定而是对专业读者与普通读者的区分。这些“普通读者”是把文学视为人生灯塔的人群，而不是熟悉文学褶皱的专家。

> 这样写或那样写，顾及的不是专家们会怎样看怎样说，而是全心全意地揣摩普通读者的感应。②

在新时期文学中，最早具有“读者意识”的作家应该非路遥莫属。几乎所有人都使用读者的概念，但具有“读者意识”则完全不同，它意味着从文学生产者角度出发对文学消费者的一种体认，即作者对读者及其作品阅读效果的重视。

在20世纪90年代，能有这种具体而且超前的文学消费意识者寥寥无几。很多人还使用着习惯的、抽象的或带有意识形态色彩的人民概念。路遥一度也曾这样使用，但他后来却全部改用读者的提法。

> 不管写什么人物，必须让读者相信真实，感到你并没有说谎，这是最重要的。③

不只是文学的真实性要经过读者的检验，而且从根本上要认识到写作的最终目的就是为了读者。他明确宣告自己的写作：“不面对文学界，不面对批评界，而直接面对读者。只要读者不遗弃你，就证明你能够

---

① 路遥：《路遥全集·早晨从中午开始》，北京十月文艺出版社，2013年，第91页。

② 同上，第92—93页。

③ 路遥：《记住人民，表现人民》，载《文学报》1993年5月27日。

存在。”[①]由此也驳斥了有些人说路遥的写作首先取悦高层的观点。他甚至在写作方法的选择上也处处以读者为中心，优先为读者考虑，甚至在作品的结构设置方面也很用心：

如果有这样的大布局，再有可能处处设置沟壑渠道，那么，读者就很难大跨度地跳跃到全书的结局部分。[②]

正是把最广大的普通读者对文学的精神诉求、阅读快感放在首位，所以，在路遥这里，作品形式或艺术技巧的重要程度明显被排在作品的内容或生活的深度之后，生活的认识深度是路遥以为的文学根本问题。他不只坚持文学的反映论，更强调作家要鲜明地表露自己的立场：

作品中将要表露……作者对生活的态度……绝对不能中立。[③]

《平凡的世界》的主观动意就明白无误地印证了这一点：

我的基本想法是，要用历史和艺术的眼光观察在这种社会大背景（或者说条件）下人们的生存与生活状态……并要充满激情地、忠诚地向读者表明自己的人生观和个性。[④]

这最后一句特别重要，“表明自己的人生观和个性”，由此可见，布道与教化是路遥对文学宗旨的鲜明表达，从他创作伊始，就没有“为艺术的艺术”动机，而接近“为人生的艺术”主张，他不是要创作供人把玩、品咂的纯审美作品，而是创作能给读者提供人生指南的经世类小说。他谈到《人生》的主题时就说：

我当初的想法是……一方面是要引起社会对这种青年的重视……另一方面从青年自身来说，在目前社会不能全部满足他们的生活要求时，他们应该正确地对待生活和对待人生。[⑤]

这种“济世”思维一方面导致了路遥作品质胜于形的特征，另一方面

① 路遥：《路遥全集·早晨从中午开始》，北京十月文艺出版社，2013年，第12页。

② 同上，第26页。

③ 同上，第20页。

④ 同上，第20页。

⑤ 同上，第148页。

也给当代写作启示了一条新途——意义优于形式，借用中国古代文论的一个观念是："得意忘言。"

路遥曾从普通读者的阅读心理指出，文学首先是教读者如何做人而不是传授写作的技巧。这应该是路遥文学经世观最完整的一个表达，尽管他没有用专业的术语，但是他的立意清晰，次序分明。

> 一个作品，首先应该引起你情绪上的震动，读书也是一样。我少年时候读《牛虻》《钢铁是怎样炼成的》《青年近卫军》《毁灭》《铁流》等，首先想的是怎样把自己锻炼成一个性格坚强的人，当时，并不是要学习文学。①

在他看来，普通读者最初对文学作品的接受"想的是怎样把自己锻炼成一个性格坚强的人"，他们并不是首先冲着小说的有趣好玩而去，当然在有情感震动的同时还达到有趣好玩的小说无疑更受欢迎。因此，在路遥看来，作家的使命就是首先为读者提供精神的食粮，让他们从作品中吸取人生道路上前行的力量。这大概就是《人生》《平凡的世界》畅销不衰的根本原因所在。

20世纪80年代以降，文学的审美观念逐渐成为主调，甚至发展为"唯美主义"，中国当代文学的评价体系因而发生了明显的转折，对形式与技巧的器重成为文学创作与评价的新风向标。尽管审美的观念对反拨"文革"期间文学对政策的图解和文学工具论的思想功不可没，但同时也削弱和淡化了文学与生俱来的经世功能，把文学变成与广大读者的现实生活疏远的装饰品。

三十多年后的今天，当我们重温路遥的文学思想，我们不能不钦佩路遥的质朴和透彻，尽管他生存在文学观念大转型的嬗变时期，他承袭和坚持的某些提法在当时似显老套，但是他一直没有脱离文学经世的悠久传统，也没有被外来的新潮所左右，所以，他的创作道路在今天才会被人们

---

① 路遥：《路遥全集·早晨从中午开始》，北京十月文艺出版社，2013年，第134页。

重新关注与思考。罗岗的“人民文艺”与“人的文学”的合流观[①]也许就代表了这种对新时期以来“人的文学”之“唯美”思潮的重新定位，以及对路遥等人所坚守的“人民文艺”方向的回归与肯定。

二

当然，我们强调路遥对文学经世功用的重视，并不意味着他对文学审美观念的漠然。恰恰相反，路遥很早就领悟到创作的审美规律，诸如，感情处理的“分寸感”和“人物性格的复杂性”等等。“分寸感”近乎先秦美学的“中和”观点，所谓“乐而不淫，哀而不伤”。路遥说过：

> 在创作中，既要有激情，又要有分寸。我认为分寸感对于作家来说还是很重要的。[②]

路遥不但形成了这种觉悟，更是直接把这种觉悟化作自己创作中处理激越情感的“中和”策略。

其一，淡化人生的艰辛，凸显人性的美好。尽管《惊心动魄的一幕》《人生》《平凡的世界》中的马建强、周小全、高加林、孙少安、孙少平等人物的经历都很坎坷，但是，这些人物形象却不显悲观、消沉，更无怨愤和仇恨。

其中的原理就在于，路遥深深地懂得，在写作中绝不能把生活中的悲苦原封不动地照搬，而是要进行一定的改造——中和或升华。他曾经以《在困难的日子里》的主题提炼为例，说明对生活的升华多么重要。

> 如果照原样写出来是没有意思的甚至有反作用……在困难的时候，人们的心灵是那样高尚美好……所以，我尽管写的是困难

① 罗岗：《“人民文艺”的历史构成与现实境遇》，载《文学评论》2018年第4期。

② 路遥：《路遥全集·早晨从中午开始》，北京十月文艺出版社，2013年，第92—93页。

时候，但我的用心很明显，就是要折射今天的现实生活。[①]

其实，不只是路遥，中外文学史上的所有优秀作品，对苦难的表现大都如此，即不拿艰难给读者加重忧愁，而是“以喜写悲”，从苦难中发现美好，把曾经的悲苦作为现在人振作的一种参照。路遥曾在多处引用叶赛宁的诗句：

> 不惋惜、不呼唤，我也不啼哭，金黄的落叶堆满我心间，我已再不是青春少年。[②]

这是他人生成熟的标志也是他“中和”策略或“分寸”美学的最好见证。

其二，选择正剧的结尾，拂去情感的阴霾。路遥本人感情上的失意不可避免地会折射到作品中人物的关系相关描写之中，不难发现，《平凡的世界》中很多女性的婚姻都不如意：田润叶与孙少安青梅竹马并未结成连理；田润叶与李向前结婚多年仍分床而居；田晓霞与孙少平知音相赏却生死相隔；惠英嫂与王世才恩爱有加，一方却突遭意外；郝红梅与顾养民分手后，另嫁的丈夫不久即患病而亡；等等。

不过，路遥并未把这种悲伤和遗憾的状态作为结局而只是作为故事的前奏，因为，他理性地认识到不能在创作中计感情泛滥。所以，如上人物的不幸感情与婚姻在最终就都出现反转：孙少安找到了自已情投意合的妻子贺秀莲；田润叶与李向前和好；郝红梅与田润生重组家庭；孙少平也与惠英嫂走到一起。

但是，这种结局的设计又不能简单地理解为传统戏曲大团圆结局的老调重弹，而是路遥参透生活真谛之后的正剧处理。孙兰香考上大学、孙少安的砖厂扩大再生产并反哺家乡的学校；王满银浪子回头与兰花过起了正经的日子；田福军大刀阔斧的改革得到中央的认可，升任省会市委书

---

① 路遥：《使作品更深刻，更宽阔些——就〈人生〉等作品的创作答读者问》，载《文学报》1982年10月14日。

② 路遥：《路遥全集·早晨从中午开始》，北京十月文艺出版社，2013年，第67页。

记；孙少平回到了他深思熟虑后决定一辈子可能要打交道的大牙湾煤矿；等等。就在这一片喜乐向好的气氛中，孙少安的妻子贺秀莲却突然鲜血喷涌，并被原西县确诊为肺癌。

“分寸感”还表现在路遥对人物描写的“平等”而非居高临下的姿态。这一点特别重要，路遥把读者定义为“普通劳动者”，又反复强调作家“永远不要丧失一个普通劳动者的感觉”。这就把作家与读者摆到完全平等的位置上，所谓普通人面对普通人。

> 只有不丧失普通劳动者的感觉，我们才有可能把握社会进程的主流，才有可能创造出真正有价值的艺术品。①

而一个普通人的感觉，就是真诚！

> 真诚！这就是说，我们永远不丧失一个普通人的感觉，这样我们所说出的一切，才能引起无数心灵的共鸣。②

路遥的代表作《平凡的世界》的取名就延续着这种思维，最早是《走向大世界》再改为《普通人的道路》，后才定为现在这样。

> 我个人认为，这个世界是属于普通人的世界，普通人的世界当然是一个平凡的世界，但也永远是一个伟大的世界。③

所以在描写广大的农村人时，路遥就说：

> 从感情上说，广大的农村人就是我们的兄弟姐妹，我们也就能出自真心理解他们的处境和痛苦，而不是优越而痛快地只顾指责甚至嘲弄丑化他们……④

不指责、不嘲弄、不丑化的平等和中正思想则是路遥 “非好非坏”的典型人物观的基础，亦即复杂性格论的前提。从时间上比较，这种观念的提出要比刘再复在1984年提出“性格组合论”观点早几年。但是，三十多

---

① 路遥：《路遥全集·早晨从中午开始》，北京十月文艺出版社，2013年，第91页。

② 同上，第191页。

③ 同上，第265页。

④ 同上，第62页。

年来，似乎没有人指出这一点，我们忽略和轻估了路遥在中国当代文学史上关于人物性格复杂性的先觉之功。

> 照旧把人分成好人坏人两类——只是将过去“四人帮”作品里的好坏人作了倒置。[①]

特别是，路遥在《人生》中已经实践着“难分好坏”的人物性格复杂性理论，在此之前，中国当代文学作品中贴满了非好即坏的人物标签，可以毫不夸张地说，是路遥在新时期最早从实践与理论上打破了当代小说中简单的“好坏人”陋习。

> 我能不能写一部作品，叫大家急忙分不清，尤其是叫文艺理论批评界急忙分不清，这个是好人还是个坏人。实际上《人生》就是在这样一种思考的背景下产生的主题。[②]

根据路遥的回忆，1979年左右，路遥关于人物性格复杂性的看法就成熟了。试想一下，在那个时期，有几个作家胆敢明确地提出这种观点？

> 写《人生》这个想法，想得很早，为什么要把这几个放在前面呢？因为这几个都比较好写，大致也是好人坏人的故事。高加林这个人是个复杂的人。我稍微要有一些思想准备，艺术准备。实际上，我试验了三年。[③]

路遥及其作品为什么能够超越时代、经久不衰？原因之一就是他较早领悟到文学审美的规律，而复杂性格的意识从根本上正是对文学最基本的规律——真实性的追求。

> 我觉得，对于小说来说，重要的是要用艺术手法真实地表现出来，只要做到这一点，读者自然会在美学欣赏过程中，获得认识方面的价值。[④]

---

①路遥：《路遥全集·早晨从中午开始》，北京十月文艺出版社，2013年，第15页。

② 同上，第257页

③ 同上，第257页。

④ 同上，第105页。

所以，路遥不只是中国古代大文学观的承传者，也是审美规律的积极探索者，看不到这一点，我们就可能误解甚至轻视路遥。

三

对生活走向的前瞻能力与文学选材的“平衡”思维保证了路遥作品的描写对象暗合了“永恒的题材”规律。路遥的发小、同时也是作家的海波在比较自己与路遥的创作差异时曾经指出：

> 路遥的作品能在读者中产生经久不衰的共鸣说明了这一点，《三国演义》《西游记》等以讲史和传教为主题的小说成为经典更说明了这一点……由于他在政治上的敏感和看问题的深远，选择的题材都非常“准确”，因此连连获奖，直至名扬天下……[①]

实际上，海波的这段话表面上是在肯定路遥，其实却暗含着对他的批评，因为海波在很长时间都不认可路遥的这种取向或做法：

> 《惊心动魄的一幕》的发表和获奖，可以说在总体上规定了他创作的取向。这种取向可以这样概括：站在政治家的高度选择主题，首先取得高层认可，然后向民间“倒灌”。为此，我们争论过好多次，至少有两次争到互相“谩骂”的地步，我说他有投机心理，他骂我有“无赖意识”，最终仍相持不下……他的《人生》和《平凡的世界》都是走的这条路子……[②]

因为，在海波看来，路遥的创作其实是敏感到形势的主题先行，是取悦高层然后再引导读者跟风的路子。换句话说，路遥具有鲜明的文学投机心理。即使过了三十多年后，他承认自己的这个看法有所改变，但从骨子里，海波还是有所保留。

---

① 海波：《标准之下有高低》，见《我所认识的路遥》，长江文艺出版社，2014年，第44—45页。

② 同上。

至今三十年过去了……再回头看这个问题，我的看法有了改变，认为他的做法基本上是正确的，而我却失于片面……①

海波指出路遥的政治敏锐性帮助他准确地选择题材，这无疑是很有见地的认识，但是，他说路遥有向“高层”靠拢并依靠“倒灌”征服读者的意识却完全不符合实际，甚至有点侮辱路遥。

路遥曾经讲到作品选材的“平衡”问题，其实所涉及的正是海波所指的所谓投机心理。路遥当时觉得“平衡”这个词使用得不太准确，但我感觉庶几近之。他想表达的就是作家在选材方面与意识形态的关系问题，既不能完全受政治支配，又不能不考虑社会的主流需求。所以，他所谓“平衡”其实就是企图在这两者之间找到一个中和点。用近些年来流行的术语就是既要靠近主旋律，传递正能量，但又不沦落为政策的图解和宣传。也许这是每个时代都会存在的文学命题，但路遥早在四十年前就给出了答案，即“要把自己的文学理想和社会要求尽最大可能地结合起来”。

作为一个作家应考虑怎样使自己的才能，在我们国家目前条件下，发挥到最佳状态。根本不能发表的东西，你为什么写它呢？……我说这些的意思是，一个作家在社会生活中也应该是比较成熟的，要把自己的文学理想和社会要求尽最大可能地结合起来。②

我们可以这样说，对文学历史规律的熟知和政治大势的敏锐与前瞻让路遥对生活的走向和文学的趋势有了超前的把握，使他对写作对象的选择暗合了“永恒的题材”规律。注重对美好人性以及人生奋斗精神的描写，这可是中西共尊、古今通认的永久性文学题材。路遥的作品之所以常销，这无疑是一个非常重要的因素。

新时期伊始，关于“文革”的叙写，大多数作家都停留在简单的控

① 海波：《标准之下有高低》，见《我所认识的路遥》，长江文艺出版社，2014年，第44页。

② 路遥：《路遥全集·早晨从中午开始》，北京十月文艺出版社，2013年，第122页。

诉和批判层面，但路遥却能逆流而思，发现“文革”这个非正常时期中具有崇高精神的人。从而在《惊心动魄的一幕》中塑造了马延雄这样充满正气、超越于帮派之争的县委书记形象。这正是路遥超前的“平衡”思维对其文学题材的引导与启迪的结果。他说：

> 即使是完全写阴暗的东西，也应该看得见作家美好心灵之光的投射。[①]

关于中国乡村发展的趋势，同样显示了路遥的远见卓识，也导致路遥把《人生》和《平凡的世界》的题材定位在年轻人的奋斗与成长上。

> 作为血统的农民的儿子……我对中国农民的命运充满了焦灼的关切之情。我更多地关注他们在走向新生活过程中的艰辛与痛苦，而不仅仅是到达彼岸后的大欢乐。[②]

很多农民的子弟都会有对土地和农民命运的关切，但却不一定有路遥这样深刻、透彻地对农村矛盾和解决途径的思考。

> 毫无疑问，广大的落后农村是中国迈向未来的沉重负担。[③]

20世纪90年代前，户籍制度把农村青年牢牢束缚在土地之上，他们很多人虽企图摆脱这种宿命，但当时如果不能招工或考上大学，就根本不可能有任何结果。然而，恰恰是这类人占据农村的大多数，也占据中国人的大多数，路遥正是替这群农村落榜的青年以及可能一辈子扎根农村的人探索一条出路，或者想提供给他们一种只要奋斗不息在任何地方都能改变命运的精神资源。

而且，路遥很早就预言到中国农村未来的出路，而且这个出路现在已经或正在变成现实。

> 是的，我们最终要彻底改变我国广大农村落后的生产方式和生活方式，改变落后的生活观念和陈旧习俗，填平城乡之间的沟

---

① 路遥：《路遥全集·早晨从中午开始》，北京十月文艺出版社，2013年，第572页。

② 同上，第62页。

③ 同上，第62页。

堑。我们今天为之奋斗的正是这样一个伟大的目标。这也是全人类的目标。①

高加林和孙少平是这一意志最典型的代表，不过，我更认可，孙少安才是路遥给广大农村人所树立的切实榜样。因为，他始终没有离开农村，而大多数农民兄弟也将长期生存在农村，所以，孙少安的道路才是路遥为广大农民兄弟找到的一条最实在、可行的道路。

四

关于文学写作的历史眼光与全球化视野，促使路遥把人物及其感情放置在广阔的背景中考量，从而决定了路遥作品的深度与广度。

路遥对文学的思考是广阔而深沉的，他从来不是就事论事，或者只看到眼前的现实，而总是把眼光同时朝向过去和未来，从人类发展的整体进程中把握和权衡一个故事或某种人物的价值，挖掘其中所潜藏的人性魅力。

我始终觉得作品不光放在现实生活的范围，而且要放在历史的角度去考虑……从人类的整个发展去考虑，就有了永恒，作品的生命力就更强了。②

路遥的历史眼光是自觉的，意识是清醒并透彻的，他完全明白文学作品的生命力或者持久影响与作家对人类历史的深层把握成正比例，只有把个体放在人类历史的长河里才会显示出其使命与意义所在，也才能完成对一个典型性格的塑造，才能揭示一个民族和一个时代的本质精神。

高加林与孙少平的形象原型其实就是路遥自己与他的弟弟王天乐，但是他在《人生》与《平凡的世界》中并没有原原本本加以照搬，而是把自己与弟弟置于人类发展的历程中，放在世界历史的视野下加以审视，路遥意识到了两个原型身上所潜藏的超越时空的“奋斗”精神和不满现状、

① 路遥：《路遥全集·早晨从中午开始》，北京十月文艺出版社，2013年，第60—61页。
② 同上，第110页。

追求自我实现的普遍人性力量，所以，这两个形象才会成为中国当代文学史上的典型。因此，题材的深度和广度是路遥的作品经久不衰的又一个原因。

> 我们应追求作品要有巨大的回声，这回声应响彻过去、现在和未来，而这回声只有建立在对我国历史和现实生活广泛了解的基础上才能产生。①

这种历史的眼光从时间上是打通现在、过去与未来的无限之维，从空间上则是面向全世界或者具有全球化的视野。

他的这种心得和觉悟，其实也来自对文学前辈创作经验的总结和吸纳。

> 有些伟大作家的短篇小说，为什么在全世界传颂呢？就是因为它尽量概括了广阔的社会历史背景，具有普遍的意义，而不是就事论事地在小圈子里打转转。②

“全球化”概念的广泛使用已经到了21世纪，可是早在20世纪90年代，路遥就已经拥有了这样的视野：

> 必须把你感受最深、准备写的东西，放在比较广阔的背景上去思考……你要写的某一种生活现象，必须放到整个中国的社会背景上去思考，甚至还要放到全球范围内去考虑。③

路遥谈到自己的阅读经验时，不止一次地列举了他对世界文学的关注与思考。

他还利用自己唯一的一次出访机会与国外的同行交流，获取全人类都有的创作共识：

> 一九八七年访问德国（西）的时候，我曾和一些国外的作家讨论到有关这方面的问题，并且取得了共识。④

---

① 路遥：《路遥全集·早晨从中午开始》，北京十月文艺出版社，2013年，第118—119页。

② 同上，第119页。

③ 路遥：《注意感情的积累》，载《文学报》1985年12月19日。

④ 路遥：《路遥全集·早晨从中午开始》，北京十月文艺出版社，2013年，第14页。

路遥利用出访的机会观察和体验外国人与国人的异同，大概就是为了更加落实他的全球视野。

> 我竭力在这个陌生的世界里寻找与我熟悉的那个世界的不同点和相同点，尤其是人性方面。[①]

谈到农村的发展问题时，路遥也是主张放在全球的范围内思考，而且指出整个“第三世界”就是全球的农村，而农村问题同时也就是城市问题：

> 放大一点说，整个第三世界（包括中国在内）不就是全球的“农村”吗？因此，必须达成全社会的共识：农村的问题也就是城市的问题，是我们共有的问题。[②]

日本学者马场公彦评价路遥的作品之所以具有世界影响就是因为他触及了全世界都存在的“三农”问题：

> 具体说来，不仅日本存在着和中国一样的“三农”问题，俯瞰整个东亚，这一问题都是存在的。所以这就是它拥有的，能够超越国境和语言壁垒而被广泛传播、阅读的潜力所在。[③]

综上，路遥的整体文论观点，也许并不系统，在表述上也不严密和精确，但是他的思维却深远、超前，他坚守中国以至世界文学最古老的经世元旨，同时又悟透了文学内在的审美规律。他能预见中国或世界的发展趋势，所以即使已经过去三十多年，他的某些闪光的文论智慧仍然对当下的文学演进具有振聋发聩的启示和指导作用。他的作品之所以能经久不衰，其原因大约也在这里。

原载《当代作家评论》2022年第2期

---

① 路遥：《路遥全集·早晨从中午开始》，北京十月文艺出版社，2013年，第67页。

② 同上，第62页。

③ 马场公彦：《作为可能性的路遥文学——通过阅读〈人生〉〈平凡的世界〉得到的启示》，载《文艺理论与批评》2020年第3期。

正题与反题的另类接续

——《人生》与《平凡的世界》的同旨共构现象

《人生》与《平凡的世界》作为路遥两部代表作，由于各自题名和主人公的明显差异，很自然地被读者和研究者视作两部独立且互不相关的小说。但实际上，这两部作品有着深层的内在关联。早在《平凡的世界》第一部出版的1986年，（陈）丹晨先生就曾指出：

> 《人生》中的高加林是一个性格矛盾的，有些地方甚至有些分裂的人物。到了《平凡的世界》中，作者把高加林这种矛盾化解为两个青年农民形象，这就是孙少安、孙少平兄弟俩。①

而且，除此之外，两部小说在主题酝酿和情节设置方面也存在一脉相承的同旨共构特征。

《人生》与《平凡的世界》有无关联?

从路遥散布多处的言论，特别是他与王维玲的往来书信中，我们不难发现，路遥曾经明确产生过续写《人生》的心动并在持续两年多的时间中还为此想法纠结不已。而且，构想的部分细节确实与《平凡的世界》有关。

① 丹晨：《孙少安与孙少平》，载《小说评论》1987年第3期。

1982年1月，当《生活的乐章》定稿并经路遥同意改名为《人生》之后，此书的责任编辑王维玲就“鼓励他写《人生》下部，并且要他尽快上马，趁热打铁，一鼓作气干下去”[①]。路遥当时这样回应：

> 至于下部作品，我争取能早一点进入，当然一切都会很艰难的，列夫·托尔斯泰说过，艺术的打击力量应该放在作品的最后，因此这部作品的下半部如果写不好，将是很严重的……[②]

他表示想早点续写，但与此同时又很犹疑，主要是担心下部在艺术上无法超越《人生》。所以，当王维玲再次催促路遥实施《人生》下部的写作计划时，路遥就找出很多理由来婉拒。首先，路遥强调《人生》发表后，时间延搁了一年多，文气被打断，要接续或重拾这个话题很难；其次，他认为《人生》本是独立完整的，无需下部；第三，他暗示自己有另外的构思。

> 本来，如果去年完成上部后，立即上马搞下部，我敢说我能够完成它，并现在大概就会拿出初稿来了。但当时我要专心搞好本职工作。八月一日已正式宣布让我搞专业，这部作品一下子中间隔了一年，各方面的衔接怎么能一下子完成？……我现在打算冬天去陕北，去搞什么？是《人生》的下部还是其他？我现在还不清楚，要到那里根据情况再说。另外，我还有这样的想法：既然下部难度很大，已经完成的作品可以说是完整的，那么究竟有无必要搞下部？[③]

说这段话时距离《人生》完稿已经过了一年，与王维玲鼓动他写下部的动议也间隔了八个多月。路遥越来越意识到《人生》下部的写作不太现实，但是面对编辑的不断鼓励与催促，他又不便采取生硬、直接的拒绝方式，只好反复强调续写的困难和忧虑。因此，1982年12月，王维玲第

① 王维玲：《岁月传真》，首都师范大学出版社，2009年，第313页。

② 同上，第314页。

③ 同上，第315—316页。

三次催促《人生》下部上马时，路遥就透露他已进入长篇的准备工作："我明年计划较广泛地到生活中去，一方面写中篇，一方面准备长篇的素材。"[①]而这个长篇就是后来的《平凡的世界》。但王维玲仍然希望路遥听从他的建议，因为他自觉有过指导柳青创作《创业史》第二部的成功经验，他还从出版者角度，预感到读者对《人生》下部的急切渴求以及出版后可能产生的畅销前景。

> 我还是希望他考虑《人生》下部的写作，我告诉他，柳青在《创业史》第一部出版之后，进入第二部创作时，就曾产生了一些新的想法和变动。我有这样的感觉，他若进入《人生》下部的创作，极有可能在下部的构思和创作上，对生活的开掘和延伸上，艺术描写和处理上，都可能出新意，再一次让人们惊讶和赞叹。[②]

这个鼓动和劝说前后经过四个回合，一直持续到1984年5月，路遥在陕西师范大学礼堂为该校的中文系学生开讲座时，还在畅想着《人生》的后续话题，并且提到了将要动笔的《平凡的世界》中的一些细节。遗憾的是至今未见这次讲座的整理稿问世，也许，当时的所有听众都缺乏这种意识，如今时过境迁，就只能靠当时在场者的片段回忆抓取一星半点。刘路先生曾在《坦诚的朋友》一文中回忆道：

> 1984年5月的一天，路遥应邀请来陕西师大作报告，当他讲到《人生》的创作经过时，他对学生们说，在《人生》的创作过程中，我得到了你们刘路老师的极为宝贵的支持，他把自己很多非常好的素材借给了我，可以说，高加林的形象，是我和他共同创造的。[③]

刘路举出高加林在城中"拉粪和卖馍"两个细节，作为他给路遥提供

---

① 王维玲：《岁月传真》，首都师范大学出版社，2009年，第319页。

② 同上，第317页。

③ 刘路：《坦诚的朋友》，见申晓主编《守望路遥》，太白文艺出版社，2007年，第195页。

素材的证据。笔者也曾是那场讲座的一名听众，由于年深日久，对刘路先生所忆的这些细节记不太清了，不过，路遥当时确实讲述了他写《人生》的过程，并且提到刘巧珍刷牙的细节来自他弟弟的真实经历等。路遥还比喻他当时的心境，像陷入两座山峰低谷之间的沼泽中。这两座山峰就是指已引起轰动的《人生》和将要开笔的《平凡的世界》，也就是说，他正处在由一座山峰向另一座山峰冲刺的艰难构思阶段。因此，当有同学提问，《人生》若有续集，高加林会如何发展，路遥曾笑着回答："如果高加林还是下一部作品中的主人公，那么我可能会让他把高明楼拉下马，成为村民的新带头人。在《人生》中，我已经让高明楼预言这个后生了不得，就是一个伏笔。当然，我也不会让高明楼轻易认输，我会让他紧跟形势，由一个下台的大队支部书记在农村实行承包责任制后成为村里的第一个万元户，坐到县上的领奖台上。"这个说法，在路遥的其他对话中也得到证明：

> 像高明楼这样的人，如果作品再往前发展，说不定，他还会上升到主要地位上去。[①]

可见，路遥续写《人生》的想法已经比较具体，特别值得注意的是，他在这次讲座中所剧透的接续情节在后来的《平凡的世界》中也都出现："高明楼"下台了，也曾不服气地到外面承包工程，企图成为农村实行联产承包责任制政策后的新强人，而且，"高加林"也成为村长，并且坐到县奖励农村万元户的讲台上。只不过，"高明楼"的名字被改为田福堂，"高加林"成了孙少安。

由此可见，《平凡的世界》的确与《人生》血脉相连。但是，路遥却不愿意直接续写《人生》。王维玲后来也意识到路遥这种决绝态度，于是就再不提此事。

> 在对待《人生》下部的写作上，我在较长的时间内都非常积

① 路遥：《路遥全集·早晨从中午开始》，北京十月文艺出版社，2013年，第150页。

极，力促路遥立即上马写作。后来，随着路遥不断地来信，信中不断给我下毛毛雨，我才开始冷静下来，不再催他。①

在1984年12月《答〈延河〉编辑问》中，路遥把不想续写《人生》的态度完全明晰化。

问：社会上有人传说你要写《人生》的续集，你是否有这个打算？

答：我没有这个打算。《人生》小说发表后，许多读者就写信建议我写续集。有的人并且自己写了寄给我看。《人生》电影公映后，更多的人向我提出了这种要求，而且许多人正在自己写续集。我也看到了报纸上报道“万元户”要续写《人生》的报道。对我来说，《人生》现在就是完整的。②

按说，到此，《人生》续集的事件应该翻篇，不过，1985年5月中旬，路遥《平凡的世界》的准备工作就绪，马上要进入动笔阶段时，他却主动给王维玲写信传递了一个意味深长的信息，表面上，其似乎与《人生》续集没有关系，但实际上，路遥暗示，这部长篇正是他对王维玲一贯倡议续写《人生》的曲折回馈。

这两年我一直为一部规模较大的作品做准备工作……如果我能写出一部分来，我当然还会先交给您，让您帮我判断。③

因此，《人生》尽管没有下部，但《人生》的主旨探索并未中断，可以说，《平凡的世界》就是《人生》主旨的延伸和扩展，属于一种特殊的另类延续。因为高加林被一分为二为孙少安、孙少平兄弟，而且这种延续也没有从高加林回到高家村开始，而是从孙少平离开双水村起步。

① 王维玲：《岁月传真》，首都师范大学出版社，2009年，第319页。

② 路遥：《路遥全集·早晨从中午开始》，北京十月文艺出版社，2013年，第177页。

③ 王维玲：《岁月传真》，首都师范大学出版社，2009年，第321页。

《平凡的世界》无法直接延续《人生》的原因

既然《平凡的世界》就是《人生》的某种延续，为什么路遥不直接在《人生》的原有框架下继续拓展而要另起炉灶？于此，前文也曾提到几个理由，但这些理由更多是路遥的一种托词，是为了委婉拒绝王维玲的一番好意。真正无法直接延续《人生》的内在原因则是：路遥对高加林的思想走向没有厘清。换句话说，他还没有发现高加林这个人物形象延续下去的价值与必要。

> 我感到，下部书，其他的人物我仍然有把握发展他（她）们，并分别能给予一定的总结。唯独我的主人公高加林，他的发展趋向以及中间一些波折的分寸，我现在还没有考虑清楚，既不是情节，也不是细节，也不是作品总的主题，而是高加林这个人物的思想发展需要斟酌处，任何俗套都可能整个地毁了这部作品，前功尽弃。[①]

高加林的思想发展趋向，如果按照他返回高家村的结局来继续推进，显然已经走入单线条的死胡同，他已经没有更多的空间可以腾挪。也就是说，路遥不可能安排高加林重新离乡。无论从生活的现实还是文学自身的逻辑，都不允许高加林再次走出乡村。一方面，高加林没有城市户口；另一方面，当时对农村青年也没有相应的招工、招干政策，况且他已经由于走后门被开除公职，发配回农村，所以，让他重新去城市发展既不现实，也不合理，那么就只剩下在农村就地图存，也就是《平凡的世界》中孙少安的道路，但是这又不符合路遥的完整构想。路遥给农村青年的出路显然不只是在乡村脚踏实地地发展，更主要的还是向外探索，即走向大世界，也就是孙少平的道路。

---

① 王维玲：《岁月传真》，首都师范大学出版社，2009年，第315页。

所以，如果路遥只是选择孙少安这条道路，那倒符合高加林返乡之后的趋势，但却与高加林的追求构成悖反；而反过来，要坚持路遥一贯的精神，那就必须更换或增添主人公，即孙少平，这样他才可能走向外发展的道路。

这也许就是路遥不能在《人生》原框架下续写的原因。当他意识到这种结果时，路遥马上就把创作的重点调整到新作品的构思方面。因为，农村人走出去的思路一直是路遥不想间断的命题。这也就出现了孙少安、孙少平兄弟的两条线索，即用孙少安显示高加林返乡后的发展，而用孙少平细化和延伸高加林一贯的性格。

如此变通，一方面让《平凡的世界》延续了《人生》中高加林返乡后的故事，另一方面又承接了高加林一贯的走向大世界的追求。也就是，通过“换汤不换药”的做法，路遥还是从精神上完成了对《人生》的扩展。

由此可见，《平凡的世界》的另起炉灶，一方面是《人生》的主人公高加林的人生际遇与路遥长期思考的农村青年的走向发生了矛盾；另一方面，路遥还想通过一部更大规模的作品对中国农村的问题，尤其是农村青年的出路与精神追求进行全方位地思考。在这种情况下，高加林已经不适合继续作为新作品的主人公，因而也就无法续写《人生》，必须把高加林的形象一分为二，即孙少安和孙少平，才顺理成章。路遥说：

> 我的基本想法是，要用历史和艺术的眼光观察在这种社会大背景（或者说条件）下人们的生存与生活状态……在艺术中准确描绘这些背景下人们的生活形态和精神形态。[①]

也就是说，路遥关注的是中国农民在社会大转型的背景下会怎么生活，怎么思考。按照路遥一贯的思路与心性，他绝对不甘让农村青年一辈子困守农村，他希望他们与城市青年一样有更多的选择，走出去，走出大山，走出乡村，走向城市，走向更大的世界，甚至外太空，这都无可厚非。

---

① 路遥：《路遥全集·早晨从中午开始》，北京十月文艺出版社，2013年，第20—21页。

20世纪80年代初期，农民工的概念和群体还没有形成，路遥不可能意识到，农民也会在城市购房，立足并成为城市的一员，但是，他不愿意农民一辈子都是农民的想法则是确定无疑的。在路遥的心里，城乡之人一律平等，都是公民，有一样的权利，也应有一样的待遇。这也就是他一直在某些言论中倡导的农村城市化的发展道路和城乡一体化的理想图景。

孙少安这个人物形象就是他这种思想的主要承载者。也是《平凡的世界》必须另起炉灶的理由之一。起初，孙少安只是一个引子或者配角，孙少平才是这部小说的主人公。但是，写到后来，孙少安其实也成为路遥给农村青年设计出路的另一个方向，在一定程度上可能还上升为主要的方向，大部分农村青年更重要的还是在自己的土地上奋斗、耕耘并实现他们的人生理想，并非所有人都要涌向城市，或者一定要改变其农民的身份。

有些人总觉得农民低人一等，生活在农村就很憋屈，这种自卑自贱的思想其实是可怕的、不应有的，也是路遥所极力反对的。而且，孙少平这类人物只是农村中的极少数，他不能代表农村青年的主流方向。在这个意义上，孙少安才是路遥极力塑造的农村青年的榜样，此前很少有人这样认识。正因为这一点，有学者提出路遥的思想就是“如何把农民变成知识分子”[①]的观点就显得很不准确，也有点奇葩。

路遥并没有把农民变成知识分子的想法，农民就是农民，户籍政策以及知识储备限制了他们身份的转换，同时，农民的出路更主要还是在农村，孙少安的故事就是证明，况且，孙少平在身份上也只是由农民变成工人，而不是最终成为知识分子。有一定文化，或有对城市文明的向往，并不能造成这种社会和文化身份的简单转换。

路遥的意思，农民当然有现代化的生活理想与境界，但未必一定要上大学，成为干部和知识分子。如果这样，不但窄化了农民的出路，也很不现实，同时等于彻底误会了路遥对农村青年出路的广阔与深刻的思考，换

① 石天强：《断裂时代的精神流亡——路遥的文学实践及其文化意义》，北京大学出版社，2009年，第98页。

句话说，贬低了路遥。

另外，孙少平的经历不单是王天乐的故事，在相当程度上也是路遥本人的故事。是路遥根据自己坎坷的人生经历及真实感受不断探寻的结果。“我自己有类似的经历，而且我的经历不仅仅是我个人的经历，我处的时代有那么一批人都是高加林这样的处境。”①

所以，《平凡的世界》中不能只有孙少安一条线，当然也不能只有孙少平一条线。这两条线的并置才是这部小说之所以成功的关键，也是它与《人生》最终合流的必由之路。估计，路遥无法把这个意思全部讲给王维玲听，从而造成了这部小说完稿后未能在中国青年出版社出版的遗憾，因为路遥实际上是把《平凡的世界》当作《人生》的完整版或深化版，想回馈王维玲的盛情相约。

《人生》与《平凡的世界》的同旨共构现象

尽管这两部小说在故事情节和主人公性格等方面并无重合，但是却贯穿着同一个大的构思：这就是探寻中国农村青年的出路，为陕北写一部大书。

《人生》的题叙引用的正是柳青《创业史》中关于人生道路的一段名言：

> 人生的道路虽然漫长，但紧要处常常只有几步，特别是当人年轻的时候。

《平凡的世界》的题名变化以及注释也明显保持了这种倾向。这部长篇小说最早的名称是《黄土·黑金·大城市》②，继而生发为《走向大世界》③，后又拟名为《普通人的道路》或《普通人的命运》，并草拟了所辖三部曲各自的写作角度：“第一部：在那样的年月里；第二部：在历史

① 路遥：《路遥全集·早晨从中午开始》，北京十月文艺出版社，2013年，第220页。

② 王天乐：《〈平凡的世界〉诞生记》，载《榆林日报》2000年10月28日。

③ 高建群：《扶路摇上山》，见李建军编《路遥十五年祭》，新世界出版社，2007年，第148页；另见海波《我所认识的路遥》，长江文艺出版社，2014年，第124页。

的弯道上；第三部：在时代的大潮中。”路遥还用毛泽东的一句话作为这部长篇的题叙：“道路是曲折的，前途是光明的。”[①]最后，才改定为现在的《平凡的世界》。在这个反复更动的过程中，“道路”问题明显是这部长篇小说力图重点解决的目标。

王天乐回忆路遥萌发创作《平凡的世界》灵感的瞬间状态，同样能印证这一点。据述，路遥当时正在十字路口模仿交警指挥交通，突然，他激动地要求王天乐与他马上离开西安去往兰州。到达驻地后，路遥解释：

> 昨天早上我突然来了一个大灵感。这个灵感很早就来过多次，但好像我一直抓不住它。昨天早上终于把它抓住了，激动得我气都上不来。[②]

那么，这是一个什么灵感？它是怎样出现的？

> 我躺在街道上的雪地里，静观雪是怎样从天空中落下的。耳旁听到路遥说：天乐，你看我指挥两下车辆，像不像个警察？说着他就走上十字路口的交警台，满脸庄严地打起了手势。我第一次看到路遥这种彻底孩童般的样子，把我笑得在雪地里来回打滚。
>
> 路遥立正站住了，久久地面对陕北的方向，足足站了有半个小时。突然，路遥大叫一声，天乐，你快起来，我有话对你说。当时吓得我出了一身冷汗，以为出什么大事了。路遥说，咱俩马上回去收拾东西，离开西安，我有重大事情要告诉你。[③]

通过这段记述，我们不难推测，这个灵感应该是，路遥首先由雪想到了陕北，再由“十字路口”联想到青年人在人生中的迷惘，最后又由指挥交通的动作把给青年人寻找人生出路的思想连贯起来。而这正是路遥多年都在思考并苦苦寻找的一部大书的框架。

① 参见《平凡的世界》的素材本照片，原件存梁志处。

② 王天乐：《〈平凡的世界〉诞生记》，载《榆林日报》2000年10月28日。

③ 同上。

他说，实际上我们多年来的对话，一直是围绕这部大书的。是的，我要写一部大书，就像柳青说的那一种大书。是向陕北的历史作交代的一部大书。我要从咱村子写起，写到延安，写到铜川，一直写到西安。我的主人公就是沿着你走过的曲折道路，一直走向读者。通过你的生活经历，带出百个人物，横穿中国1975年到1985年的十年巨大变革时期。[①]

这个灵感萌生的时间，按照王天乐两次的记述，应该是1983年冬，恰好就是路遥对《人生》是否接续的纠结时期。因为他提到了《人生》已经发表，还有他入职延安日报社等事件。这几个时间节点都处于1982年春至1984年秋之间。加之1983年11月21日路遥曾给王天乐发过一封急信[②]求助，催促王天乐由铜川赶快来西安。在信末，他连用几个“快来！快来！快来！”这样的惊叹词，而且“快来”两个字越写越大！可见此事非同小可。王天乐记述：

八十年代初的一个隆冬……由于我立马横刀，使路遥又度过了一个重大的人生危机。这是他《人生》发表之后的较为重大的一次灾难……不久，我调到了《延安日报》当记者……路遥开始了《平凡的世界》的创作准备工作。[③]

综合这几个时间节点，我们基本能够确定，1983年12月左右是《平凡的世界》构思萌发的具体时间。但是，路遥提到那个“多年来的对话”以及思考，又是从何开始呢？按照目前所掌握的资料，大约始于1979年11月左右，主要由王天乐农转非的事件引发。路遥曾把这件事托付曹谷溪办理，路遥与曹谷溪有多次通信都涉及这个话题：

天乐的事不知办得怎样，我极愿意知道较详细的情况。在去延安的时间上有一个在家乡分粮的问题。去延安在什么地方干什

① 王天乐：《〈平凡的世界〉诞生记》，载《榆林日报》2000年10月28日。

② 路遥致王天乐书信，1983年11月21日，影印件，原件存梁志处。

③ 王天乐：《〈平凡的世界〉诞生记》，载《榆林日报》2000年10月28日。

么事，生活的安排能不能维生等等。以及能否便利地出来，希望你把详细一点的情况告诉我一下。[①]

关于明年招工一事，看来大概只招收吃国库粮的，农村户口是否没有指标？详细情况，我不太了解，国家现在对农民的政策显有严重的两重性，在经济上扶助，在文化上抑制（广义的文化——即精神文明）。最起码可以说顾不得关切农村户口对于目前更高文明的追求。这造成了千百万苦恼的年轻人，从长远的观点看，这构成了国家潜在的危险。这些苦恼的人，同时也是愤愤不平的人，大量有文化的人将（被）限制在土地上，这是不平衡中的最大不平衡。[②]

由此可见，路遥关于农村青年人出路的思考，最直接的根源似乎基于对四弟王天乐未来生存状态的谋划，但实际上，从深层却发自他对所有农村青年命运问题的深入思考。

我对中国农民的命运充满了焦灼的关切之情。[③]

我的作品中的主要人物都是青年，我主观上也是要着力塑造好青年形象。[④]

我们知道《人生》的构思时间也是1979年，因此，《平凡的世界》和《人生》的共同主旨及其主要情节的设定是在同一年萌生的，只不过，路遥先选择了其中一个主要片段提早发表而已。换句话说，《人生》与《平凡的世界》其实是路遥同一本大书的两个版本，如果说《人生》是压缩版，那么《平凡的世界》就是完整版。与此同时，《人生》选择了“反题”的角度，即总结青年人在奋斗过程中由于走错道路而受到挫折的教训；《平凡的世界》则通过“正题”，为农村青年指出一条切实可行的正

① 王刚：《路遥年谱》，天津人民出版社，2020年，第128页。

② 同上，第135—136页。

③ 路遥：《路遥全集·早晨从中午开始》，北京十月文艺出版社，2013年，第62页。

④ 同上，第239页。

确道路。路遥解释《人生》的主旨：

> 我当初的想法是……从青年自身来说，在目前社会不能满足他们的生活要求时，他们应该正确地对待生活和对待人生。从某种意义上来说，尤其是年轻时候，人生的道路不可能是一帆风顺的，永远有一个正确对待生活的问题。①

关于《平凡的世界》的主旨，路遥没有明确的表述，但我们不妨从他的几段相关谈话中去寻找答案。他说：

> 作为一个出生于农民家庭的青年，从农村走向城市这个过程是相当艰难的，我的许多作品涉及了这方面的许多问题，这些问题跟我本人的经历有关系。②

而且，路遥曾经专门研究并分析过农村青年具有不甘在土地上过一辈子，企图追求新生活的心理：

> 可以说农民一生中最大的理想就是吃饱肚子。现在看来，这是多么渺小的目标……后来农村好多人就觉得……自己的下一代能不能脱离开这块土地，不要像他们这样再活一生……因为当时农村既不招干也不招工，甚至不能上大学。这样，这些青年回去以后就特别苦闷。大部分青年屈服于现实，像父亲一样在土地上劳动……也有个别出类拔萃的，像高加林这样的青年，不甘心这样一种生活，他们觉得这样一种生活对于人来说是屈辱的，他们想追求一种起码不能像父亲这样生活的生活，所以，他们苦苦地在社会上挣扎和奋斗。③

这个心理既是《人生》的创作动因，也是《平凡的世界》另起炉灶的缘由，由于《人生》中高加林通过投机或不正当的途径走出农村，最终又被贬回家乡，这个结局显然决定了高加林已经不适合再次走出去，路遥只

---

① 路遥：《路遥全集·早晨从中午开始》，北京十月文艺出版社，2013年，第148—149页。

② 同上，第216页。

③ 同上，第221页。

有把高加林一分为二，让孙少安把高加林的后半程走下去，而让孙少平承接着高加林的前半程继续向前。在这个意义上，《平凡的世界》就是《人生》的延续，只不过，主人公不宜再让高加林来担当。

当我们明白了这两部小说的同旨共构现象，我们也就理解，路遥终其一生都在关注中国农民的命运，特别是探索农村青年的出路问题，他要为陕北写一部大书。因为路遥是从陕北走出来的农民，他一刻也忘不了农民弟兄的悲苦。他说：

> 我曾经在几篇文章中写过与农民的这种感情，比如我走进北京王府井、上海南京路这样一些繁华街市，透过那一片片花花绿绿的人头，我猛然就能在人群中停住，停住后，泪水就忍不住在眼眶里旋转，我看见特别遥远的地方，在那黄土山上有一个老头脱成光脊背，在吭哧吭哧地挖地，脊背上的汗在流着，被太阳照得亮亮的，那老头已经七八十岁，没有任何人帮助他，还在那儿靠原始的劳动来养活自己。[①]

他更难忘农民姊妹的淳朴与善良：

> 好多年没回村子了，回来后你看见小时候耍大的女孩子伙伴，现在都早已经出嫁了，都有两个以上的孩子，怀里抱一个，手里拉一个，衣服上糊着一层垢圿，头发像沙蓬一样乱着，然后还像童年那样向你笑着，关怀着你，问你外边的情况，而且不论怎样非要拉着你，到她家里去吃一顿……每当你离开村子的时候，你总会两眼泪水蒙蒙，你就感觉到你必须把这些感受，把这一切辛酸、一切美好的东西写出来。[②]

也正因此，当路遥终于借助《人生》和《平凡的世界》把陕北农村贫穷的境遇和美好的人情展现到读者面前时，他就感到莫大的欣慰。

> 我内心最大的安慰就是我终于让人们知道了曾经和我一块生

---

① 路遥：《路遥全集·早晨从中午开始》，北京十月文艺出版社，2013年，第236页。
② 同上，第237页。

活过的这些人们是怎样的人，看到了遥远的偏僻的土壤上也有美好的人情，也有美好的悲剧。[①]

> 关于《人生》……我要补充的一点就是，这部作品可以说是我向陕北劳动人民致敬。[②]

而《平凡的世界》的题词“谨以此书献给我生活过的土地和岁月”也表达了同样的意思。这也就在一定程度上揭示了很长时间埋藏在路遥心中的一个秘密，他要完成柳青前辈留给他的殷切期待，即写出那本总名为《陕北》的大书。

> 柳青说……这辈子（我）也许写不成陕北了，这个担子你应挑起来。对陕北要写几部大书，是前人没有写过的书。[③]

《人生》与《平凡的世界》就是在“陕北”这个大的框架下，秉承为农村青年探索出路的相同主旨所形成的一个精神共构。

而这个同旨共构的正题与反题接续现象，则是缘于路遥小说创作的“推己及人”思维。路遥的创作总是从自己和亲人的遭遇与经历出发，思考广大人群生存与发展的共性话题。

人生道路的命题不只农村青年必须面对，城市青年也要回答，不只中国青年需要选择，全世界的青年同样不能回避。正因此，路遥的作品在国外，特别是“第三世界”国家也引起了巨大的共鸣[④]，路遥成为青年的导师，路遥也被党和政府授予“改革先锋”和“最美奋斗者”的美誉。

与此同时，通过这两部小说的构思过程，我们也进一步理解了路遥确实是一位自传性很强的作家，他借助几部作品把自己一生的经历和对生命的深刻体验完整地做了一次展示。如果说，《在困难的日子里》是他童年和青年时代生活的记录，《惊心动魄的一幕》是他“文革”经历的真实反

---

① 路遥：《路遥全集·早晨从中午开始》，北京十月文艺出版社，2013年，第238页。

② 同上，第232页。

③ 王天乐：《苦难是他永恒的伴侣》，载《榆林日报》2000年10月14日。

④ 马场公彦：《作为可能性的路遥文学——通过阅读〈人生〉〈平凡的世界〉得到的启示》，载《文艺理论与批评》2020年第3期。

思，那么，《人生》就是他面对命运给自己造成的沉重打击所得到的悔悟和觉醒，而《平凡的世界》则是其对独立奋斗实现个体价值观念的正面阐释与弘扬。

原载《当代文坛》2022年第5期

魂兮归来

——略论《金石记》和《羽梵》中的风雅格调

马玉琛是被当代文坛严重轻视的一位作家。早在十四年前，他的第二部长篇《金石记》出版之后，笔者就曾想写一篇评论，但看到当时既开研讨会，也有不少人撰文关注，就放下了这份心。

但是，《金石记》却未如笔者所期待的产生应有的爆红效应，尤其是没有被一些文投集团相中并改编为影视剧，笔者就在心里替它喊屈，有几次见了作者面，也都表达了这种遗憾。

近期出版的《羽梵》在赋意上比起《金石记》更加复杂，马玉琛企图把生活审美化的愿景扩展到日常生活的诸多方面，加之小说以飞鸽这种更富仙性的灵鸟作为主角和叙述角度，令人联想的空间更大、更深。

一

实际上，马玉琛两部长篇的总体赋意始终未变，这就是召唤古长安城中活着的现代人所丢失的文化之魂。

正像《金石记》所说："现在人已进入身体和物质的消费时代，谁还在乎一件死古董里藏有什么文化和精神？"[①]"光有权势远不能算真正的

① 马玉琛：《金石记》，人民文学出版社，2008年，第407页。

长安人，有文化和良心才算真正的长安人哩。”[①]

《羽梵》里也有类似的表述：“现代人把灵魂卖给了物质和金钱……平稳和平静、和谐的乡村或许能使这个世界保持一点平衡，并安妥我们的灵魂。”[②]

“心存善端，热爱自然，那是再好不过。可是当今社会，权钱色汇成一个利字的洪流，滚滚而下，并且成为世界的本质。”[③]

因此，这种文化之魂也就是《金石记》中所概括的：周秦汉唐时代的“精气神”，具体表现为：风雅、高尚的生活格调，恬淡、清正的君子气质。

马玉琛在《羽梵》中借作品中人物之口反复强调了这种赋意，亦即皇甫三兴所提出的“文化拟子”实验：“善良、友好、相爱、同情、怜悯、温情、报恩和宽恕，难道不是上帝赋予人、鸽子等生物的文化拟子吗？”[④]

还有元菊生对审美生活的维护与倡导：“我们除了这可怜的审美生活和残存的礼节，还有什么能拿得出手呢？”[⑤]“艺术才是人间至美之上的生活方式。审美生活，上起皇上，下至庶人，哪个不通力追求？”[⑥]

实际上，皇甫三兴的“文化拟子实验”就是企图利用人类文明已有的物质和精神遗产，唤起现代人对诗意生活的追求，从而自愿模仿和承传人性的美好品质。而元菊生远离城市，热衷于侍花养鸽的生活方式同样是对传统文人恬淡自由风尚的复归。

如果说，《金石记》是借助对文物的爱好、收藏、保护，引导人们倾慕风雅的生活格调，修炼个体的清正人格，那么《羽梵》则是通过人与鸽

---

① 马玉琛：《金石记》，人民文学出版社，2008年，第439页。

② 马玉琛：《羽梵》，陕西师范大学出版总社，2022年，第358页。

③ 同上，第423页。

④ 同上，第199页。

⑤ 同上，第368页。

⑥ 同上，第210页。

的对话、人与自然的友爱相处，倡导天人合一的和谐境界。也就是说，马玉琛攫取无数具有风雅格调的元素有意识地镶嵌在他的小说中，于不知不觉间感化、启迪读者对善良、美好的觉悟，从而引导他们最终趋向深情厚谊的诗意生活目标。

应该说，这两部小说中作者的主观赋意是非常明确的。而且，作者有意把两部小说加以勾连，形成时间、观念、情节、格调多点持续的整体意境，将前者的虚化为后者的实，从而强化这种一脉相承的审美理想。

《金石记》中虚构的“四水堂”是在原郑氏茶楼的基础上翻新扩建的，小说曾经浓墨重彩地加以铺排，并用“有凤来仪”的传奇笔法加以礼赞。而在《羽梵》中，四水茶楼已经成为长安鸽友们举行重大活动的聚会之所。

> “四环素”（奥迪车）停在大唐西市四水茶楼门口……（司空千秋）说：看见了吗？这楼角上一边有鸱吻，一边没有……这茶楼的先主人去寻访那个缺失的鸱吻，至今未归。[①]

如果读者还记得《金石记》中的那段“屋脊西首空着，没有鸱尾回应”的遗憾，马上就能把这两部小说联系在一起。

二

风雅和恬淡的格调首先呈现为小说主人公对某种行当或物品的痴迷以及力求极致的态度。

《金石记》中对古钱币、紫砂壶、瓷器、青铜器和石雕拓片的搜罗与收藏，《羽梵》中对名鸽的遴选以及对前朝鸽哨的复原，就都属于这种情形。《金石记》里有五大奇人。董五娘被称为长安城的瓷器王，在古董街有一家名为“瓷魂”的店铺，其中的藏品和用具都非常讲究：

① 马玉琛：《羽梵》，陕西师范大学出版总社，2022年，第148页。

女童手中端的劝盘，器型承袭元制，盘心凸起，四周是花形承杯图，盘壁莹白透薄，做成精致秀雅的菊瓣形……盘中央凸起处立一件青花鸡心形执壶，执壶四周围着四个酒杯…一件斗彩婴戏纹杯……一个斗彩花鸟纹高足杯……（皆是）明成化年间官窑斗彩，乃瓷器上品中的上品。①

她还拥有全国仅有的一件元代凤凰虫草八棱开光青花梅瓶。郑四爷以收藏茶壶为趣，他有一把核桃大小的茶壶，不见注水却吸溜不尽，号称“郑一壶”。所谓：终南一滴水，万古流到今。

金三爷的古币收藏在长安城无人可比。他有一个黑瓷罐，装的是各种古钱币精品：大铲布、空首布、平首布、尖足布、桥足布、圆足布、三孔布、齐刀、燕刀、直刀、尖首刀、蚁鼻、爰金、秦半两、汉五铢、六泉十布、开元通宝、大唐通宝……历朝历代、形形色色，不一而足。②

唐二爷主要收藏青铜器，他的古董楼就叫宝鼎楼，正厅的黄杨木桌上陈列着四件宝贝：一件铜鼎、一件铜簋、一件酒樽、一件陶罐，所谓鼎簋尊罐人生四样，样样齐备。西厅“撑立着榆木钟架，架上悬挂三层八组青铜编钟。旁边一架，悬挂铜镈铜钲铜錞于，另旁边一架，架着铜鼓摆着铜铙钹”③，关键是二楼东厅陈列着各种青铜器皿鼎、簋、彝、敦、卣、鬲、匜、洗等，尤其是他的镇楼之宝：六个小克鼎。

杜大爷的收藏更加非同一般，文房四宝，样样为稀世珍品：长安吕醉笔、日月九道墨、澄心堂宣纸、端州包公砚，外加一墨猴。更不用说昭陵六骏的拓片。

《羽梵》中也有五大奇人：皇甫三兴、元菊生、金眼相士、楚留声、柳散木。皇甫三兴善育良鸽，善训赛鸽；元菊生则以制鸽哨和养菊花而名闻京华；金眼相士最会识人看相；柳散木擅长按摩，对人也对鸽；楚留声

---

① 马玉琛：《金石记》，人民文学出版社，2008年，第113—115页。

② 同上，第191—192页。

③ 同上，第204页。

则世代以制鸽哨为业，并最终复原失传千年的周哨。

他们每个人对自己热爱的行当是那样痴迷，并且如数家珍，成为这个行当的翘楚。

风雅和恬淡的形象更表现为主人公对审美化人生的追寻与实践。就连做生意数钱的动作都很文明："生意场也是个文明的地方，要斯斯文文……优雅……斯文人拿钱要会意的舒心。"[①]

金三爷说："古董嘛，除了锈斑、开片和品相之外，还有那个时代的精气神哩。"[②]

他们招待贵客的茶饮讲究用"剑南蒙顶石花""台湾冻顶"，摆宴竟然要钟鸣鼎食，并且仿照古代的仪礼，先在葫芦瓢形青铜匜中净手，然后，用士大夫的五鼎四簋上菜，所盛菜品为秦汉瓦罐、帅帐干锅、楚国竹香鱼、齐国粉皮肉、韩国粉蒸肉、燕国酱板鸭、魏国金瓜饼、赵国小炒黑山羊，另有一簋猎兔汤。[③]

正像周五娘所说：（他们）过的是王公贵族士大夫的生活，一举一动一招一式，讲的是文化。[④]

在《羽梵》中也有相似的描写，赛鸽庆功和颁奖的仪式就古今杂糅：传胪、赐衣、祭酒、颁奖、致辞中的前三项都是现代生活中早已失传的古代士风!

风雅和恬淡的意境还表现在小说中的人物对生活环境的选择、设计与营造。先看《金石记》中杜大爷的半坡马厩：

> 就在（终南山）那道余脉向少陵原过渡的慢坡那儿……一道柴扉拦住了去路。柴扉两边延伸开的，是天然生成灌木经过剪修后形成的灌木篱笆。灌木篱笆里面，是一个涧水成渠、树木

① 马玉琛：《金石记》，人民文学出版社，2008年，第29页。

② 同上，第40页。

③ 同上，第289页。

④ 同上，第300页。

相对稀少的院落，院落里边是几间青石砌墙青瓦青砖石板撤盖的房屋。[1]

《羽梵》中的菊花园，与马厩几乎一个程式，都是自然的植被作为围墙，而且还有点复原陶渊明诗境的意味。

一个很大的慢坡漫向神禾原的顶垴。半坡到顶垴，被稠密的花椒树围出一个偌大的园子，园子里的树冠和房屋顶盖依稀可见，别的都被花椒树所遮掩了……花椒墙裂开一个豁口，形成一个门洞，往里是一条窄窄的荆棘拱廊……走过一二十米……看到一个圆月形柴门，门脑上横一块古旧的牌匾，匾上三个隶书大字：菊花园……进这柴门，面前是一座竹林，沿曲径……三弯两绕，展现在眼前的是一大片菊圃……菊圃中央，慢坡半腰那儿，右边是低矮的三间青瓦房和两间茅舍，左边是一溜儿更低的鸽棚。远处顶垴中间，耸立着一间小亭子，亭子旁边，斜斜地生长着一棵古槐树。[2]

《羽梵》中的每位爱鸽者都给自己的鸽舍命名，如皇甫三兴的凌烟阁、元菊生的集贤院、林散木的飘红楼、萧济生的唐初居、桑哑铛的陶后居、木归智的洒雪储宝堂等等，而且这些名号个个都有说头：

居三皇五帝之首那个尧，号陶唐氏，初居唐，后居陶。于是皇甫三兴给门徒萧济生的鸽舍取名唐初居。而残疾人桑哑铛则受此启发，为自己取棚号为陶后居。[3]

鸽舍的结构、用材也很讲究，如齐散木的“飘风楼”，坐北朝南，式样有几分像皇宫，但比皇宫低矮简洁。歇山顶，飞檐而不翘角，瓦是唐代琉璃瓦，砖是旧灰砖，四面留有窗户和活络门，以通四面来风。顶上开有小天窗，上下左右皆透气，正合了

① 马玉琛：《金石记》，人民文学出版社，2008年，第238—239页。

② 马玉琛：《羽梵》，陕西师范大学出版总社，2022年，第38—42页。

③ 同上，第79页。

古人六通四辟的说法。[1]

甚至，元菊生家中所用的井栏石都是皇城的遗物。

你瞧这井栏石，上面一丝一丝的红脉呢。这红脉和早上的太阳快冒头时的霞光一样鲜亮。你知道这石头上怎会有这早霞一样鲜亮的红脉吗？那是汉唐两代宫女的胭脂染成的。[2]

鸽子笼更为精致。

长约二尺一寸。金竹，四角立材，下端成足，上端如柱顶，顶上雕成馒首形或者八不正形。笼条由两片去瓢留皮的竹篾粘合而成。笼圈则有两根细竹拧成麻花形。笼上一门，便于主人掏鸽。笼侧一门，便于放鸽。两扇门的别子镂成蝙蝠形状。笼顶有厚竹片刻花平梁。平梁叫笼，若圈梁升高成提梁，那就叫挎了。挎可以手提，也可以挎在胳膊上。挎的级别高，长安城里里外外，也只有元菊生和皇甫三兴配用。[3]

风雅和恬淡的气质也呈现为人物打扮的讲究、举止的古风和言语的文采。《金石记》中描写唐二爷的妻子周玉箸的打扮：

高高挽起的发髻上插一根纯金扁簪，耳朵下荡一对祖母绿坠子，胸前挂一颗红宝石朝珠，手腕上套两个麻花翠镯，绣鞋上边缀一颗玛瑙扣子。仿唐圆领对襟长披衫底下，裹着成熟女性的身段。[4]

完全一副贵妇人的派头。

杜大爷头顶着绢质幞首，幞首两带系在脑后，幞头两角向下垂，两角反系头上，曲曲折折附在发顶。身上一袭青色圆领襕袍，袖口紧束，两侧开衩，袍襟下施一横幅，绣着彩色纹饰。脚

---

① 马玉琛：《羽梵》，陕西师范大学出版总社，2022年，第88页。

② 同上，第46页。

③ 同上，第3页。

④ 马玉琛：《金石记》，人民文学出版社，2008年，第135页。

蹬乌皮六合靴，腰束金银鞓铊、銙、带扣黑革带。銙旁系一条锦丝，丝端悬一块飞马玉佩。双手合掌，执一板青玉圭。[①]

杜大爷不但向往古代的士风，而且在穿衣方面尽力践行。不过，《羽梵》中的元菊生和鹤秀则是另一番穿戴，朴素的平民隐士装扮，也许昭示的是自然恬淡的倾向。

元菊生华发白髯，面若渥丹，颈不挂金，腰不佩玉。黻衣绣裳不上身，葛布芒鞋度春秋。鹤秀穿着绨布夹衣，发髻是特意绾的。秦罗敷是倭堕髻，元鹤秀是栖鸽子，那发髻的形状颇像一只似卧似飞的鸽子，羽间还插一把小木梳。[②]

在人物的言语上，我们发现小说中的主人公总是出口成章，文采飞扬，并喜欢古调重弹。喝茶过程中，郑四爷根据周玉箸的一个动作即兴道："酒注茶注玉注（箸）。注酒注茶注（箸）玉。"周五娘也根据现场用盏，随口吟出"蜀纸麝煤添笔兴，越瓯犀液发茶香"[③]的诗句。还有楚灵璧与杜玉田的联对、和诗，其才情、文笔都让人不由得拍手叫绝。[④]更不用说《金石记》中的"贺官帖"，以及《羽梵》中的"诔鸽文"，这种文体和辞章现代人多已不善书写。难怪金眼相士感叹："今潮一拥而至，古风一洗而尽，幸有斯文。"[⑤]

不难体察，马玉琛通过这两部小说全方位地诠释和描绘风雅与清淡的蕴含，其目的就是为现代人艺术地生活提供一种感性的借镜。

三

马玉琛为了弘扬传统风雅的生活格调，展现人与自然和谐相处的愿

---

① 马玉琛：《金石记》，人民文学出版社，2008年，第284页。

② 马玉琛：《羽梵》，陕西师范大学出版总社，2022年，第407页。

③ 马玉琛：《金石记》，人民文学出版社，2008年，第144页。

④ 同上，第372—373页。

⑤ 同上，第416页。

景，不惜选择多角度的对比，如古今、中西、雅俗、官民等，并运用虚实相生的手法，不断强化这种立体化的赋意。

“古今”对照毋庸赘言，前文的例举已多处可见。“中西”对比在《金石记》中主要以秀水这个日本人的出现及其活动为代表，既礼赞了长安收藏界的爱国行为，也把中华民族与大和民族对文物的不同态度并置呈现；而《羽梵》的主人公皇甫三兴的意大利血统，以及他与元菊生所进行的中西医互补、鸽种杂交就更属于这种土洋文化的融合。

“雅俗”对照最为突出，也很自觉。两部小说中都设置了两组人物，一组为雅人，一组是俗人，而且雅俗也与其民官身份相重叠，也就是说，雅人多为民，俗人皆是官。所以，我们看到《金石记》中的俗人就是：金柄印、宋元祐、肖黄鱼等；《羽梵》中的俗人则为甄国士、司空千秋、花郎等。

通过这两类人物的鲜明对置，相当于把庸俗的人物涂抹为底色，然后在其上浓墨重彩地凸显另一群骨骼神奇、气韵典雅的民间奇人，作为风雅和高贵精神的承载者。

至于虚实杂糅的描写，无疑强化了小说的现场代入感。记得十四年前，笔者读完《金石记》之后，小说中“秦汉瓦罐”的酒楼名称以至位置竟不时引发笔者产生错觉。

小说中的“秦汉瓦罐”坐落在长安城东南角，而笔者所在单位的西安东二环旁边，当年恰好也有一个“秦朝瓦罐”酒楼，名字上仅差一字，而且位置同在长安城的东南方向，只是“秦朝瓦罐”稍靠外一点。正因此，每当笔者上下班从这个酒楼前经过，就禁不住想进入其中一探内部的“宝鼎楼”。这种错觉，一方面说明，作者把这个唐二爷的家居描写得活灵活现；另一方面，也说明笔者阅读《金石记》后已经完全被带入，以至有点把假当真。

《羽梵》中对“凌烟阁”的地理定位同样产生了如上的效果。因为作者这样写：

他们穿过长安城大东门宽敞高大的拱形门洞，照直向前方尚俭路的方向走去。[1]

……前行走不远，来到一家医院门口，医院门口挂着白底黑字的牌子……济慈医院……凌烟阁就在这个医院的楼顶，坐北朝南，东边一排四连间是鸽舍。每间两米长宽，高约两米，西边是一间大房子，比鸽舍高出许多，顶坡上是光滑的琉璃瓦，房屋和鸽舍通体都是老红松筑就，颜色是木头的红黄本色，刷过清漆……大房屋顶上横着一块旧匾，雕刻的三字依稀可见：凌烟阁。[2]

长安城东门、尚俭路，是非常真实、具体的地理坐标，让人不由得把这个济慈医院当作实有其所，如果让笔者再次经过西安火车站附近的这个地点，仍然会下意识地去寻找这个所谓的“凌烟阁”。

由此可见，马玉琛不但为小说中人物的活动设置了具体的环境，而且虚虚实实，造成一种真假难辨的艺术效果。

四

在艺术上，马玉琛长于场面的布置和设色，文字的视觉性或绘画感最为慑人，所以他的小说其实是最易于改编为影视的文本。遗憾的是，少有人发现这一点。

《金石记》中齐明刀初进长安城的情景如在目前，既表达了一个乡下青年对城市文明的向往，也显露了未见过世面的农村稼娃的滑稽可笑。

四水堂的开业大典被作者娓娓道来，铺陈有序，而且层次分明。既有全景，也有特写，情节繁茂，气氛多变，特别是“有凤来仪”的画面更增添了这种庆典仪式的喜庆和神秘感。

窗外彩光又一次闪过，还携带着清亮的嘹唳之声……那团红

① 马玉琛：《羽梵》，陕西师范大学出版总社，2022年，第5—6页。

② 同上，第11—12页。

色的影子先是绕着茶楼飞行，越飞越快，在那二楼间那八柱擎天廊柱间穿梭……忽然那影子倏地爬高，再朝院中那棵梧桐树俯冲飞旋。人们隔着雨幕看那快速飞旋的凤凰，只能影影绰绰看个身影和颜色，怎么也看不清楚具体形状，那闪烁的火红光彩，把大半个茶楼和院落照亮了。①

齐明刀第一次拜访杜玉田“半坡马厩”的场景更像是电影里的蒙太奇镜头：

> 齐明刀随楚灵璧乘车向东南行十里，又弃车南行二三里，楚灵璧停住脚步，抬起玉臂，伸出嫩草一样的手往前一指：你看！齐明刀顺着楚灵璧的手臂望去，只见终南山一道余脉横斜着延伸过来，缓缓地融汇进少陵原中。②

至于无聚楼、宝鼎楼的外形和里面陈设的描写就更不用赘述。尤其是《金石记》中为金柄印举行的饯行聚会和《羽梵》中举行的赛鸽庆功与颁奖仪式更是场面宏大、人物众多、程序典雅、色彩斑斓。

> 时间也赶得巧，正是双休日。他们从鹤秀所在的村小学借来二十四张书桌，两两相对，拼成十二张方形的八仙桌，散布在菊花园内。③

萧济生在颁奖现场即兴绘就《图南化羽》的过程及定稿后的画面都是极好的影视镜头：

> 画面底下滃染的江河湖海、高山平川，空中一羽展翅飞翔的红色鸽子。那鸽子飞在高空，身形不大，却气若鲲鹏，冲天而去，简直要把画面爆破了。④

无需罗列过多，马玉琛小说在场面调度的繁简错落与绘画般的视觉享

① 马玉琛：《金石记》，人民文学出版社，2008年，第149—150页。

② 同上，第237页。

③ 马玉琛：《羽梵》，陕西师范大学出版总社，2022年，第406页。

④ 同上，第418页。

受方面的确达到很高的境界。这也为其作品改编为影视艺术提供了很好的前提，加上其小说情节的传奇性，悬念技巧的成功运用，以及人物的个性化，《金石记》和《羽梵》更具有了广阔的市场化潜力。当然，相对而言，《金石记》在整体上较为圆融，《羽梵》的观念过于外露且有点繁杂。

风雅的格调和恬淡的气质在中国当代文坛已沉寂有年，少有作家涉猎这类主题并且用丰富的行业知识加以传奇地叙写，但马玉琛却乐此不疲。如果不是他深感优秀的传统文化，尤其是从陶渊明开始所兴起的清淡士风和雅致的生活理想正在被物质和世俗不断挤压，当代人的精神逐渐干瘪的情状，那就说明作者的天性与趣味与之投合。

事实是，这两者兼而有之，马玉琛本身就是文玩爱好者，同时也多年养鸽赛鸽，当然更不能忽视的是作为作家的他对商品经济所带来的世风日下怀着深深的忧虑，这才有他持续几十年大声呼唤、奋力招魂的行为。也许在这一点上，他又接近于诗人屈原。

原载《浴乎灞渭》微信公众号2022年11月10日

时间之悟

——《落红》三读后记

一位作家要真正地构思和创作一部沉甸甸的长篇著作的确不是速成的事，它需要较长时间的生活积累、反复推敲的思想沉淀、艺术技巧的娴熟运用等多种因素的综合。《落红》作为方英文的第一部长篇小说，恰是他多年思想积累和艺术感悟的结晶。这部小说虽然篇幅不足20万字，从体量上谈不上“巨著”，但结构严谨，人物鲜明，语言凝练别致，叙述一气呵成，对生活的感悟常见独到之处。

笔者完整地读了三遍《落红》，每一次的感觉都不一样。初读时，只是觉得愉悦、舒畅，趣味性特强，思想上不大满意，嫌浅，把它等同于一般的娱乐小说。隔了两年后再读，那种轻飘感顿然丧失，对作者的良苦用心的觉悟使我发现，这部小说蕴藏着太多的人生经验，不是仅供读者笑笑而已的流行小说，遂产生了写一篇评论的念头。但要开始动笔时，笔者又犹豫了。已经有不少评论者提出了很多观点，那么本文所要切入《落红》的角度及对它的独特发现何在呢？带着这个问题，笔者第三次理性地品味了这部小说，一个强烈的印象出现在我的脑际——《落红》是一部带有深刻人生哲理思索的作品。简单说来，它是对时间的哲学感悟和反思。

海德格尔说“是于世中”[①]，亦即生命的本质和意义在于时间展开的过程中。现在少有人来严肃地思考这种遥远的话题，很多作家与普通读者几乎降低到同一水平，急功近利，只考虑人的现在时或者说“活的”状态而懒于探索生的意义。《落红》的可贵处在于作者以人到四十的不惑，站在人生的中点上思前想后，“念天地之悠悠，独怆然而涕下”。

一、时间的贯穿：童年—中年—百年

《落红》中明显地贯穿着一个时间的线索：“初恋”的童年—感悟的中年—达观的百年。当然，作者重点描写的是中年的各种人生体验，童年和百年只是作为一个参照系。但正是这个参照系才使《落红》区别于其他小说，即它把重心放在对人生的思考而不是观察，把对静止问题的展览变为对过程意义的挖掘。可以说，缺乏这个时间的维度，这部小说的分量必然会大幅减弱。那么，这三个时间段之间有什么逻辑联系呢？从整部小说的描写中不难发现，童年是作为人生的目标和理想以及对中年生活进行度量的标准，百年的瞻望则是促使人思考生的意义的动力，所谓不知死，何知生？由此，也能分明看出作者的确是在自觉地思考人生的价值这个终极命题。

小说的名字“落红”固然有多种解释，但绝不排除主人公唐子羽童年时梦想的失落，具体表现为寄托着童年所有美好希冀的红纱巾的飘落。不管是“红墙”“红纱巾”还是“红花”，都不只直接呈现了一个懵懂少年对爱情的幼稚幻想，更暗含了作者所生活的那个时代的“红色”情结，即革命的、进步的、纯洁美好的理想心态。

人的一生在很大程度上是以童年时所萌生的美好理想作为终生奋斗目标的。所以，唐子羽在反思自己所走过的四十多年的人生道路时才觉得非常失意。因此，“落红”在这个意义上理解应该更切合作者的出发点。小

① 海德格尔：《存在与时间》，生活·读书·新知三联书店，1987年，第65、278页。

说中写道：

> 三十四年过去了，三十四年来，那鲜艳的红纱巾一直飘荡在他的前方，他也因此而一直理想着远大的前程、美好的人生。他最初怀着一种坚信……在这种生活的土地上，到处都是绿树、红墙以及那美丽的白塔……可是随着时间的推移，随着流年的远逝，那些理想，那些因理想而刺激起来的幻觉，一个个焰火般地散灭了。①

这里除了主人公对自己一无所成的忏悔外，更主要的是流露出对童年理想破灭的感伤和困惑。为什么会是这样的结果？是什么原因导致的？正是从童年的经历中，他获得了关于人生幸福的感悟：

> 幸福只与年龄有关，幸福永远藏在少儿的眼睛里。真正的幸福与金钱、地位、名声无关，与季节运气无关，甚至与爱情、与社会也无关。②

当唐子羽单位的领导叹息自己成了巡视员时，唐子羽正是用童年的美好来安慰他："祝贺您局长，实际上您已经开始了第二个童年生活。"③可见童年的美好在他脑子里已经根深蒂固。对死亡的描写和反思再一次显示了作者对生命的哲学领悟。

其实，《落红》中并没有正面涉及死亡的题材，而是有两次间接地描写了与死有关的内容。一次是主人公购买了一块坟地，他曾经凭吊过两次；另一次是他突然与家里失去联系后所产生的他已自杀的误会。这两个情节在小说中的作用是不可轻估的。它并非可有可无，而是作者特意安排的。前者是表现主人公或作者的达观意识和对生命的彻悟，换句话说，是对生活的清醒、自由。他之所以买坟地并非他厌倦了尘世而是他接受了别人关于生的思想：

---

① 方英文：《落红》，长江文艺出版社，2002年，第202页。

② 同上，第263—264页。

③ 同上，第256页。

在生的时候，妥善地安排好死，那么生的意义就更为轻松有味而无后顾之忧。同样是两个人，一个人明确知道自己死后的归宿，另一个人却不知道，那么就能肯定，前者比后者活得更长寿，也更快乐。①

这里的长寿显然不是生物意义上的时间概念，而是精神价值学上的时间长度。与此同时，它从另一个侧面透露了作者豁达的人生观，即对死的蔑视、对生的清醒。的确，真正懂得死的人才更会生活，才能领悟生的意义。时间本身并不是生的目的，时间不过是生命的意义之能展开的河床。唐子羽所思考的结论是：

“时间就是金钱，效率就是生命”这是最讨厌的蠢话，人活着需要那么多钱？真需要那么高的效率？金钱再多，你的胃只有一个，效率再高，你仍奔跑在大地上，名满天下固然不错，可是夜里睡着了，这名声还有何意义呢？总不能整天二十四小时出现在电视里吧……②

时间虽然不是人生的归宿，但是能改变人生，就像河水会无情地冲刷两岸的河床一样。子曰：逝者如斯夫。

整整二十年了，大家都有些面目全非，当年的某种秩序遭到重新组合，显著的特征是：当年的班干部，如今没有一个混出名堂的，而骗得一官半职的，当年又都是小百姓。世事如一副扑克，光阴则是天才的洗牌手，光阴改变了一切。③

清醒的生者也不是完全掌握着自己命运的航向，在有些情况下，他也是被动的无奈的。这就是当你觉得生活实在无聊不如一死了之时，现实的种种因素又使你下不了决心，因为你不是为你一个人活的，这就是由死的不由自主所感受到的生的痛苦。

---

① 方英文：《落红》，长江文艺出版社，2002年，第141页。

② 同上，第111页。

③ 同上，第107页。

既然是如此空虚无聊地苟活着，也许死是明智的。可是，生命并不属于自己，因此，你并没有权利结束你的生命，你的生命是父母给的，父母生你自有他们的目的，你起码不能死在父母之前。父母死了，如果你是单身，你想要死就去死吧，因为你的死不会牵累别人。如果你有了妻子儿女，那你就又失去了死的资格，你的死会让他们感到痛苦。所以，无论生活多么荒诞肮脏，你都要厚颜无耻地撑住往下活。不要追求活着的意义，活着的唯一意义就是——为他人而活。[①]

为他人而活是生命的被迫意义，而主动的意义可能很多，有些比较崇高，有些也许还很庸俗。就像唐子羽在被误会已经自杀时所产生的强烈报复欲望，也成为他一度要顽强地活下去的理由："看来我还得往下活，因为我要雪耻！"[②]这种活着的动机似乎比较狭隘，但仔细琢磨，却不难体会出其中所包含的更广泛的、更深刻的意义，即自尊。这一点非常符合马斯洛提出的"需求层次"论。当然，方英文通过主人公唐子羽的心理和言行也传达了自己对人生终极意义之个性领悟："人生这一辈子，辉煌也好，平淡也罢，总得有点什么可资记载、可圈可点的吧。"[③]说白了就是对别人、对社会、对历史有用，对自己来说有点意思、乐趣甚至刺激的作为吧。

一想到还可以活，唐子羽似乎吸了一口大烟，身子里就来了点精神。而活着，总得有点意思才行。什么有意思呢？当总统不错，可是总统的指标太少，比买彩票中大奖还难；亿万富翁也好的，也时不时耍点小国总统才能耍的威风，可是这号事不是谁都能鼓捣成功的。看来也只有每隔几年谈一次恋爱，也只有这类

① 方英文：《落红》，长江文艺出版社，2002年，第121页。

② 同上，第245页。

③ 同上，第267页。

"非常男女"之事有点可操作性。[1]

从这段话中很容易感受到作者人生观的最高价值是实现人性的彻底自由："假若我能像鸟儿一样飞他妈的翔，该有多好！"但是，他也意识到自由是可望而不可即的，所以只有找乐子，主动地制造意义。倒不一定要违反道德地去偷情，但寻找一些让自己快乐的事情却是完全可能的。由此可见，唐子羽并非一个消极的颓废主义者，而是一个积极的彻悟生活真谛的会生活的人。他"常常想一个问题，一个如今的物质社会里几乎没人再去想的问题，就是——人从哪里来？又到哪里去？在起点与终点之间的有限的路程上，应该怎样度过？"[2]

在现实社会，有不少人是浑浑噩噩、糊里糊涂地活着，更多的人是为一些虚空的名、利、权等在钩心斗角，而真正懂得生活趣味的人并不多。所以，《落红》在一定程度上是对世人的棒喝和警示。可是大多数读者却注意不到这一点，往往把重心放在中年的领悟阶段。固然，作者用了极大的篇幅来多角度表达他对人生的各种体验，但如果我们忽视了前后两端的意图，不把他们作为一个有机的连续的整体看待的话，那就会曲解作者的良苦用心。

二、时间的展开：中年体验

在中年的体验中有两个方面值得我们咀嚼：一是作者真性情的充分展现，一是作品对人生各种恶俗的辛辣嘲弄。真性情是对世俗的虚伪、圆滑、功利心及低级趣味的不屑和深恶痛绝。反之，是对挚诚、求真、踏实肯干且富有创造性的思想和情调的称赞。用《红楼梦》中贾宝玉的话说：忙于仕途经济是浊物，而懂得体验生命的人才是真性情者。

正是在这种观念指导下，方英文借小说中主人公唐子羽的形象对当今

① 同上，第266页。

② 方英文：《落红》，长江文艺出版社，2002年，第61—62页。

社会所流行的“官本位”思想进行了绝妙的讽刺。虽然，在小说中所选择的官僚形象级别并不高，一个无足轻重的某局的副局长和一个毫无实权的调研员。但正是这两个人分别从正反两方面暴露了官僚者的可恶、可笑，有力地鞭挞了那些投机钻营一心向上爬的无耻小人。唐子羽本无欲当官却意外地得到领导的提拔，最终又因为一件滑稽但无伤大雅的小事被免职。由此可见，仕途简直和小孩过家家一样，非常随意。能不能成为领导完全是上司一句话的事，至于个人的品德和能力并不重要。正所谓：说你行你就行，不行也行，说你不行就不行，行也不行。王调研员被作者描述为当代生活中的“四大闲”①之一，等于百无一用的样子货，或者说是官场中的安慰职衔。但就是这样，王调研还是用尽心思、磨破头皮地往上爬，就像旧社会大户人家的丫鬟随时随地等待着改变自己的奴仆命运，为此他不惜牺牲友谊甚至人格。他原本答应在市长面前给唐子羽求个人情，但又一想：“如果给唐子羽求了人情，自己的人情就不好求了。一句话，只能求市长一件事……不好意思，也只能先利己再利人啦。”②

多么明白的官场哲学。特别是唐子羽的妻子嘉贤竟然也要拼命地当官，这进一步揭示了现实中官本位思想对很多人的戕害。此处并不是反对所有的为官之人，中外历史上让人称道的杰出政治家多的是，但问题在于现今的趋官者中的很多人从根本上就动机不纯，以钱买官，当官敛钱，形成一种可怕的恶性循环。“咱家里要是没有个官，就等于咱家里缺个原子弹，你就不怕别人欺负？”③这句话虽然是女人见识，却在相当程度上反映了人们“趋官若鹜”的普遍心理。原来当官就多了一层保护伞，而且当了官叫起来好听，看起来气派。“他本来对官位无所谓的。但是，一旦丢掉官位，他又生出几分留恋，犹如一个人逃离了恶妻，又会想到恶妻的某些好处；丢掉乌纱帽，人们就叫他老唐，而老唐是没有唐局长听起来顺耳

① 方英文：《落红》，长江文艺出版社，2002年，第24页。

② 同上，第182页。

③ 同上，第253页。

的。”[①]“难怪你们男人都爱谋官，就是气派么。”[②]方英文既写出了俗人的为官心理，也从各个方面对为官者进行了嘲弄：“白捡来一个副局长，有什么不好呢？至少给人发名片时体面，出差时可坐飞机软卧，回老家不用挤公共车，就是将来死了开追悼会，也能多骗几个花圈。”[③]“权力是最好的兴奋剂。”[④]他以主人公的口吻多次表达了对为官的不屑和痛恨：

> 他感到奇耻大辱的是，所有人都以为他自杀了，而且是因为丢官而自杀的！特别是，当他联想到，所有人都认为那个副局长职务对唐子羽而言，意味着比他的生命更重要时，他实在感到一种奇耻大辱。[⑤]

在他看来，自尊比什么都重要，活得率真、独立、正直、良善、快乐才是最有价值的生命。而这一点正好从正面彰显了作者的一种人生观。也从另一个侧面贬斥了图名求利谋权的庸俗主义作风。

> 唐子羽就是一个有缺点的人物。他没有理想，也不大敬业，但是人缘好，跟他接触，谁也不用有什么防范心理。当他犯了错误，拿自己的政治生命开玩笑，人们就觉得他可爱了，因为他的那种学习态度表达了大家不敢为的心底愿望，这是一种勇气，一种品格。若干年后，人们在回忆这件事时，会把他看成一个英雄人物。[⑥]

其实，最能传达作者对为官看法的观点是一种双重的复杂态度：

> 你要说我一点也不爱官，也是假的，看是什么样的官。如果让我去当那……啥啥……不用你劝，我都会主动地、自费地去上任的。当那样的官，才算是官，才算是一种光荣而高尚的事业。

---

① 同上，第180页。

② 同上，第148页。

③ 方英文：《落红》，长江文艺出版社，2002年，第14页。

④ 同上，第15页。

⑤ 同上，第244页。

⑥ 同上，第177页。

其余的官嘛，我认为一概是“奴”[1]。

既蔑视做官为宦又向往当官的风光，这似乎矛盾，却并无冲突。因为，当大官既不丧失自己做人的尊严又无限自由，想干什么就干什么。为什么多少人要做皇帝，为此甚至不惜父子反目、兄弟相残等？都是因为只有官高到独夫如天的地步，才可以任意所为。不过，他们再强大也不能改变死的命运，所以，这个任意和自由也是相对的。

三、时间的永恒：皇帝梦想

《落红》从始到终飘荡着一种奇异的趣味和情趣，那就是作者借唐子羽之口所表达的“皇帝梦想”。不过，我们却应清醒地认识到“皇帝梦想”并不是他的本意而是他追求独立人格和自由精神的曲折体现。小说末尾的一句：“唉！朕呀，混背啦。”[2]极其传神地表露了主人公巨大的精神苦闷和悲伤！这不是个人的哀叹，而是对世人愚昧不醒的可怜。世人沉睡吾独醒啊！也是不自由而又无法解脱的烦恼——用存在主义的话说：烦、恶心。

这种皇帝梦想具体表现为精神上的领袖欲或者被崇拜的感觉。小说中主要以唐子羽和朱大音、朱大音与宣小砚的相互关系来揭示这种心理。因为在现实中根本不可能当皇帝，也不是很多人能做到那最高位置，所以，最切实的理想就是在精神上具有一种如皇帝的领袖感：受到男性的崇拜、享受女性的“爱情”。“只有朱大音才能让他尝出一点点人生的放松和高兴，只有朱大音才证明他唐子羽的活着还有一点点用处。”宣小砚又是朱大音的仆人、追随者。这种“二子”关系，不但反映了所有男人的通病，而且具有人性的深度。就像当官的都喜欢言听计从的下属，原因就在于这种人能使他强烈地感受到领导者“主人”的地位。

---

① 同上，第252页。

② 方英文：《落红》，长江文艺出版社，2002年，第269页。

唐子羽和朱大音及宣小砚的关系虽然都不是上下级，可是，他们却心甘情愿处于这种主仆关系中，每个人都从中找到了自己的乐趣。不存在高贵低贱的身份之别，有的是心理上的仰慕和被崇拜，各取所需。再进一步从哲学上去找根源，那么，这中间有一个个体的存在是否被社会肯定和认同的问题。谁都希望被肯定，当然，肯定的方式也不少，但最实在的是得到一个人真诚的、全心的崇拜。其中包含了很多内容：有自我的张扬，也有知己之期遇，有自由的体验，也有现实受活。一个人的生命除此之外还有何求？长生不老的认识是愚蠢的，精神永恒才是归宿。和梅雨妃的偷情也是他生命的高峰体验。正像小说中所说："偷情在人性上是美好的，在道德上是肮脏的。"[①]人需要的是性，是任意所为，是自由。为此，和道德发生冲突是难免的也是值得的。"世上唯一值得求的是：爱或被爱。"[②]"他和梅雨妃的关系并不是一个简单的'性生活'问题，倒多少跟'精神支柱'沾点边。"[③]

什么是精神支柱呢？就是当信仰失落的时候，人总得有一个追求，哪怕这个追求不是那么崇高，总得有一个。而爱情是最实在的，因为它具有信仰本身所有的魔力：强大的诱惑和刺激及感性的愉悦等。正是这种动力，才促使人如飞蛾扑火般玩命地去行动。虽然偷情的结果对男人来说是后悔，对女人来说是"吃亏"，但与生命对众生一样，明知道是苦还是要活。这就是人生的悖论。生命就在这种无限的恶性循环中百无聊赖地运转。所以，《落红》的价值在于感性地揭示了人生的虚妄和无奈，所谓生的悲剧。尼采的酒神精神与方英文的皇帝梦想一脉相承，都是芸芸众生逃脱苦难的一叶方舟。

不管是唐子羽还是作者具有皇帝梦想或倡导真性情，他们都是以普通人的立场来设计人生的道路，他们并不想颐指气使、居高临下、以权势

① 方英文：《落红》，长江文艺出版社，2002年，第237页。

② 同上，第215页。

③ 同上，第158页。

作威作福，也不愿腰缠万贯、挥金如土、摆阔耍派。至于名人的前呼后拥、“粉丝”如云、飘飘若仙，他同样不大渴望，他只想和无数的普通人一样，快乐、正直、清醒、自由、平等。“废品天才”唐子羽的形象就是这一人生追求的集中展现。“唐子羽这个人到底对社会有什么用处？……（他）既不创造物质，又不生产精神，人却喜欢跟这个废品在一块，为什么呢？”[①]无用即大用也，庄子如是说。朱大音的名字就暗含着大音希声之义。唐子羽的价值就在于造乐——甜。当然他这个平民立场又纠缠着知识分子的情调和趣味。所以，不难发现，整部小说皆在证明作者方英文是借助作品中的人物，从普通文人的视角和立场张扬一种快乐主义的人生观。

> 他从一个资料上看到，说是人的生活水准是一个综合指数，不能单方面地看经济收入，还要看人际关系、教育程度，特别是空气的清洁度，草地、森林、海滩的人均占有面积，这些对人的心情影响极大，心情不好你就是满嘴镶金牙，顿顿绿宝石下酒，仍不能算是人的生活。[②]

也就是，在他（们）看来，幸福的关键尽管主要在心情，但其实也包含着很多关联的因素，所谓“综合指数”。

原载《商洛学院学报》2023年第5期

① 方英文：《落红》，长江文艺出版社，2002年，第125页。
② 同上，第231页。

后　记

本来下定决心，从2023年起再不写学术论文，也不发表此类文字，更不想出版此类著作。因为，已没有功利性的考虑，也觉得替他人作嫁衣裳非常无趣。没料到，天意弄人！陕西省作家协会要出版一套评论文丛，邀请我把这些年来发表过的评论陕西作家的文章收集起来，统一出版，还计付稿酬。这种送上门来的好事如果拒绝恐怕要天怒人怨，也就愉快地答应了。

尽管要稿的时间赶得很紧，好在这些文章大都有电子版，整理起来也不费事。最麻烦的倒是，每篇的注释要重新校对一遍，以免出现纰漏。有些文章已经发表二十多年光景，再去查找原文，特别困难，以致在此上面所花费的时间远远超过正文的编辑。但为了对读者负责，只有如此，应该如此。也算是借此机会，对自己三十多年来关注陕西作家和作品的漫长过程做一次检阅和回顾。

有人质疑，你的目光为何总是局限在本省的作家？其实，在我看来，这很正常，人们总是先关注到身边的人，再去扩展到更远、更大的范围。只要能产生共鸣，有所触动，我都会为喜欢和推崇的作家及作品发声。批评的范围并不能代表批评的质量，只有关注身边的作家才能助推他们走向全国以至世界，这是每一个区域批评工作者最起码的责任。

本书中所论到的十五位作家，都在陕西以至全国享有盛誉。有的与我相识，有的与我没有任何交集，只不过以文会友罢了。还有个别作家直接被作为反面的批评对象，就是为了引起同行的警惕。

本书原本拟名为《西北有高楼》，因为陕西地处我国西北，新中国成立以来就是文学重镇，有成就的作家层出不穷。虽不宜把他们比作“高峰”，但喻为“高楼”却毫不为过。正好《古诗十九首》中见“西北有高楼”句。这样既相洽也有点诗意，可是统筹此项工作的韩霁虹女士却感觉这样与其他同行的书名有点不谐，于是就遵照她与编辑的意见改为现在的《细读与透视》，在一定程度上正好彰显本书的批评原则与方法。在我看来，经得起细读和透视的作品一定是高质量的文本，如今的很多小说大都不值得看第二遍，所以总是令人失望。

我期待陕西以及中国文坛不断出现让人反复咀嚼和需要细读的小说。

此记。

郜科祥

2023年1月9日初记

2024年6月3日补记